熹妃傳

熹妃傳

第二部

熹妃傳

三

著——解語——

熹妃傳

目錄

第一千一百三十章　故意

在等如柳回來的這段時間，舒穆祿氏一直緊緊盯著絹袋內的蚊蟲，猶如在盯什麼稀世珍寶，唯恐有任何損傷。

過了約莫一個時辰，如柳神情緊張地進來道：「主子，東西拿來了。」

舒穆祿氏看了一下她拿回來的豬血，還很新鮮，沒有凝固。「御膳房和御藥房那邊有沒有說什麼？」

如柳搖頭道：「御膳房的人問過奴婢，不過被奴婢搪塞過去了。至於御藥房，他們問了奴婢幾句後便給了烏頭，看樣子並未起疑。」

「那就好，趕緊將門關了。」在如柳關了門後，舒穆祿氏用絲帕纏了手，將西域烏頭細細磨成粉，再混在豬血中。

如柳緊張地拿著那碗摻了烏頭的豬血道：「主子，現在就餵嗎？」

「事情還沒安排好，暫時先不要餵，再說這些蚊蟲才被抓了這麼一些時辰，應該不是很餓。」舒穆祿氏想一想道：「去請成嬪過來一趟。」
「她會肯過來嗎？」如柳懷疑地問著。
舒穆祿氏展一展袖子，全不在意地道：「妳告訴她，若不想落井下石的事被皇上知道，最好過來。」
「嗯，那這些東西……」如柳指著豬血與剩下的小半個烏頭及蚊蟲，這些東西若是讓成嬪看到，那可不得了。
舒穆祿氏瞥了桌上的東西一眼，輕笑道：「我會收拾的，妳儘管去就是了。」
這一次，如柳很快便回來，不過身後並未見戴佳氏的人影，舒穆祿氏瞥了一眼，頗為意外地道：「怎麼，她不來嗎？」
「那倒不是，成嬪說她待會兒過來，不過奴婢看成嬪臉色很不對，奴婢走的時候，還聽到她摔東西，不曉得她是否真會過來。」
「摔東西？」舒穆祿氏嗤笑道：「那就不用擔心了，她一定會過來。」
如柳遲疑地道：「主子這麼有信心？」
「她摔東西表示她生氣，可是又不敢當著妳的面摔，那證明什麼？證明她害怕、心虛，連在妳這個宮女面前耍脾氣都不敢，妳說，她會不來嗎？」
說完這句，舒穆祿氏便繼續飲茶，在如柳替她斟滿第二杯茶時，宮人快步走進來，低頭道：「主子，成嬪娘娘來了。」
舒穆祿氏漫然一笑，看著茶盞中升起的輕霧道：「請成嬪娘娘進來。」

宮人應聲退下，片刻後，戴佳氏的身影便出現在視線中，她的臉色很難看，進來後往椅子上一坐，硬邦邦地道：「好了，本宮已經來了，妳有什麼話就說吧。」

戴佳氏從剛才起就憋了一肚子氣。舒穆祿氏是什麼身分，不過是一個貴人罷了，根本不算正經主子，竟派宮女去她所在的主殿傳話，讓她過來，簡直就是反了天了。

「來人，給娘娘看茶。」

舒穆祿氏話音未落，戴佳氏便硬聲道：「不必了，本宮無福消受妳的茶，有什麼話趕緊說。」

舒穆祿氏不在意地道：「娘娘何必如此著急呢？既是來了，就喝口茶再慢慢說，臣妾可是有很多話想與娘娘說。」

戴佳氏別過頭，沒好氣地道：「本宮與妳沒什麼好說的。」

「是嗎？那娘娘將如柳發配到淨軍中的事呢？」舒穆祿氏把玩著盞蓋，似笑非笑地道：「您猜皇上知道這事後會不會龍顏大怒？」

戴佳氏此刻對於自己魯莽犯下的錯後悔不已，若非如此，她堂堂一宮之主，怎麼會被人要脅著來到這裡，可是現在後悔也無用。

「妳不必拿皇上來壓本宮，不過是個奴婢，皇上難道還真會為她怪罪本宮？」

舒穆祿氏笑意不減地道：「若只是一個奴婢自然不會，可是若再加上臣妾呢，您說皇上會不會怪您？」

戴佳氏頓時洩了膽氣，手足無措地不知該怎麼辦才好。

當舒穆祿氏將手放在她肩上，她頓時如驚弓之鳥一般跳了起來，戒備地看著舒穆祿氏。「妳、妳想怎麼樣？」

「臣妾只是看娘娘想得入神，所以過來看看娘娘怎麼樣了，怎的看娘娘這神色，像是臣妾做了什麼壞事一般。」

戴佳氏用力拍著自己肩膀，嘟囔道：「妳做了什麼，心裡清楚。」

「那娘娘呢？當日我被困水意軒，娘娘不只沒有任何憐惜，反而落井下石，羞辱臣妾與如柳。說起來，這筆帳，臣妾到現在都還沒與娘娘算過呢。」

「妳到底想怎樣？」戴佳氏心中一緊，色厲內荏地道：「本宮知道皇上寵信於妳，但妳也不要太過分了，宮中並非妳一人獨大，還有熹妃娘娘，妳休想挑撥生事。」

聽得她提及凌若，舒穆祿氏眸底掠過一絲厲色，面上卻笑意如初。「是嗎？若真是這樣，娘娘您為何要這麼害怕呢？」

戴佳氏神色一僵，不自在地道：「本宮……本宮哪裡有害怕。」

「害怕已經寫在娘娘臉上，所有人都看得出來。不錯，後宮並非我一人獨大，但娘娘終歸是做了錯事，若到時候皇上追究，娘娘確定熹妃娘娘會幫您嗎？」

「那是自然。」戴佳氏雖回答得極快，但心裡多少犯起了嘀咕。當日她與劉氏去承乾宮求見熹妃，熹妃雖然說了不少，卻並未明確表明態度。

舒穆祿氏一直仔細留意戴佳氏的神色，看到她面色陰晴不定，便知自己的話起了用處，輕笑著道：「若真是這樣，那就好了。」

戴佳氏煩悶不已，輕哼一聲：「妳說完了嗎？若是說完了的話，本宮先走了。」

舒穆祿氏神色一冷，喝道：「慢著！」

戴佳氏的腳生生收了回來，根本由不得她控制，只能忍著氣道：「妳還想怎樣？」

下一刻，舒穆祿氏臉上的冷意消失不見，換了比春風更加暖和的笑容，從桌上拿起茶遞到她面前，道：「娘娘走之前是不是應該把這盞茶喝了，怎麼說也是專程為娘娘沏的。」

戴佳氏別過臉道：「本宮不想喝！」

「啊，如柳，我想起有些話要與皇上說，妳扶我去養心殿……」

第一千一百三十一章　開解

戴佳氏一言不發地從她手裡接過茶，也不顧那茶水還燙著，喝了一大口後將茶盞用力往桌上一放，道：「現在滿意了吧？」

舒穆祿氏笑著欠身道：「臣妾恭送娘娘。」

在戴佳氏氣呼呼地離開後，如柳不無擔心地道：「主子，您這樣激怒她，是否不太好？奴婢擔心萬一她沒像主子預料的那樣嚥下這口氣，而是先一步鬧到熹妃娘娘面前，那事情就麻煩了。」

「麻煩？能有什麼麻煩？」舒穆祿氏嗤笑之後，道：「如柳，妳會擔心，只能說妳還不了解成嬪的本性。這個女人懦弱膽小，本該吃齋唸佛了此殘生，偏又小肚雞腸，看到與她同住一宮的我得寵，按捺不住嫉妒之心，趁著我落魄時落井下石；如今見我得寵，又夾緊了尾巴，妳覺得這種人能有多大的膽子？」

如柳合掌向天，道：「希望老天保佑一切如主子所料。」

老天……舒穆祿氏抬頭看著屋頂，在那層琉璃瓦上，是青天白日。都說舉頭三尺有神明，以此來警惕世人不要做出惡事，不過自從雨姍那事後，她就知道，所謂的神明都是欺世之話，這世間根本沒什麼神，想得到什麼，只能靠自己去爭取。

夜幕隨著太陽西下而緩緩降臨，每一次日落，都意味著春日更遠一分，而對於凌若來說，還代表著弘曆在宮中的日子又少了一天。

日落之前，四喜來傳胤禛的意思，說是已經商定了弘曆入朝去戶部歷練的日子，算起來，三日後，弘曆便該出宮了，她……真的很不捨呢！

「主子，您怎麼一人站在院中？」

聽得身後傳來楊海的聲音，凌若回過身道：「本宮覺得屋裡悶得慌，所以出來透透氣。」

楊海應了一聲後道：「主子可是在擔心四阿哥？」

凌若目光一沉，緩緩道：「兒行千里母擔憂，他自呱呱墜地開始，就一直養在本宮身邊，除了本宮離宮那些日子之外，就再不曾長離過。如今驟然說要出宮當差，本宮這個做額娘的怎會不擔心。」

楊海扶凌若在石桌前坐下，道：「其實四阿哥出宮當差是早晚的事，主子您應該明白的。」

「本宮知道，但事情來得太快，令本宮有些措手不及。再加上這件事又是二阿哥舉薦的，二阿哥對本宮與弘曆一直有成見，何以這次會如此熱心，本宮總覺得有些不對勁。」

楊海想了一下道：「也許二阿哥是想緩解與四阿哥的關係？奴才聽小鄭子說，好幾次四阿哥在宮中遇見二阿哥時，對方態度都很好，與以前判若兩人。」

凌若聽弘曆說起過，但並不能令她完全放心，想了想道：「弘曆出宮，小鄭子他們幾個是要跟著出去的，你讓小鄭子看緊弘曆，一有不對就立刻入宮告訴本宮。」

楊海忙道：「主子放心吧，奴才一定吩咐小鄭子，讓他牢牢記在腦子裡，要是敢忘了一字半句，奴才一定不輕饒他。」見凌若眉頭還是緊蹙，他又開解道：「其實四阿哥聰敏過人，連皇上也常常誇獎四阿哥，就算真有什麼事，四阿哥也可以應付得來，主子要對四阿哥有信心。」

「他聰敏不假，但是閱歷太淺，很容易被人欺騙。」說到這裡，凌若仰頭看著明月，輕輕嘆了口氣道：「這般說起來，確實是該讓他早些出宮當差，若是一直生活在本宮的羽翼下，他的閱歷永遠不會增長，更不會懂得人心險惡這四個字。」

不知過了多久，凌若看到楊海神情有些緊張，遂笑道：「是本宮自己心情不好，與你無關，你這樣緊張，難不成還怕本宮罰你？」

楊海忙道：「主子一向待奴才們寬厚，怎會罰奴才們？奴才只是覺得未能為主子解憂，令主子愁眉不展，實在是無用至極。」

凌若一笑道：「聽你這話，本宮要是再皺著眉頭，你怕是連覺都睡不好了。」

楊海不好意思地笑笑，道：「奴才睡不著覺不要緊，最重要的是主子如何。」見凌若不語，他忽地道：「主子，不如奴才給您講個故事吧。」

「也好。」

見凌若點頭，楊海道：「以前有一個男孩，因為家中貧窮，所以他很小便四處找活做，以便貼補家用。他還有一個弟弟，每次賺了錢，都會買點小東西哄弟弟開心，父母也待他們很好，日子雖然艱苦，但一家人過得很開心。直至有一天，父親在大戶人家做工的時候，不小心打破了一只花瓶，被大戶人家抓了，要那家人賠二十兩銀子，還說若是賠不出的話便報上官府。」

「那家人不知道該怎麼是好，他們一家只夠勉強溫飽而已，哪裡拿得出這麼多銀子，可是為了救父親，母親問遍了所有人家，想問他們借銀子，結果沒有一戶人家肯借，個個都推說沒錢。男孩眼看母親日日以淚洗面，又惦念生死未卜的父親，便想盡辦法去找銀子。可他人小力氣小，哪怕拚了命地幹活也只能賺幾個銅板，二十兩銀子根本不可能；但就在這個時候，他聽說宮裡缺人，要找人淨身去做太監，只要淨了身，每個人都可以得到三十兩。」

第一千一百三十二章 釋懷

說到後面，楊海的頭低了下去，聲音亦漸漸低了。凌若望著他，接過話道：「結果那個男孩真的淨身入宮當了太監，而那個男孩的名字就叫楊海對嗎？」

楊海抬頭露出一個難看的笑容。「主子神機妙算，這麼幾句話便已經猜到了，不錯，這是奴才的故事。」

凌若憐惜地道：「那你娘就沒反對嗎？淨身入宮，等於是毀了你一輩子，為人父母的，怎麼忍心如此。」

「娘確實不忍心，還說哪怕要她死也絕不讓奴才入宮做太監，可是最終奴才瞞著她偷偷跑去淨身，等娘知道的時候已經來不及了；但是為了這件事，她整整哭了一個月，一直說對不起奴才。」

凌若點點頭道：「一個花瓶對於大戶人家來說根本不算什麼，可對於你來說，卻差不多等於葬送了一輩子。對了，後來你爹無事了嗎？」

「嗯，有了那筆銀子，大戶人家終於答應放我爹，後來奴才常出去看他們，也帶些銀子回去。他們現在過得很好，弟弟前些日子還託人說媒娶了一房妻室。」家人的安好，對於楊海來說，無疑是值得安慰的。

「那就好。」這般說著，凌若問：「好端端的為什麼要提起傷心事？本宮以前可從不曾聽你提過。」

楊海盯著自己腳尖，低低道：「奴才是想讓主子明白，每個人都有各自的路，或許好，或許不好，可是再不好也要走下去，您一味擔心是沒有用的。」

凌若其實已經猜到了他的用意，但仍是道：「說這麼多，就是為了勸本宮別太過擔心弘曆？」

「奴才知道四阿哥對主子而言有多重要，天底下沒有額娘會不疼愛自己的孩子，但可以疼一時，卻疼不了一世，孩子終要離開娘。」說到這裡，他屈膝跪下道：「奴才知道自己不該在主子面前說這些，但奴才實在不願見主子不開心，還請主子恕罪。」

凌若親自扶起他道：「你也是一心想為本宮好，何罪之有，快起來。」

「多謝主子。」

在楊海起身後，她輕嘆一口氣道：「你說得沒錯，弘曆有自己的路要走，本宮不能因為擔心而一輩子將弘曆鎖在身邊。想當初，本宮就是經歷許多，才有如今的閱歷與心境。」

楊海心中一喜，道：「主子能這樣想就好了，四阿哥聰敏不凡，一定不會有事。」

凌若微一點頭，斜睨著他。「好了，說了許多，本宮累了，扶本宮進去歇息吧。」

楊海剛要答應，意外看到弘曆過來，忙打了個千兒。

在命楊海起來後，弘曆上前扶著站起身來的凌若，道：「額娘，這麼晚了您怎麼還坐在這裡？兒臣扶您去歇息吧。」

凌若點點頭，由著他扶自己到寢殿坐下，隨後盯著弘曆的眼睛道：「你是不是有話與額娘說？」

弘曆點點頭，蹲在凌若膝邊，憂聲道：「額娘，您是不是很不喜歡兒臣這個時候去當差？」

凌若低頭看著那張與自己、與胤禛有幾分相似的臉龐，道：「為什麼這麼問？」

弘曆懇切地道：「因為兒臣看額娘這幾天一直神色不展，連笑容也少了許多，兒臣又記得之前皇阿瑪提及此事的時候，額娘曾多有反對，是兒臣多番乞求，額娘才迫不得已答應的。」

凌若沒有直接回答他這個問題，而是反問他：「若額娘真因為這個而不高興，你會怎樣？」

弘曆神色一黯。「那兒臣就去告訴皇阿瑪，戶部當差的事等兒臣滿十六歲之後再說。」

凌若頗為意外，訝然道：「你不是一直很想有這個機會嗎？」

「是，兒臣很希望可以早一些入朝當差，可若因此令額娘不開心的話，兒臣寧可不要這個機會。」弘曆生性孝順，所以哪怕心裡根本不願，但為了讓額娘展顏，也願說出違心之語。

「傻孩子！」凌若笑撫著弘曆的臉龐，眸中盡是溫慈。「你不願看到額娘不開心，難道額娘就願意看到你不開心嗎？」

「額娘？」弘曆疑惑地看著凌若。

「剛才楊海與本宮說了許多，令本宮明白一件事。」凌若彎腰扶弘曆起身，看著比自己還要高的兒子，她逐字逐句道：「你長大了，是時候離開本宮了。」

弘曆只道這是凌若為了安慰他的違心之語，連忙道：「額娘，兒臣沒事的，兒臣想再多陪額娘一陣子。」

「你能再陪額娘多久，一個月還是兩個月？」不等弘曆回答，她已接下去道：「額娘之前不願你離開，是怕你年紀尚輕，許多事不懂又不會照顧自己，惹出事來。只要你答應額娘，任何事皆會三思而行，不魯莽行事，額娘便不會再有任何憂心。」

弘曆滿面驚喜，強壓著不斷湧上來的喜悅，道：「當真嗎？」

「額娘什麼時候騙過你？你已經在額娘身邊待了十五年，該是時候出去長長見識了，否則永遠不能真正長大。至於額娘，只要你像之前答應過皇阿瑪的那樣，經常入宮來給額娘請安，陪額娘用膳，額娘就很高興了。」

「多謝額娘！」弘曆欣喜若狂地跪下謝恩。「額娘放心，兒臣一定經常入宮。」

凌若笑一笑道：「好了，很晚了，你也去睡吧，明兒個還得去上早課。」

待弘曆退下後，凌若喚人進來刷牙洗臉。這一夜，卸了心事的她沒有像前夜那樣輾轉難眠，很快便沉沉睡去。

第一千一百三十三章　再次

同樣的夜，戴佳氏卻是難以成眠。之前舒穆祿氏說過的話一遍遍在她腦海中出現，氣得她連著中午與晚上兩頓膳食都沒有用，躺在床上翻來覆去，沒有絲毫睡意。

舒穆祿氏實在太過分了，仗著皇上寵愛，對她呼來喝去，眼中根本沒有她這個成嬪存在；但這還不是最可氣的，最可氣的是自己堂堂景仁宮的主位娘娘，卻拿舒穆祿氏一點辦法也沒有，由著對方欺負到頭上來。

一夜未眠的後果就是全身痠軟無力，好不容易撐著起身，還在刷牙洗臉的時候，就有宮人來報說舒穆祿氏來了，正等在外面。

戴佳氏氣不打一處來，將梳子重重往妝檯上一放，冷聲道：「她來做什麼？」

宮人感覺到她的怒火，低著頭忐忑地道：「慧貴人說來給娘娘請安。」

戴佳氏冷笑道：「她會有這麼好心？依本宮說，她是過來給本宮添堵才是。」話說如此，但她終是怕直接趕人回去，舒穆祿氏會去胤禛面前搬弄是非，無奈地道：「讓她進來吧。」

宮人趕緊退出去，不一會兒工夫，那道令戴佳氏無比礙眼的身影出現了。

舒穆祿氏氣色看著頗不錯，扶著如柳的手跨過門檻，對猶坐在椅中的戴佳氏點一點頭道：「娘娘吉祥。」

戴佳氏睨了她一眼，尖酸地道：「慧貴人就是這樣學規矩的嗎？行禮時居然連膝蓋也不彎一下？」

舒穆祿氏今日執了一把六稜雙面繡的團扇，在聽得戴佳氏話的時候，舉扇掩了一下菱脣，笑道：「該彎的時候，臣妾自然會彎，不過對著娘娘，似乎不用屈膝吧。」

「妳說什麼？」戴佳氏已經極力壓制住脾氣了，但舒穆祿氏還是輕而易舉地將其勾了起來。「本宮怎麼說位分也比妳高，妳說話莫要太放肆了！」

「有嗎？臣妾可是一點都不覺得。」隨著這句話，舒穆祿氏自己在椅中坐下。「相對於娘娘所做的事，臣妾自覺已經很尊敬娘娘了。」

「這可真是本宮聽到最好笑的笑話了。」如此說著，戴佳氏起身道：「本宮也懶得與妳拐彎抹角，說吧，一大清早的來找本宮，所為何事？」

舒穆祿氏微微一笑，把玩著團扇道：「沒什麼事，臣妾想起昨日娘娘離開的時候，似乎很不高興，所以想來看看娘娘心情好些了沒有。」說罷，她打量了戴佳氏一眼道：「看起來娘娘臉色暗黃，眼下有黑，昨夜似乎沒睡好呢。」

「本宮睡得好不好，與妳何干。」戴佳氏神色僵硬地回了一句，隨後道：「本宮還要梳妝，慧貴人若沒有其他事，就請回吧。」

舒穆祿氏故作傷心地道：「娘娘這樣趕臣妾是為何故，臣妾還想陪娘娘多說一會兒話呢。對了，臣妾這幾日用絹袋裝了一些乾花瓣放在枕頭邊，就寢時聞著花香，感覺睡得特別踏實，所以臣妾特意帶了一些給娘娘，正好可以有助於娘娘睡眠。」說著，她從如柳手中取過幾個紫色絹袋，透過薄如蟬翼的絲絹可以看到裡面的乾花。

「本宮不需要妳陪，更不要妳的東西。」戴佳氏的耐心已經快耗盡了。

舒穆祿氏將絹袋放在小几上道：「看起來，娘娘似乎不太願意看到臣妾。」

「明知故問。」戴佳氏輕哼一聲後，抬著下巴不再理會，相信只要舒穆祿氏自己覺得無趣了就會離開。

不過很可惜，這一次她料錯了，舒穆祿氏竟像沒事人一般，仍然愜意地坐在椅中，絲毫沒有要離開的意思。

在這次無聲的較量中，戴佳氏忍不住先開口：「慧貴人這是打算坐到什麼時候？難道還想本宮請妳用早膳嗎？」

舒穆祿氏笑道：「娘娘這麼一說，臣妾想起來剛才只顧著來看娘娘，還真沒有用早膳，那臣妾就不客氣叨擾娘娘一頓了。」

「妳！」戴佳氏想不到她這麼厚臉皮，簡直就是恬不知恥，剛要拒絕，就聽舒穆祿氏笑意盈盈地開口——

「娘娘不會是捨不得一頓早膳吧？若是這樣，那臣妾也不勉強，正好臣妾想去看看皇上下朝沒有，那臣妾就先行告退。」說罷，裝模作樣地就要起身。

「慢著。」明知道舒穆祿氏是在做樣子威脅自己，戴佳氏卻不敢冒這個險。她不比熹妃有聖寵優渥，也不比劉氏有六阿哥傍身，她可謂是一無所有，之所以能坐上這個位置，不過是靠著伴駕幾十年的資歷，稍有不慎就會失去一切，正因如此，她才會在舒穆祿氏面前忍氣吞聲。

戴佳氏扯出一抹難看的笑容。「本宮何曾說過不捨，是慧貴人多想了。慧貴人先去偏殿稍等，本宮稍後便來。」

這一次，舒穆祿氏倒是沒有多作糾纏，點一點頭便走出去，令戴佳氏長出一口氣。她只盼等會兒用完早膳，這個該死的瘟人便早些離開，看久了，她真怕自己眼睛都會出血。

第一千一百三十四章　激怒

在負責擺放碗碟的宮女下去後，如柳壓低了聲音道：「奴婢只擔心就算成嬪去找了熹妃，也未必能將……」後面的事關係重大，就算此刻偏殿內沒有宮人，如柳也不敢說出口。

舒穆祿氏笑笑道：「只要她去就行了，四阿哥那邊的事我自會安排妳去做，不必擔心。」

如柳點頭，不再多言。

又等了一會兒，戴佳氏板著一張臉進來，隨同進來的宮人正準備盛粥，舒穆祿氏阻止道：「妳退下吧，我來盛粥。」

舒穆祿氏盛了一碗粥，雙手遞給戴佳氏，溫言道：「娘娘請喝粥。」

戴佳氏狐疑地看著她，怎的一下子變得這麼客氣有禮？

舒穆祿氏笑道：「娘娘怎麼這樣看臣妾，難道您怕臣妾在粥裡下毒嗎？這燕窩粥及早膳可全部是娘娘的宮人準備的，臣妾什麼也沒做過。」
「哼，妳倒是想。」戴佳氏哼一聲，正準備抬手去接，舒穆祿氏卻驟然鬆開手，滾燙的燕窩粥全部灑在戴佳氏身上。
春夏時分的衣服極薄，根本擋不住什麼，燙得戴佳氏整個人都跳了起來，又痛又怒地指著舒穆祿氏道：「妳、妳做什麼！」
舒穆祿氏連忙退開，驚慌失措地道：「啊！臣妾不知道，臣妾以為娘娘已經拿住了，所以才……」
「什麼拿住，我根本連碗都沒有碰到！」戴佳氏一氣之下連自稱也忘了，一邊怒罵著，一邊趕緊將粥從身上抖下去，可是剛才被燙到的地方越來越疼，不需要看就知道肯定被燙紅了。
舒穆祿氏一臉委屈地道：「臣妾當真不是故意的，誰知道娘娘的手這麼無力。」
戴佳氏氣得手指都快要點到舒穆祿氏的鼻子了，嘶聲道：「照妳這麼說，倒還是我的不是了？」
「臣妾不敢。」舒穆祿氏話音未落，就被戴佳氏狠狠打斷。
「夠了！我不想再聽到妳說任何話，趕緊給我滾出去！」不斷傳來的痛意讓她快要失去理智，她敢肯定，舒穆祿氏根本就是故意害她的。
「娘娘不要動氣，還是趕緊傳太醫治傷要緊。」不等戴佳氏說話，她已經朝愣在一旁的彩霞喝道：「還不快去，難道你們想讓娘娘的傷勢變嚴重嗎？」

待彩霞匆匆離去後，戴佳氏跌坐在椅中，痛苦地道：「妳不必在這裡貓哭耗子假慈悲，本宮心裡很清楚，妳就是故意害本宮的。」

舒穆祿氏想要去扶戴佳氏，卻被其一掌打掉，她撫一撫手腕，不以為然地道：「娘娘怎的這樣說，若是按這話來說，您豈非變成了耗子，而臣妾就變成了貓？臣妾倒是無所謂，可娘娘何苦與自己過不去，貶自己為耗子呢？」

戴佳氏恨怒不已，再加上身上劇痛，橫下心道：「妳說完了嗎？說完了就給本宮滾！不管妳怎麼得寵，今日之事，本宮都一定會告到皇上面前，本宮就不信這種情況下皇上還會袒護妳。」

舒穆祿氏不僅未離開，反而在她旁邊坐下，一掃剛才的慌張，輕笑著道：「那娘娘恐怕就要失望了，因為皇上一定會相信臣妾是無辜的；反倒是娘娘，可能會因此背上一個故意生事、陷害嬪妃的罪名，到時候可就得不償失了。」

戴佳氏不知是痛的還是氣的，渾身直哆索，死死盯著舒穆祿氏，擠出幾個字來。「妳這個妖婦！」

舒穆祿氏在椅中欠一欠身道：「多謝娘娘讚賞，臣妾受之有愧。」

她話音未落，氣昏頭的戴佳氏拿過桌上的空碗往舒穆祿氏砸去，一邊砸一邊還道：「妖婦，妳滾！本宮不想看到妳！」

「主子小心！」如柳沒想到戴佳氏會激動成這個樣子，想護舒穆祿氏已經來不及，只能眼睜睜看著那個碗砸中舒穆祿氏的額頭再掉到地上，摔得粉碎。

如柳緊張地道：「主子，您怎麼樣了，痛不痛？奴婢這就去請太醫。」

「不必了。」舒穆祿氏拉住如柳，道：「不過是些許小傷罷了，用不著請太醫。」

如柳哪裡肯依，尤其是在看到舒穆祿氏被砸到的地方滲出一絲殷紅時，更加緊張。「主子您額上都流血了，一定要傳太醫看看。」

「多嘴，我都說不用麻煩了。」在喝止了憂心不已的如柳後，她抬手抹了一下，果見指尖出現一抹殷紅，幸好並不多。「如何，娘娘現在氣消了嗎？」

「妳……妳想怎樣？」戴佳氏意識到自己剛才一時氣恨做了蠢事，是以面對舒穆祿氏時，目光有些閃躲。

舒穆祿氏取下手絹將指尖的血抹去，然後按著額頭的傷口，道：「臣妾從來就不想怎麼樣，只是在想，若皇上問起額上這個傷是怎麼來的，您說臣妾該怎麼回答？」

「妳不必說這些，整件事是妳錯在先，皇上向來明辨是非，絕對不會被妳這個妖婦蒙蔽。」戴佳氏說起話來有些底氣不足。

「結果會怎樣，娘娘心裡應該很明白，您……連一絲勝算都沒有。」扔下這句話，舒穆祿氏將手遞給如柳道：「走吧，不要再叨擾成嬪娘娘了。」

想到她剛才那句話，戴佳氏心中一寒。若真鬧到胤禛面前，以舒穆祿氏一貫的狐媚手段，吃虧的肯定是自己，到時候……戴佳氏不敢再想下去，連忙忍痛叫住舒穆祿氏道：「妳是不是要去皇上面前搬弄是非？」

舒穆祿氏停下腳步，半側了頭道：「是又怎樣，不是又怎樣？」

「妳！妳不可以去！」這個時候，宮人已經領著太醫來了，戴佳氏卻不讓太醫驗傷，只一味盯著舒穆祿氏。

戴佳氏感覺很恥辱，這等於她向舒穆祿氏示弱了，可她實在沒有別的辦法。

第一千一百三十五章　如其所料

舒穆祿氏回身走到戴佳氏身前，俯下身，以只有彼此能聽到的聲音一字一句道：「我要妳死，唯有這樣才能抵消妳對如柳做過的事。戴佳氏，妳傷了我，必死無疑，就算妳求到熹妃面前，她也救不了妳！」

在戴佳氏失魂落魄的神色中，她帶著一抹殘忍的笑意直起身子，一步步往外走去，沒入漫天灑落的春光夏意中……

彩霞等了半晌，忍不住道：「主子，太醫來了，您——」

她還沒說完，戴佳氏便尖聲打斷她：「滾！都給本宮滾，本宮誰都不想看到！」

彩霞擔憂地道：「可是您的傷得趕緊敷藥才行，否則會更加嚴重的。」

「本宮的事不用妳們管，都給本宮滾出去，否則宮規伺候！」

戴佳氏心裡惶恐又害怕。舒穆祿氏剛才說了，她要自己死，她一定會鬧到胤禛面前的，以胤禛對她的寵信，不必說，肯定是信她而非自己，哪怕自己將一身傷都呈到胤禛面前也無用。

到時候，她眼下擁有的一切都會消失不見，很可能，以後她要在冷宮中度過下半生。不可以，她不可以讓這種事發生，她不要去冷宮！

對了，怎麼把熹妃忘了，熹妃向來在皇上面前說得上話，只要她肯幫自己，舒穆祿氏的詭計一定不會得逞。

還有，舒穆祿氏之所以說自己去找熹妃也無用，一定是為了嚇唬住自己，好讓自己束手待斃，不去尋熹妃襄助。可惡，差點就著了她的當，幸好被自己識破。

想到這裡，戴佳氏沉重的心情一下子變得輕鬆起來，揚聲道：「彩霞！」

不等她喚第二聲，候在外面的彩霞便匆匆走進來。「主子，您喚奴婢可是要讓太醫進來給您診治？」

戴佳氏點點頭，太醫進來問了傷勢後，留下一罐用來治療燙傷的藥膏。

彩霞扶戴佳氏到暖閣中，除下衣裳擦藥，隨後又換了一身乾淨的衣裳，正準備將弄髒的衣裳拿下去讓人清洗，便聽得戴佳氏道：「彩霞，扶本宮去承乾宮。」

彩霞愣道：「現在嗎？可是主子您身上還有傷啊，不若等傷好一點了再去。」

戴佳氏態度堅決地道：「有傷也得去，再等下去，可能本宮連命也沒有了。」

「主子，剛才到底出什麼事了，為什麼慧貴人會受傷？」彩霞終於尋到機會問出心中的疑惑，待聽完戴佳氏的敘說後，驚得半天合不攏嘴。「她……她竟然如此惡毒，想要主子的性命？」

「這個女人根本就是瘋了。」戴佳氏連連搖頭道：「現在妳知道本宮為什麼急著要去找熹妃了吧，現在這個情況，只有熹妃才能救得了本宮。」

急著去尋凌若救命的她們，怎麼也想不到，舒穆祿氏根本就沒走遠，一直站在景仁宮外一處不起眼的角落中，親眼看著她們離去。

如柳直至此刻方才放下了心，道：「主子真是神機妙算，令奴婢佩服。」

舒穆祿氏涼聲道：「成嬪這個人嚇一嚇便上當了，她現在肯定以為我是怕她去找熹妃，所以才會說那句話嚇唬她；根本不知道我是故意提醒她去找熹妃的，等到她踏進承乾宮，離死也就不遠了。」

如柳點點頭，在看到舒穆祿氏頭上的傷口紅腫後，有些擔心地道：「既然成嬪已經上當了，那奴婢扶您回去吧，這傷口得趕緊敷藥才行，否則留疤便麻煩了。」

在回水意軒的路上，舒穆祿氏道：「雖說這次被她砸傷了額頭，但也多虧這道傷口，才令她嚇得六神無主，毫不懷疑我說的話。如果這次可以順利解決四阿哥與成嬪，就算要留一道疤在額頭上也值了。」頓一頓，她又道：「如柳，下一幕戲差不多也該開演了，都準備好了嗎？」

如柳應聲道：「主子放心，奴婢一早就按著主子的吩咐準備妥當了，只等時機一到，便可行事。」

戴佳氏到了承乾宮，剛一看到凌若，她便跪在地上哀哀哭了起來，把凌若哭得莫名其妙，趕緊問她出了什麼事，可戴佳氏什麼也不說，只是一味哭著。

到最後，凌若實在被她哭得心煩，道：「成嬪，妳專程跑來本宮這裡，不會就是為了讓本宮看著妳哭吧？」

戴佳氏哭個不停，一則是因為在舒穆祿氏身上受了許多氣，實在覺得委屈，二則是想博取凌若同情，眼下趕緊拭淚，哽咽著道：「娘娘，您可一定得替臣妾做主。」

凌若沒好氣地道：「妳要讓本宮做主，也得告訴本宮到底出了什麼事才行。」

第一千一百三十六章　哀求

戴佳氏正要說話，凌若又道：「妳先起來坐下，然後慢慢說給本宮聽。」

「是。」戴佳氏扶著彩霞的手起身坐下後，垂淚道：「啟稟娘娘，因為臣妾曾幫謙嬪作證，而後舒穆祿氏被禁足時，臣妾又將她的侍女帶走，送去別的地方當差。舒穆祿氏因此懷恨在心，這幾日一直在尋臣妾的麻煩，幾次挑釁生事，侮辱臣妾不說，今日還故意灑了燕窩粥在臣妾身上，令臣妾被燙傷。」說罷，她捲起袖子，露出被燙到地方，此刻已經起了水泡。「娘娘您看，她惡毒得恨不能燙死臣妾。」

「竟有這等事？」凌若驚訝不已。她知道舒穆祿氏這次起復，肯定會設法報復，卻沒想到舒穆祿氏會如此直接與強勢，將戴佳氏欺辱到這個地步。

雖說這樣做很是解氣，可解氣的同時卻是愚蠢，如此行徑很容易落人話柄，傷人亦傷己，舒穆祿氏不應該會如此才對。

戴佳氏只是一味想要凌若相信自己的話。「臣妾怎敢欺騙熹妃娘娘，舒穆祿氏這一次復位後當真是囂張至極。不說臣妾，就連娘娘您，她也未放在眼中，她還在臣妾面前對娘娘多有詆毀。」

「哦？她都說了什麼？」凌若注意到戴佳氏在說到最後那句時，目光有些閃爍，料定她話中有虛。

戴佳氏低頭支吾著道：「舒穆祿氏犯上無禮，臣妾實不敢汙了娘娘的耳朵。」

凌若瞥了她一眼，心中已有分曉，不再追問下去，而是道：「那麼成嬪此來，是為了什麼呢？讓本宮懲治舒穆祿氏嗎？」

戴佳氏眼淚又落了下來，泣聲道：「臣妾本不想麻煩娘娘，可實在被她欺負得無法，只能來請娘娘作主，否則以舒穆祿氏囂張的性子還不曉得會鬧出什麼么蛾子來。」

凌若抿茶不語，倒是水秀嘴快地道：「成嬪娘娘乃是景仁宮的主位娘娘，就算您治不了慧貴人，也不至於要受制於她啊。」

這句話說得戴佳氏面色微紅，有些窘迫地道：「若是擺在明面上，本宮自然不怕，可是舒穆祿氏向來擅長當面一套、背後一套，誰也不曉得她會耍什麼花招。」

水秀撇撇嘴，沒有說話。做主位娘娘做到成嬪這分上，也真夠可憐的。

凌若放下茶盞，正色道：「這次的事，不論她是有意還是無意，都是她的錯，就算鬧到皇上面前，她也占不到什麼便宜，這一點成嬪大可放心。不過，若想就此治慧貴人的罪，怕是難了。皇上對慧貴人的寵愛，妳也是看在眼裡的，即便是本宮親自去說，也未必有用，她大可以推成無心之失，所以本宮還是勸成嬪莫要爭這一口氣了，最終可能是得不償失。」

戴佳氏瞅了凌若一眼，小聲道：「這一點臣妾也知道，不過在她灑了臣妾一身粥後，還出了點事……」

「還有事？」凌若頗為意外地看著戴佳氏，等她把話說下去。

戴佳氏猶豫半晌，咬牙道：「當時舒穆祿氏一直在臣妾耳邊說風涼話，還罵臣妾是耗子，臣妾氣憤不過，便順手拿起桌上的空碗砸向她，將她的額頭砸破了。」說到這裡，她再次跪下去，慌聲道：「臣妾只是無心之失，可舒穆祿氏卻揪著這事不放，說要告到皇上面前，還說臣妾必死無疑。」

聽到這裡，凌若皺了眉頭道：「不是本宮說妳，成嬪妳好歹是宮中的老人了，伴在聖駕身邊的日子比本宮還要久，怎的還這樣沉不住氣。依本宮看，舒穆祿氏之所以說那麼多，就是想要激怒妳，偏生妳還真中了她的計。」

聽得凌若的話，戴佳氏更加後悔，垂淚道：「臣妾知錯了，臣妾以後行事必當三思而後行。但這次錯已鑄下，臣妾只能厚顏來求娘娘，請娘娘一定要救救臣妾。」

凌若蹙眉道：「舒穆祿氏若真要揪著此事不放，一定會在皇上面前大作文章，本宮就算想幫妳，只怕也有心無力。」

「不會的，皇上一向信任娘娘，只要娘娘肯幫臣妾說幾句話，舒穆祿氏的詭計就一定不會得逞。」戴佳氏如今只剩下凌若這根救命稻草，哪裡肯放棄。

對於舒穆祿氏的心思，凌若比戴佳氏猜得更透。這個女人報復心極強，陷害戴佳氏恐怕只是她計畫中的第一步，後面還有第二步、第三步，直至將所有害過她的人都除去，而自己與劉氏都是她的目標。

至於她先挑戴佳氏下手，無非是因為戴佳氏最弱、最容易對付，用來做各個擊破的口子最合適。

戴佳氏心涼了半截。難道熹妃這次真打算袖手旁觀？她如果不替自己求情，胤禛一怒之下一定會將自己貶入冷宮的。不可以，她不可以去冷宮！

想到這裡，戴佳氏膝行上前，用力拉著凌若的衣襬，痛哭流涕地道：「臣妾知道娘娘很為難，可是除了娘娘，臣妾不知道還能求誰，請娘娘念在臣妾與您好歹相識二十餘年的情分上，救臣妾一命，臣妾以後一定唯娘娘之命是從，絕不敢有違。」

凌若低頭道：「妳好歹也是一宮之主，這樣跪在地上哭個不停成什麼樣子。水秀，還不快扶成嬪娘娘起來。」

戴佳氏泣聲道：「娘娘若不肯垂憐臣妾，就讓臣妾跪死在這裡得了。」

凌若道：「本宮何時說過不救了，只是現在皇上那邊都沒有消息來，妳讓本宮怎麼救妳，難道自己跑去皇上面前說這事嗎？那可真是無事也變有事了。」

「多謝娘娘！多謝娘娘！」戴佳氏聞言大喜過望，連連叩首。

凌若又言：「妳且回去，若皇上那邊有話下來，本宮一定盡力替妳美言，不過是否能夠令皇上回心轉意，就非妳我所能控制的了，若不成，希望妳不要怪本宮。」

第一千一百三十七章　目標

戴佳氏連連點頭。「臣妾明白，娘娘肯施援手，臣妾已經感激不盡，臣妾告退。」

在送戴佳氏離開後，水秀道：「主子，您真要幫成嬪嗎？」

「本宮既然已經答應了，自然會幫她。」說到這裡，凌若看了一眼欲言又止的水秀道：「怎麼了，妳不願本宮幫她？」

「不是，奴婢只是在想，慧貴人做那麼多，當真只是為了對付成嬪嗎？是否還有咱們不知道的事？這樣一來主子替成嬪求情，很可能會中了慧貴人的計。」

凌若扶著她的手起身，走了幾步道：「妳說的這個，本宮也想過，不過若就此由著成嬪被責罰，那麼同樣是中了舒穆祿氏的計，讓她有機會各個擊破。若本宮沒有料錯，她的下一個目標是謙嬪，最後則是本宮。成嬪與謙嬪固然各有心思，但有她們牽制住舒穆祿氏，對本宮而言無疑是一件好事。」

凌若殫精竭慮，思盡了所有可能，可始終還是猜錯了，從一開始，舒穆祿氏的目標就不是戴佳氏，而是她及……弘曆！

弘曆在下了早課後，叫住兆惠與阿桂，說出自己過幾天便會入朝當差的事。

兆惠訝然道：「入朝當差？四阿哥您不是還要幾個月才滿十六歲嗎？」

弘曆點頭道：「嗯，不過皇阿瑪想我早一些歷練，再加上二哥提議，便讓我現在就入朝當差。」

阿桂瞪著銅鈴大的眼睛道：「這麼說來，您以後豈非沒時間來上書房？」

弘曆一邊將書冊放進袋中，一邊道：「來還是會來的，只是不能像現在這樣每日都來。」

阿桂一拍桌子，帶著喜色道：「那敢情好，您不來，咱們也不用來了。」

弘曆用書冊在阿桂腦袋上一敲，道：「我告訴你，想都別想。好不容易才幫你和兆惠爭取到進上書房的機會，才這麼一、兩月工夫就說不來，豈非虧大了。」

阿桂嗚呼一聲趴在桌子上，愁眉苦臉地道：「可是我與讀書真的相剋，就算讀上一輩子，怕也不及您與兆惠的一半，既如此，又何必與朱師傅相看兩相厭？」

聽到他這番話，弘曆除了搖頭也不知道該說什麼好，隨即看到兆惠在那裡咬著手指不說話，遂道：「在想什麼呢？」

兆惠皺著眉頭道：「您說這次是二阿哥向皇上提議的？二阿哥怎麼一下子對您

這麼關心了？」

「也不能說一下子，這段時間二哥對咱們比以前好了許多，至於向皇阿瑪提議，想來也是希望我可以盡早助皇阿瑪減輕國事的負累吧。」

阿桂對此嗤之以鼻。「他會有這麼好心才怪，依我說，他肯定有什麼目的。」

「阿桂，你未免想得太多了些，不過是讓我早些日子去當差罷了，能有什麼目的？」

弘曆話音剛落，兆惠便道：「這一次我倒是認為阿桂說得有幾分道理。正所謂江山易改，本性難移，二阿哥一直看您不順眼，怎會無緣無故變了態度。」

阿桂來了精神。「唷，想不到你居然會認同我的話，還真是難得。」

「有道理的話，我自然會認同。」將了阿桂一句後，兆惠道：「四阿哥，皇上可有說讓您去哪裡當差？」

「嗯，二哥建議我去戶部，皇阿瑪已經同意了。」

「戶部……」

兆惠咬著手指喃喃自語，他覺得有些奇怪。原本依著他的猜測，二阿哥應該讓四阿哥去禮部才是，怎麼是去了戶部呢？真是想不明白。

看兆惠眉頭緊鎖，弘曆用力拍了一下他的肩膀道：「行了，我知道你們擔心二哥那邊會有問題，但是事情都已經這樣了，與其多想，倒不如到時見招拆招。」

「就怕人家出的是連環招，讓您根本連拆招的機會都沒有。」這般說著，兆惠始終覺得不放心，想了半晌道：「四阿哥，要不我與阿桂隨您一起去戶部當差吧？」

他與弘曆雖然相識不久，掐頭去尾也不過幾個月而已，卻異常投緣；而弘曆也從未在他們面前擺阿哥的架子，相處猶如兄弟一般。

弘曆還沒說話，阿桂已經迫不及待地道：「好！我同意，咱們跟著四阿哥一道進戶部，遠好過在這裡背勞什子書。」

「不行，我說過，你們好不容易才能進上書房，跟著朱師傅讀書，現在離去太過可惜了。」弘曆再次道：「我知道你們是擔心我，但一來我是在戶部，二哥管不到我；二來，我怎麼說也是阿哥，二哥就算真有心也不敢亂來，你們大可放心。」

見弘曆心意已決，兆惠不便再多說，阿桂就失望多了，無精打采地道：「這麼說來，我們不僅仍要在這裡讀書，還連四阿哥都看不到了。」

弘曆拍拍他的肩膀道：「誰說的，你們隨時可以來我府中找我說話喝茶。」

經他這麼一說，阿桂又有了幾分精神。「是啊，我們與四阿哥認識一段時間，但還從沒有去宮外喝過茶，到時有機會，我與兆惠帶您去最出名的茶樓喝茶。」

弘曆笑道：「好，那就一言為定。」

眼見時辰不早，兆惠與阿桂一道離去，而弘曆也帶著小鄭子往承乾宮走去。在走到半路時，迎面走來一個小太監，擦身而過時還撞了弘曆一下。

小鄭子趕緊扶住弘曆，緊張地道：「四阿哥，您怎麼樣，要不要緊？」

弘曆揉了揉肩膀，道：「還好，只是肩膀有點疼，不打緊。」

小鄭子心頭一鬆，回頭想打那個小太監，卻發現他已經跑掉了，氣道：「不知是哪處宮人，居然這樣沒規矩，四阿哥，要不要奴才去抓他？這會兒工夫應該跑不遠。」

弘曆不在意地道：「算了，他也不是有心的，再說我又沒什麼事，還是快些回去吧，別在路上耽擱了。」

第一千一百三十八章　腫包

「嗻。」小鄭子不再多言，跟著弘曆往承乾宮走去。

弘曆並不曉得就是剛才那麼一撞的工夫，自己袖子中已經被人塞了一個絹袋，更不曉得口子半敞的絹袋裡裝著幾隻剛剛吃飽的蚊蟲。

當天夜裡，弘曆半夢半醒間，一直聽到有蚊蟲在自己耳邊嗡嗡叫著，第二天一早起來時，發現身上多了好幾個包，又紅又腫。

小鄭子看他一直在抓身子，神色又很奇怪，遂在遞絞好的面巾給他時道：「四阿哥怎麼了？身子不舒服嗎？」

弘曆隨意抹了把臉後，又繼續抓癢。「是啊，昨夜裡蚊蟲似乎有些多，咬了好幾個包，而且特別癢。」

「奇怪，昨夜四阿哥來就寢前，奴才還特意驅過蚊了，怎麼還會有蚊蟲？」小鄭子看弘曆抓個不停，趕緊抓著他的手道：「四阿哥，您再這樣抓下去，皮會破的，奴才去給您拿止癢去腫的藥膏。」

只是停了一會兒，被蚊蟲叮到的地方就癢得讓人難受，弘曆急切地催促道：「那你趕緊去拿來，真的好癢。」

等小鄭子匆匆忙忙拿了藥膏過來的時候，弘曆又再抓了，小鄭子趕緊替他把藥膏擦上，可弘曆還是不住叫癢，時不時在身上撓著。

看到弘曆這個樣子，小鄭子緊張地道：「這……這可怎麼辦，剛才奴才去拿藥的時候，娘娘身邊的水月姑姑還特意過來告訴奴才，讓四阿哥您趕緊去用早膳，娘娘那邊正等著呢。若是讓娘娘看到四阿哥您這樣撓癢，定會不高興的。」

弘曆想了一下，拿過小鄭子手裡的藥膏，在被咬到的地方擦了厚厚一層，然後對愁眉苦臉的小鄭子道：「行了，去用早膳吧。擦了這麼多，應該可以堅持一會兒。」

小鄭子遲疑著沒有邁步。「四阿哥您真的沒事？」

弘曆拉著他，沒好氣地道：「現在沒事，要是再拖下去，我可就真熬不住了。」

小鄭子趕緊隨弘曆去了偏廳，桌上已經擺好早膳，凌若正坐在桌前與水秀說話，看到弘曆過來，笑道：「今兒個來得可是晚了一些，怎麼，貪睡起不來嗎？」

「兒臣睡過了頭，小鄭子又沒叫兒臣，所以起晚了。」這般說著，弘曆在凌若身邊坐下，只這麼一會兒工夫，身上又傳來奇癢，猶如螞蟻在爬一樣，偏又不能當著凌若的面用手去抓，實在是難受至極。

雖然弘曆努力不伸手去抓，還是讓凌若看出了幾分不對，問：「怎麼了？可是哪裡不舒服？」

「沒有，兒臣很好。」弘曆連忙否認，拿起水秀盛上來的粥大口大口地喝著，也不顧那粥還燙得很，片刻工夫就將粥喝完了，隨後匆匆起身道：「額娘，兒臣吃飽了，該去上書房了。」

「可是你才喝了一碗粥而已，哪裡會飽，吃些點心再走。」

凌若這句話還沒說話，弘曆已經走到門口了，聞言頭也不回地道：「兒臣真的吃飽了，額娘您慢慢用。」

看著他快步離去的身影，凌若奇怪地道：「弘曆今天這是怎麼了，走得這麼快，好像有什麼人在後面追他一樣。」

水秀笑道：「也許四阿哥是想早一些去上書房，過了今日，四阿哥便不能再像現在這樣天天去上書房讀書了。」

「也許吧。」凌若點點頭，不再多想。

她並不曉得弘曆在出了承乾宮後就迫不及待地撓著癢處，連到了上書房也撓個不停，朱師傅在訓斥過幾次後，見他還是撓不停，只當他是不遵紀律、目無尊長，氣得他第一次處罰弘曆，命他將今日所學的課文抄寫百遍。

好不容易挨到下課，兆惠與阿桂趕緊問：「四阿哥，您今日怎麼了，為何一直動個不停，像是身上有螞蟻在爬一樣。」

「雖然沒有螞蟻，但也差不多了。」弘曆一邊撓著癢處一邊將事情說了一遍，聽得他們兩人不敢相信。

阿桂道：「竟然有這麼毒的蚊子，咬了幾個包就讓您一直癢到現在。」

弘曆皺著眉頭道：「不只是癢，現在好像還有些痛了。」說到這裡，他擼起袖子，只見手臂上的一個紅包已經被抓破了皮，此刻正有血水流出來，顯得極為嚇人。莫說兆惠他們，就連弘曆自己也被嚇了一跳。

「哇，四阿哥，怪不得您會覺得痛了，都被抓成這樣了，哪有不痛的道理。」阿桂咂舌道：「這是哪來的蚊蟲啊，居然這麼毒。」

「四阿哥別抓了！」見弘曆還要去抓，兆惠趕緊抓住他雙手，道：「您這樣子不行，得趕緊讓太醫來看看才行。」

弘曆掙開他的手，放下袖子道：「不過是被蚊蟲叮了幾口罷了，哪裡用得著傳太醫那麼嚴重。」

「可是……」

兆惠還待要勸，弘曆已經帶著小鄭子匆匆離去，根本不聽他們再說下去。

阿桂聳聳肩道：「算了，四阿哥若真覺得不對，自然會傳太醫來看，不必太過擔心，咱們還是回去吧。」

兆惠點點頭，壓下心裡的不安，與阿桂一道往宮門走去，但在即將走到宮門口時，忽地又停下腳步。「不對，四阿哥那個腫包很不對勁，不像是一般蚊蟲咬的，我得回去看看他。」

阿桂一把拉住他，大聲道：「去承乾宮？你瘋了，沒有四阿哥領著，咱們不能在後宮中亂闖的，要是被人抓到會很嚴重的。」

兆惠搖頭道：「咱們小心一些，不要讓人發現就行了。從剛才起，我就一直覺得很不對，那腫包太過嚇人，偏四阿哥自己又不當一回事，他一定不會傳太醫的。」

見兆惠說得凝重無比，阿桂也認真起來。「當真那麼嚴重嗎？」

兆惠橫了他一眼道：「你別忘了，我身子一向不好，經常要看大夫，久病成醫，又看了很多醫書。有一次你被蠍子螫，是我尋來草藥將你治好的。我看四阿哥身上的腫包不像是被蚊蟲叮出來的，倒像是被毒蟲螫的。」

第一千一百三十九章　奇癢難耐

阿桂雖然常與兆惠鬥氣，卻也曉得兆惠不是亂說話的人，他會這樣說，心裡肯定是有著很大的懷疑，遂點頭答應道：「那好吧，咱們現在去承乾宮看四阿哥。」

兆惠與阿桂往回走，向承乾宮行去。因為一路上要留心躲避宮人，兩人走走停停，足足花了比平時多一倍的時間才走到承乾宮。

可到了外頭，兩人卻同時犯起難。難道就這樣直接進去說要見四阿哥嗎？只怕宮人會問他們是怎麼來這裡的，到時候追究起來，麻煩就大了；可若不讓人通傳，他們根本進不去。

正當他們不知所措的時候，正好走到宮門處的楊海看到了躲在牆角的兩人，走過來道：「兆惠少爺，阿桂少爺，你們怎麼在這裡？內苑重地，可是不許亂闖的。」因知道他們與弘曆關係甚好，所以楊海雖是質問，語氣卻不甚嚴厲。

見行蹤被人識破，阿桂趕緊打了個哈哈，瞅著兆惠道：「你還不趕緊告訴楊公公，咱們來這裡做什麼。」來承乾宮是兆惠的提議，當然是由兆惠去說了，再說他可沒兆惠那許多的彎彎腸子。

兆惠沒好氣地瞪了他一眼，半真半假地道：「楊公公，我們知道不該亂入內苑，但是之前在上書房上課的時候，我們看四阿哥身子似有些不適，放心不下，所以特意過來看看。」

「四阿哥身子不適？」楊海微微一驚。之前弘曆回來的時候，他正忙著其他事，不曾見到。

阿桂趕緊點頭道：「要不是擔心四阿哥，我們怎會明知故犯，闖入內苑？還請楊公公行個方便，讓我們去看看四阿哥。」

楊海猶豫了一下道：「既是這樣，那請二位少爺在此稍候，待我先去稟了娘娘。」

兆惠曉得這種事楊海拿不了主意，點頭道：「那就有勞公公了。」

楊海進去與凌若說了這事後，凌若心中一緊，趕緊讓水秀扶著她去看弘曆，至於兆惠他們也讓楊海領去弘曆那裡。

剛出正殿，就看到小鄭子捧著一大卷紙，神色緊張地從另一邊走過，凌若看著不對，開口將他叫住。

小鄭子聽到凌若的聲音，神情比剛才更緊張了幾分，低頭跪下道：「奴才見過娘娘，娘娘吉祥。」

凌若瞥了他手裡的紙一眼。「你拿著這麼多紙做什麼？四阿哥那邊不是前幾日才送了一大疊紙去嗎，難道這麼快就用完了？」

小鄭子道：「回……回娘娘的話，前幾日送去的是習字用的紙，剛才四阿哥說作畫用的紙沒了，所以特意讓奴才去內務府拿一些來。」

「作畫？」凌若狐疑地看了滿面不自在的小鄭子一眼，對水秀道：「拿張紙來給本宮瞧瞧。」

當水秀取了一張紙遞到凌若手中後，凌若的臉色立時沉了下來，冷聲道：「這張紙堅潔如玉、細薄光潤，根本就不是作畫用的宣紙，而是習字用的澄心堂紙，與前幾日送去的一模一樣。小鄭子，你好大的膽子，居然敢欺瞞本宮。」

見謊言被揭穿，小鄭子渾身一顫，連連磕頭道：「奴才該死，請娘娘恕罪！」

「說，四阿哥到底用這些紙做什麼？」

面對凌若的質問，小鄭子不敢再隱瞞，如實道：「今日四阿哥被朱師傅罰抄所習的課文百遍，四阿哥發現澄心堂紙不夠用，所以讓奴才去內務府多拿一些來。」

聽得弘曆被罰抄，凌若有些不敢相信。這個兒子向來好學聰穎，在課業上從未令她操過什麼心，怎的這次會被朱師傅罰抄課文？

見凌若不說話，水秀小聲道：「主子，兆惠他們不是說四阿哥身子不適嗎？是否是因為這個原因，才令四阿哥在課堂上表現不佳，被朱師傅處罰？」

「還是先去看弘曆吧。」凌若快步往弘曆所住的院子行去，匆忙之下，她也忘了問小鄭子關於弘曆身體的情況。

在來到弘曆屋外的時候，兆惠他們也剛好到了，凌若顧不得多說便快步走進去。

弘曆正在屋中一邊抓癢一邊抄寫，桌上擺著好幾張已經抄好的紙，不過此刻他那一手漂亮的字卻有些變形。

聽到有腳步聲響起，弘曆只道是小鄭子回來了，頭也不抬地道：「把紙放在旁邊就行了，小鄭子快過來給我抓癢，我怎麼感覺渾身都在癢。」

小鄭子哆哆嗦嗦地喚道：「四……四阿哥……」

弘曆聽著聲音不對，不由得抬起頭來，這才發現凌若竟然就站在面前，連兆惠與阿桂也在，他趕緊起身走到案前向凌若行禮。「額娘，您怎麼來了？」

看到弘曆無事，凌若心頭微微一鬆，隨即不悅地道：「本宮若不來，怎麼知道你被朱師傅罰抄書，又怎麼會看到你這個樣子。」

弘曆低頭看了自己一眼，只見一隻袖子高、一隻袖子低，衣裳也因抓癢而皺巴巴的，趕緊理好衣裳道：「兒臣知錯，請額娘責罰。」

凌若正要說話，卻看弘曆一直動來動去，一副很難受的樣子，皺眉道：「弘曆，你連站也站不好嗎？」

弘曆剛要說話，忽地周身一陣奇癢襲來，令他連話也無法說出。他這個樣子被兆惠看在眼裡，連忙道：「四阿哥，還是很癢嗎？」

弘曆勉強忍耐了一會兒，還是敵不過那陣猶如萬蚊叮的奇癢，雙手使勁在身上撓著，剛剛理好的衣裳再次被撓得皺巴巴。

凌若從未見過弘曆這麼失態的樣子，連忙上前拉住他的手道：「弘曆，你怎麼了，出什麼事了？」

弘曆掙開凌若的手，繼續在身上不住地撓著，一邊撓一邊道：「額娘，兒臣好癢，而且越來越癢了。」

他一直在撓，甚至連衣上的繡絲都撓斷了。要知道，弘曆沒有蓄指甲，要撓斷繡絲無疑需要極大的力氣，為免他繼續撓下去會傷到自己，凌若命楊海與小鄭子抓住他的手，她則走到兆惠跟前道：「你說四阿哥身子不適，是否指現在這樣？」

第一千一百四十章　醫治

兆惠拱手道：「回娘娘的話，正是。之前在上課時，四阿哥就是因為一直撓癢，才被朱師傅罰抄書，不過看四阿哥現在這個樣子，似乎更嚴重了一些。」

奇癢不斷襲來，偏雙手被抓住，無法撓癢，令弘曆難受至極，一邊掙扎一邊道：「額娘，您讓楊海他們鬆開手，兒臣身子好癢！」

看到他這樣子，凌若又心痛又緊張，道：「弘曆，你究竟怎麼了，為什麼會癢成這樣？」

「兒臣今兒一早起來後，就發現身上有幾個被蚊蟲叮出的腫包，一直都很癢。」

在說話的時候，弘曆不住扭動著身子，藉著衣裳的摩擦來減輕身上的癢意。

兆惠忽道：「娘娘，兆惠看過四阿哥被咬的地方，懷疑那並非蚊蟲。」

阿桂亦在一旁道：「是啊，娘娘，四阿哥被咬到的地方很嚇人，都腫起來了。」

凌若越發緊張，連忙命人捲起弘曆的袖子，剛一撩起，所有人都被嚇了一跳，連之前看到過的兆惠與阿桂也不例外。

弘曆的上半截手臂整個腫了起來，皮也被抓破了，傷口化膿，從中流出帶著白膿的血水，比在上書房裡看到時可怕了數倍。

這樣的惡化實在是令他們始料未及，就連主張要回來看弘曆的兆惠也是震驚不已。

待震驚過後，凌若不顧弘曆傷口正在流出的血水，一把抓住他的手，緊張無比地道：「怎麼會這樣？」

「兒臣沒事……」弘曆剛說了幾個字便被凌若打斷。

「都弄成這樣了，還說沒事，若不是兆惠他們說，你準備瞞本宮到什麼時候？」說到這裡，她又道：「究竟是什麼蚊蟲這般毒，居然將你叮成這樣。」

「娘娘，兆惠覺得四阿哥的傷口像是被毒蟲咬的，得趕緊傳太醫來看才行。」

兆惠一句話驚醒了凌若，連忙命水秀去召周明華過來。

不過短短一刻時辰，卻度日如年，不論是對弘曆還是對凌若，甚至是在場的每一個而言，都是無聲的折磨。

當水秀帶著周明華出現在視線中時，所有人都鬆了一口氣。

不等周明華請安，凌若已經道：「周太醫，你快看看弘曆，他說昨夜裡被蚊蟲叮過，然後就渾身發癢，一直在撓，叮到的地方甚至腫了起來。」

周明華不敢怠慢，在仔細查看過弘曆手臂上的傷處後，自醫箱中取出一瓶藥膏，迅速抹在傷口上，然後讓人扶著弘曆入內，在其餘傷口處也擦上藥膏。

在塗完藥膏後，弘曆的呻吟小了許多，當楊海與小鄭子試著放開他後，他也沒有再繼續抓傷口。

在小鄭子扶著弘曆出來後，凌若連忙道：「怎麼樣了，還癢嗎？」

弘曆安慰道：「還有些癢，不過沒剛才那麼厲害了，兒臣能忍得住，額娘不用擔心。」

「那就好。」凌若輕吁一口氣，轉而對周明華道：「周太醫，四阿哥的傷究竟是不是蚊蟲所叮？」

周明華思索道：「能夠令四阿哥癢成這個樣子，倒有些像是毒蟲叮咬所致。至於是哪種毒蟲，恕微臣這會兒還無法得知。」

凌若微一點頭，又道：「那四阿哥身上的癢……」

「娘娘放心，這藥膏專門用來消瘀止癢，效果奇佳，甚至對蠍子螫都有效。微臣會再開幾副清熱解毒的藥給四阿哥服用，如此內外用藥，四阿哥很快會沒事的。」

得了保證，凌若總算放下心來，撫著胸口道：「沒事就好，真是嚇到本宮了。」

有宮人端上文房四寶，周明華正待執筆寫方子，又想起一事來，道：「娘娘，為了防止四阿哥再被叮咬，微臣覺得今夜四阿哥最好換個地方歇息，另外再找人將這間房裡裡外外地打掃一遍，以防還有毒蟲。」

「本宮知道了。」就算周明華不說，凌若也不打算讓弘曆繼續歇在此處，對小鄭子道：「扶四阿哥去本宮那裡歇息。」

在安置妥當後，弘曆沒看到兆惠他們人影，問：「額娘，兆惠和阿桂呢？剛才還在的。」

「知道你沒事，他們都走了，畢竟這裡是內苑重地，他們不好久留。本宮讓楊海親自送他們去宮門口，以免生事。」說到這裡，凌若微微一笑道：「他們兩人冒險闖入內苑來看你，可見對你很是關心。」

說到兆惠與阿桂，弘曆亦笑道：「嗯，能認識他們是兒臣的福氣。」

見他在說話的時候，身子動了一下，凌若緊張地道：「是不是又癢了？忍著些，額娘這就讓周太醫過來，這會兒他應該還沒走遠。」

「額娘！」弘曆拉住欲離開的凌若，道：「只是有一些小癢罷了，沒事的，不必讓周太醫跑來跑去的。」

「真的沒事？」凌若不放心地問著，在弘曆一再肯定後，方才重新坐下來，隨後又有些責怪地道：「你這孩子，身上不舒服，為何不與額娘說？若非兆惠他們，額娘現在還不知道。」

弘曆內疚地道：「兒臣以為只是被蚊蟲叮了幾下，過會兒就好了，再說兒臣也不想讓額娘擔心。」

凌若撫著弘曆的額頭道：「額娘知道你孝順懂事，但你是額娘的兒子，不管是什麼事都應該告訴額娘，一味隱瞞，反而會讓額娘更擔心。好比這一次，若拖下去，不知會怎樣。」

弘曆點頭道：「兒臣知道，以後一定什麼都與額娘說。」

此時，水秀端了煎好的藥進來，在弘曆喝過後，凌若替他掖好錦被道：「好好睡一覺，等睡醒了，額娘幫你重新擦藥。」

第一千一百四十一章　加重

在弘曆閉上眼，又留下安兒在內殿照顧後，凌若扶著水秀的手走到外頭，道：「如何，四阿哥的房間打掃乾淨了嗎？可有發現？」

「回主子的話，水月還在盯著，暫時沒發現。」水秀遲疑了一下道：「主子可是覺得四阿哥是被毒蟲咬傷？」

「區區蚊蟲不可能將弘曆咬成這個樣子，毒蟲的可能性更大一些，若不盡早找出來，只怕還會叮弘曆或其他人。妳讓水月盯緊一些，別漏了任何一處。」吩咐完這些，凌若又想起一事來，道：「對了，養心殿那邊可有什麼動靜？」

「沒有，一切都很平靜。」

水秀的話令凌若秀眉一蹙，問：「那慧貴人呢？她可有去過養心殿？」

「沒有，慧貴人從昨日到今天都待在水意軒中，沒有出去過。」

凌若覺得更加奇怪，按著戴佳氏的說法，舒穆祿氏應該藉著額頭的傷去找胤禛，然後讓胤禛處置戴佳氏才對，怎會一直待在水意軒中不出去呢？

「主子，會不會是慧貴人知道成嬪娘娘來找過您，知道您會幫成嬪娘娘說話，怕到時候在皇上面前沒有勝算，所以……」

不等水秀說完，凌若已經道：「舒穆祿氏既然會去挑釁成嬪，就應該已經想到了成嬪會來找本宮，但她還是去了，表示她根本不怕本宮，怎麼可能會因此收手，這根本就不是她的性子。」毫無頭緒的凌若，想一想又道：「讓人繼續盯著養心殿與水意軒，一有動靜就立刻來告知本宮。」

水秀剛要答應，就看到安兒慌慌張張地跑出來，一邊跑一邊大叫：「不好了，主子，不好了！」

看到本應在內殿照顧弘曆的安兒慌成這個樣子，凌若心裡浮起不祥的預感，連忙道：「是不是弘曆出事了？」

安兒喘著氣道：「四阿哥他……他又犯癢了，而且好像比剛才還要厲害，奴婢抓不住他！」

凌若一驚，剛才弘曆還好好的，怎麼一下子……

她顧不得再問，快步往內殿走去，花盆底鞋在青石鋪就的路上踩出一連串急響，在走到一半時卻驟然停住，令疾步想要跟上她的水秀差點撞上。

水秀定了定神，道：「主子，怎麼了？」

「妳速去找幾個小太監，另外將周太醫還有齊太醫他們都請來，一道給四阿哥看診。」勸是勸不住的，必須得有人強行按著他才行。
凌若快步來到內殿，還沒進去便聽到弘曆不住地叫著癢，聲音比之前還要痛苦。
一進去就看到錦被掉落在地，繁花織錦的桌布亦被扯了下來，一套青玉茶壺與茶盞在地上摔得粉碎，而弘曆站在這些碎片間，不斷地抓著身子，神情痛苦不堪，露在外面的肌膚已經被他抓得到處是紅印。
凌若連忙上去阻止。「弘曆，不要再抓了，聽額娘的話，不要再抓了！」
「好癢，真的好癢啊！額娘您走開，別管我！」弘曆的手只是停下一會兒，那種萬蟻鑽心的癢就讓他快要發瘋了，用力掙開凌若的手，繼續在身上抓著。
這種拚命的抓撓落在旁人眼中，卻是怵目驚心。
「弘曆，你不能再抓下去了，不然全身都會抓爛的！」凌若心痛地說著，再次去抓弘曆的手，卻被弘曆一把推開，安兒未能及時扶住，令她後背撞在桌上，痛得臉色一白，身子慢慢滑倒在地。
安兒此刻總算反應過來，吃力地扶住凌若，迭聲道：「主子！主子您怎麼樣了？」
弘曆強行忍著身上的奇癢衝到凌若跟前，驚慌地道：「額娘，您怎麼樣了？您不要嚇兒臣，兒臣不是故意的，對不起，對不起，額娘！」
他長這麼大，對凌若從來只有孝順，哪怕是無心之失，也令他內疚萬分。

凌若緩過氣來，忍著痛，死死抓住弘曆雙手道：「額娘沒事，只是被撞了一下，要不了命，但是你真的不能再抓下去，看看你把自己都抓成什麼樣子了。額娘已經讓人去請太醫了，他們很快會過來，到時候就不會有事了，你再忍一會兒，乖，再忍一會兒！」

弘曆用力點頭，努力控制自己不去掙開凌若的手，這無疑是在考驗弘曆的自制力，他死命咬著下脣，乃至流下殷紅的鮮血也沒有鬆開。藉著這絲痛楚，他勉強忍耐住，但是他能夠感覺到痛楚帶來的效果正不斷減弱，他就快要忍不住了。

就在這個時候，水秀帶著幾個小太監奔進來，看到這個情況，不等凌若吩咐，小太監們就會意地過來抓住弘曆的手，將他按在床上，令他無法動彈。

在制住弘曆後，水秀奔過來道：「主子，您怎麼坐在地上，怎麼了？」

「沒事，扶本宮起來。」儘管有水秀和安兒扶著自己，但起來時，凌若後背被撞到的地方還是傳來一陣陣痛意。「太醫呢？」

「奴婢已經派人去請了，很快會來。」

凌若稍稍安心，在走到弘曆床邊，看著他痛苦的樣子，當即掉下淚來。

看到她落淚，弘曆勉強道：「額娘不要哭，兒臣……沒事，對不起，額娘……對不起！」

凌若撫著他的臉頰，含淚道：「額娘沒事，而且額娘也知道你不是故意的，不用再說對不起，額娘現在只求你沒事。」

第一千一百四十二章　惡化

「兒臣會沒事的，會……沒事的！」這樣說著，弘曆表情卻無比可怕，不住地掙扎著，想要擺脫小太監的控制。

凌若痛得心都揪了起來，厲聲道：「太醫呢，為什麼這麼久了還不來？去催，快給本宮去催！」

「主子您冷靜一些。」水秀勸道：「太醫正趕過來，可是太醫院離承乾宮那麼遠，才這麼一會兒工夫，他們就算跑也跑不到。」

凌若心裡也明白，可要她眼睜睜看著弘曆受罪，真的很痛苦，恨不能受罪的那個人是自己。

水秀明白凌若心裡的痛苦，用力握著她的手，安慰道：「主子放心吧，四阿哥不會有事的，一定不會有事！」

凌若沒有說話，只是不斷地點頭，可是眼淚依然一滴接一滴地落下，滴在手背上的灼熱像要燒起來一般。

不論她平常怎麼冷靜沉著，在面對弘曆有事時，都難以保持冷靜。畢竟……那是她的兒子啊，她唯一的兒子，寄託著她所有的希望，若弘曆有什麼三長兩短，她甚至不知道自己是否還有活下去的勇氣。

太醫們終於來了，尤其以周明華的臉色最為凝重，不只是因為他與凌若關係最近，也是因為他剛剛才替弘曆診治過。按理來說，擦了藥也開了方子，就算是毒蟲、毒蠍螫出來的傷，也應該有所好轉才是，怎麼反而會惡化呢？

齊太醫也在，他第一個上前替弘曆診脈，可是弘曆一直在掙扎，根本無法好好診脈。在問明弘曆情況後，他白眉緊鎖，顯然也在奇怪何以區區幾隻蚊蟲的叮咬會將弘曆弄成這個樣子。

之後齊太醫又問周明華要了藥膏與方子，皆沒有問題，而且止癢去毒的效果極好，斷然不會有反效果；也就是說，弘曆身上叮咬處的毒素非這些藥所能對付，僅僅是在壓下片刻後，便以更加凶猛的勢頭反彈上來。

周明華在一旁道：「院正，我之前為四阿哥診治的時候，懷疑他並非遭蚊蟲叮咬，而是更厲害的毒蟲，但是我想不出什麼毒蟲會令四阿哥癢成這個樣子。」

齊太醫微一點頭，對凌若道：「娘娘，四阿哥確實是說腫包是被蚊蟲叮咬出來的嗎？」

「弘曆是這麼與本宮說的。」凌若可說是六神無主，勉強凝起一絲心神，喚過小鄭子：「你是一直跟在四阿哥身邊的，四阿哥身上的腫包是不是蚊蟲叮出來的？」

小鄭子跪在地上慌聲道：「回娘娘的話，應該是蚊蟲。因為四阿哥與奴才提過，他晚上一直聽到有蚊蟲在耳邊飛，早上醒來時，身上便多了幾個腫包。」

就在他們聚在一起商量該如何診治時，其中一個小太監驚聲道：「主子，四阿哥身子很燙，好像在發燒！」

凌若快步上前，手剛一搭在弘曆頭上便感覺到一股燙意，本就已經夠不安的心又慌了幾分，催促道：「諸位太醫，四阿哥到底該怎麼醫治，你們倒是說句話啊！」

齊太醫拱手道：「娘娘少安勿躁，微臣等人正在想辦法……」

不等他說完，凌若已經急切地打斷他的話。「四阿哥現在這個樣子，你讓本宮怎麼少安勿躁？你們已經討論很久了，到底有沒有辦法？」

齊太醫也知道沒有時間再討論，必須盡快醫治才行，當下道：「微臣明白，這就為四阿哥醫治。」說罷，他命人去準備大量的鹽水為弘曆沖洗抓破的皮膚，以防止傷口繼續惡化，又與周明華等人商量用什麼藥物來敷傷口。

現在最重要的是止住弘曆身上的癢，至於發燒，應該是傷口惡化引起的身體反應；只是有一點他們百思不得其解，弘曆是從今天一早開始抓撓腫包的，就算當時破皮了，到現在也不過半天工夫，傷口怎麼會惡化得這麼快？而且發燒的速度也很快。一般傷口惡化，至少要一天才會引起身體反應。

病情耽誤不得，幾經商量後，外敷與內服的方子均開了下去。宮人憑方子去御藥房取藥，外敷的磨成粉，等用鹽水沖洗後，再敷在傷口上，然後用紗布包紮。

用鹽水來沖洗傷口，雖然可以阻止傷口惡化，但卻會令傷口疼痛加劇。弘曆咬緊牙關，牙齒被咬得咯咯作響。

這一次，任宮人怎麼勸說，凌若都沒有離開，一邊看宮人用鹽水沖洗，一邊不住安慰：「你撐著一些，很快就好了，額娘在這裡陪著你，不要怕。」

被鹽水沖洗過後，弘曆感覺傷口似乎沒那麼癢了，微微鬆了一口氣道：「兒臣會撐下去的，額娘放心吧，嘶……」

說到一半，弘曆倒吸一口涼氣，因為宮人開始將磨成粉的藥灑在傷口上，傳來的劇痛就像是有刀子在割一樣，痛不堪言。

在宮人替弘曆包紮的時候，凌若走到齊太醫身邊道：「這些藥真的有用嗎？為何弘曆表情這麼痛苦？」

「娘娘放心，這些藥粉中的任何一種都有著極好的消腫止癢之效，混合在一起，效果自然更好。至於痛，只是暫時的，很快便不會了。」

齊太醫說得沒錯，很快的，弘曆便沒有那麼痛了，只剩下輕微的癢意，不過整個人卻昏昏沉沉，提不起一絲勁來。

第一千一百四十三章 難以用藥

一會兒後，退燒清毒的藥煎好了送進來，凌若親自餵弘曆喝下。正當她鬆了一口氣準備起身時，剛喝下去的藥倏然從弘曆口中噴出，而他也昏了過去。

「太醫！太醫！」凌若淒厲地喚著，臉上盡是惶恐害怕之色。

齊太醫趕緊上前，第一個抓住弘曆的手腕切脈，而周明華則翻看弘曆的眼皮。

齊太醫一邊診脈一邊喃喃自語：「怎麼會這樣？」

「齊太醫，弘曆到底怎麼樣了，為什麼他會把藥吐出來？」過度的驚慌害怕，令凌若連聲音也變了。

齊太醫面色難看地道：「四阿哥的脈象比剛才又亂了數分，而且內腑也開始出現不對，令他無法服下藥物。」

「為什麼會這樣，剛才不是還沒那麼嚴重嗎？救弘曆，你們一定要救弘曆！」凌若面色慘白地叫著，緊緊抓著弘曆的手不放。

她害怕，真的很害怕，連當初在通州差點沒命的時候，也沒有現在這麼害怕。早晨時還好好的，弘曆還與她一道用早膳，為何現在會變成這樣？

「微臣一定會盡力而為。」這般說著，齊太醫的語氣卻比剛才更加凝重。弘曆服不下藥，可是光靠外敷，治標不治本，根本起不得大用，而且燒也無法壓下去。

凌若指著齊太醫，厲聲道：「本宮不要你盡力而為，本宮要你一定治好弘曆！」

水秀小聲勸道：「主子，您冷靜一些，一定會有法子的。」

「弘曆這個樣子，妳讓本宮怎麼冷靜！」

正當凌若又氣又急時，正在察看弘曆舌苔的周明華突然道：「齊太醫，您看四阿哥舌苔周圍有一圈黑印，看起來倒有些像……中毒。」

齊太醫再次診脈，試圖在紊亂的脈象中找到一點中毒的端倪，可是不論他怎麼仔細診斷，都斷不出中毒之象；可令人奇怪的是，另一個太醫在弘曆印堂看到一圈不甚明顯的黑印，也是屬於中毒之症。

如此奇怪的病症將齊太醫這位國手難住了，脈象看不出中毒之症，但舌苔、印堂卻出現中毒才有的黑印，到底是怎麼一回事。

見他們臉色凝重地站在那裡不說話，凌若的心急得像是要從胸口跳出來，勉強道：「說，四阿哥到底怎麼樣了？」

齊太醫硬著頭皮道：「回娘娘的話，四阿哥看起來像是中毒，但脈象中又沒有顯示，所以微臣一時不敢斷言。」

「不就是被蚊蟲叮了嗎？怎麼就中毒了？」凌若難以接受，看到水月悄悄走進來，想起之前派給她的事，忙道：「水月，妳在四阿哥房間可曾發現了什麼？」

水月連忙上前道：「回主子的話，奴婢命人將四阿哥房間裡裡外外都打掃了一遍，並未發現毒蟲，只有幾隻蚊蟲死在床榻上。另外奴婢在床底下發現一只沒裝東西的絹袋，問了伺候四阿哥的人，都說不是四阿哥的。」

凌若拿過她手裡的絹袋看了一眼，是用紫色絲絹做成，看起來沒有什麼特別，還給水月後，她猶不死心地道：「真沒發現毒蟲？」

「主子之前吩咐過奴婢，所以奴婢看得很仔細，確實什麼都沒有。」水月想了一下道：「若非要說有什麼奇怪，就是那幾隻蚊蟲都死了。」

周明華突然想到一事，道：「會不會是那幾隻蚊蟲曾經叮過有毒的東西，隨後又叮了四阿哥，從而將毒轉到四阿哥身上？」

周明華確實有幾分聰明，竟然被他猜對了大概。

蚊蟲以吸血為生，會叮咬的除了人就是動物，宮中倒是養了幾隻貓狗及鳥雀，但都是無毒的；至於人，就更不可能了，若是有人中毒，肯定會傳太醫去診治解毒，但自從上回弘晟的事之後，宮裡就再沒人中過毒。

水秀想了一會兒道：「那幾隻蚊子會不會是從宮外飛進來的？」

「有這個可能。」周明華點點頭。

齊太醫出聲道：「水月姑娘，不知那幾隻蚊蟲可還在？」

水月惶恐地道：「這個……奴婢已經讓人收拾掉了，奴婢不知道蚊蟲會有毒，所以沒有留心。」

「可惜了，若是蚊蟲還在，倒是可以用銀針看看牠體內是否帶有毒血，雖不能幫我們確定是何種毒，但至少可以知道用藥的方向。」

凌若盯著齊太醫幾人道：「那現在究竟有沒有辦法弄清楚弘曆是不是中毒？」

「四阿哥的情況太過奇怪，微臣等人實不敢輕易斷言。」齊太醫躬著身子回答。事關一位阿哥性命，他豈敢輕易下結論。

凌若煩躁地道：「本宮不想聽這些，本宮只問你們到底該怎麼治。」

齊太醫等人面面相覷，在凌若一再催促下，方道：「娘娘，是藥三分毒，若不能確定四阿哥中毒，從而貿然用解毒的藥，用得好便罷，若用得不好，只怕反而會危及四阿哥性命。」

「本宮不管，總之你們一定要救弘曆！」除了這句話，凌若不知道自己還能說什麼。弘曆是她的命根子，她絕對不可以失去弘曆，絕對不可以！

她抱緊弘曆，喃喃道：「弘曆，你答應過額娘會撐下去，一定要撐著，千萬千萬不要有事。」

這個時候，周明華突然道：「娘娘，微臣有話要稟。」

第一千一百四十四章　假傳聖旨

「講。」凌若頭也不抬地吐出一個字。

「微臣的師父以前也是御醫，精通岐黃之術，而且擅長解毒，如果由他來為四阿哥醫治，也許會有辦法。」

對，容遠，她怎麼把容遠忘了！若是容遠在這裡，一定會有辦法救弘曆。

齊太醫也露出恍然之色。「不錯，徐太醫雖年歲不大，於醫術一道卻比微臣等人更加精通，常能醫不能醫之症，他或許真能解四阿哥這個怪症。」

凌若立刻道：「楊海，你帶本宮的令牌出宮，找到徐太醫後，即刻帶他入宮！」

楊海被她的話嚇了一跳，慌忙道：「主子，徐太醫已不在太醫院任職，也非宮人，奴才如何能帶他入宮？就算有主子的令牌，神武門的人也不會放行。」

凌若目光一閃，冷聲道：「齊太醫，你們幾位先行退下，本宮有幾句話要與底下人說。」

齊太醫等人知趣地退出去，待屋中只剩下他們幾人後，凌若方道：「若神武門的侍衛阻攔，你就與他們說，這是皇上的意思。」

此話一出，莫說是楊海了，就是水秀她們也睜大眼睛，不敢置信地看著凌若。楊海回過神來，結結巴巴地道：「主子您是想……想讓奴才假傳……聖旨？」

水秀亦在一旁道：「主子，奴婢知道您擔心四阿哥，可是假傳聖旨是要殺頭的大罪，還是先將此事稟告皇上，然後讓皇上下旨傳徐太醫入宮吧！」

「弘曆現在的情況，多拖一刻就會多一分危險。再說，本宮並不是要你假傳聖旨，只是先一步將皇上的意思告訴他們罷了。」這般說著，凌若深吸一口氣，慢慢放開弘曆的手，起身道：「水月，妳在這裡好好照顧弘曆，讓齊太醫他們再想想辦法，至少要將弘曆的情況控制住。水秀，妳隨本宮去養心殿，向皇上請旨！」

楊海咬牙躬身道：「奴才這就出宮去請徐太醫！」

凌若望了猶在昏迷中的弘曆一眼，亦往養心殿趕去。

她並不知道，就在她離開後不久，一個小太監迅速扔下掃帚離開。

小太監一路小跑到水意軒，到了裡面，朝站在長窗前的人影跪下行禮。「奴才給主子請安，主子吉祥。」

人影正是舒穆祿氏，她慢慢轉過身來，盯著小太監的頭頂道：「可是有動靜了？」

「是，奴才剛剛看到熹妃帶著貼身宮女水秀行色匆匆地往養心殿趕去。」這個小太監本是水意軒的奴才，舒穆祿氏為了監視凌若，特意讓他混在那些專門負責打掃去養心殿必經之路的太監裡面。

舒穆祿氏點一點頭道：「行了，你下去吧，另外讓如柳進來。」

如柳扶著舒穆祿氏在椅中坐下後，小聲道：「主子，是不是有消息了？」

「嗯，熹妃剛剛去了養心殿，而且行色匆匆，能夠讓一向鎮定的熹妃匆忙成這個樣子，妳說會是什麼事？」

如柳微微一笑道：「四阿哥，只有四阿哥才可以令熹妃緊張成這樣。看來，主子的計策已經奏效了，熹妃應該是去請皇上，只是不曉得四阿哥現在情況如何。」

「成嬪還沒有入網，怎麼可以說奏效了呢？」舒穆祿氏撫過光滑如脂的臉頰，露出一絲獰笑道：「好戲才剛剛開始，我要鈕祜祿氏親眼看著自己兒子死在面前，讓她嘗到喪子之痛！」

「只要四阿哥被那幾隻毒蚊子叮了，就必死無疑。」如柳心底掠過一絲不忍，但很快便被她壓抑住了。

舒穆祿氏收回手，打量著戴在小指上的鎏金環紋護甲，有些失望地道：「只可惜我們現在不便過去，否則真想看看鈕祜祿氏現在的樣子，一定精采絕倫！」

如柳想了一下道：「其實主子想看並不難，內務府昨日剛送來一些荔枝，皆是上好的妃子笑，奴婢去挑一些來，然後陪您去一趟養心殿。若是皇上不在，您便可藉著送荔枝的名頭去承乾宮。」

舒穆祿氏有些意外地看了如柳一眼，隨即欣然點頭道：「這個主意倒是不錯，如此一來，既可以看到四阿哥的情況，又可以看準機會進行後面的計畫，減少出現變故的可能，遠比坐在這裡枯等要好。」

胤禛放下還沒批完的摺子，急急趕往承乾宮。至於凌若說要請容遠入宮的事也即刻答應，絲毫沒有猶豫，此時此刻，自然是弘曆性命最為要緊。

他們剛走近承乾宮，便聽得內殿傳來嘈雜與東西打破的聲音，凌若心知不好，趕緊加快腳步去到內殿，胤禛緊隨其後。

一進內殿，便看到負責照顧弘曆的水月與幾個太監正手忙腳亂地按著不知什麼時候醒來的弘曆。

弘曆一邊掙扎一邊叫著「好癢」，之前包紮好的紗布已經被扯得七零八落，有幾個新抓開的傷痕。

第一千一百四十五章　害怕

弘曆滿面通紅，額頭青筋暴跳，神色痛苦不已，他一見到胤禛與凌若便立時大叫：「皇阿瑪，額娘，兒臣好癢好痛苦啊！求您讓他們鬆開兒臣！」

正所謂打在兒身，痛在娘心，凌若不願讓弘曆這麼痛苦，但她明白鬆開弘曆只會讓他更痛苦，哪怕是弘曆叫得再悽慘，她也絕對不讓人鬆手。

凌若死死捏著雙手，讓自己不去看弘曆，可是弘曆的哀呼聲卻不斷傳入耳中，令她痛苦不堪。

「救救兒臣！皇阿瑪，額娘，求您們救救兒臣，兒臣真的好痛苦！」弘曆被無處不在的奇癢折磨得快要瘋了，偏雙手又被人死死按著，不得動彈，這種萬蟻鑽心的奇癢讓他恨不得死了算了。

水月他們幾個都知道胤禛與凌若來了，可他們一旦鬆開手，弘曆就會像之前一樣死命地抓癢，根本無法請安。

「弘曆！」凌若忍不住想奔過去，被胤禛拉住。

「若兒！妳過去也幫不了忙，好生在這裡站著，朕去看看弘曆。」見凌若還是想要過去，他加重了語氣道：「聽朕的話。」

凌若強迫自己止住腳步，看著胤禛，落淚不止。「皇上，弘曆不能有事，臣妾不能沒有弘曆！」

「朕知道，朕也不能失去弘曆！」胤禛安慰了一句後，快步來到床榻邊。雖然水月他們合力按著弘曆，但弘曆掙扎得很厲害，不時被他掙開稍許。

「皇阿瑪！皇阿瑪！」弘曆不住地喚著，淚水落下，因為痛苦而變得猙獰嚇人。

胤禛眼眸微溼，睇視著弘曆，澀聲道：「皇阿瑪知道你難受，忍著一些，你額娘已經讓人去請徐太醫，他一定可以醫好你。」

「兒臣……兒臣忍不住啊！」淚水一滴接一滴地落下，弘曆痛聲道：「皇阿瑪，您殺了兒臣吧，兒臣真的快受不了了！」

「不許說這樣的話，會沒事的，一定——」

胤禛話還沒說完，弘曆忽地發出一聲痛苦到極點的嘶叫，接著不知從哪裡來的力氣，竟然一下子掙開水月他們的束縛，從床上翻下來，雙手一得到自由就迫不及待地在身上抓著，抓得到處是傷，敷在傷口上的藥與紗布被一起扯了下來。

令弘曆害怕的是，不論他怎麼抓，哪怕把皮與肉都抓破了，那股奇癢依舊存在，無法得到緩解，就好像奇癢已經鑽進了五臟六腑一樣，他恨不得把手伸進體內去撓。

害怕、驚惶、絕望在弘曆眼中閃現，他熬不住了，他想死，立刻就死，這樣就不會再被這種無處不在又無法遏止的奇癢給折磨。

想到這裡，弘曆用力掙開來抓他的人，然後跌跌撞撞地來到紫檀大櫃前。他記得凌若習慣將盛著針線的竹籮放在這裡，更記得竹籮裡放著一把剪刀。

當弘曆將那只竹籮拿出來的時候，凌若立時明白他的意圖，本就已經蒼白不堪的面孔更是失去血色，立刻奔上去奪住弘曆拿在手裡的剪子，厲聲道：「弘曆，你瘋了，快把剪子給額娘！」

弘曆死死抓著剪子，垂淚道：「額娘，兒臣忍不住了，您讓兒臣死了吧！」

凌若淚流滿面地道：「額娘知道你痛苦，但是你答應過額娘會撐下去，你是男子漢，怎麼可以食言！」

「兒臣也以為可以做到，但現在兒臣真的撐不下去了！」

每說一個字對弘曆來說都是一種折磨，他抓著剪子想要掙開凌若的手，但凌若死死抓著，說什麼也不肯鬆開。她很清楚，一旦鬆開，也許她以後都看不到弘曆了。

爭奪間，尖銳的剪子在凌若手上劃過一道長長的口子，下一刻，殷紅的鮮血從凌若手掌上冒了出來。

那鮮紅到刺目的血令弘曆動作一滯，正當凌若想趁此機會將剪子搶下來時，弘曆發出一聲悶哼，然後軟軟倒了下去，露出不知何時站在他身後的胤禛。正是胤禛趁著弘曆愣住的那會兒工夫，一掌劈在他後頸，將他劈暈過去。

胤禛收回手道：「快將四阿哥扶到床上，然後拿繩子綁住雙手雙腳，綁牢一些，不要讓他掙脫了！」

水月等人連忙將弘曆抬上床，然後找到繩子將他的手腳都綁起來。看著他們做完這一切後，胤禛鬆了一口氣，回頭看到凌若跌坐在地上，流血的手裡還緊緊握著剪子，連忙蹲下身想要將剪子拿走，但凌若卻反應激烈地縮手，不願將剪子給他。

胤禛愣了一下，旋即明白過來，溫言道：「若兒，沒事了，弘曆已經沒事了，來，將剪子給朕。」

胤禛的話慢慢自凌若耳中鑽進去，她抬起滿是淚痕的臉看向胤禛，喃喃道：「真的沒事了？」

「自然是真的，聽話，把剪子給朕。」

胤禛話落的那一刻，凌若鬆開手任由剪子掉在地上，隨即大聲哭了起來，帶著無盡的後怕。差一點，剛才只差那麼一點，她就要失去弘曆了，好怕，真的好怕！

「沒事了，沒事了。」胤禛輕拍著凌若的背安慰，待凌若停止了哭泣後，將她扶起道：「妳手上的傷也得上藥包紮才行。」

凌若搖頭，低聲道：「臣妾沒事，臣妾現在只擔心弘曆，他……」說到一半，忍不住又啜泣起來，無法繼續說下去。

「朕知道妳擔心弘曆，但也要顧著自己，徐太醫很快便會入宮，他一定能救弘曆。」

齊太醫等人滿面羞愧地跪下道：「微臣等人無用，無法醫治四阿哥，求皇上恕罪！」

看到他們，胤禛氣不打一處來，冷哼道：「虧得你還有臉求朕恕罪，做了幾十年太醫，竟然連四阿哥究竟是否中毒也無法確定！」

被他這麼一斥，齊太醫更加抬不起頭來，囁嚅地道：「四阿哥病症之怪，實是微臣從未見過。之前微臣替四阿哥敷在傷口的藥粉均有止癢去毒之效，按理，就算是比蚊蟲毒十倍、百倍的東西也該被藥效所制才對，哪想到，竟是半點效果也沒有。」

第一千一百四十六章 容遠入宮

凌若問：「本宮離去的時候，四阿哥不是還在昏迷嗎？怎麼會一下子醒了？」

「回娘娘的話，在您走後不久，四阿哥就醒了。先前還好，但過了一會兒，四阿哥就不住地叫著癢，還用力去抓，將紗布也抓落，微臣等人迫於無奈，只能讓人按著四阿哥，不讓他繼續抓癢。」周明華眉頭緊鎖，顯然也在奇怪弘曆的病症。

凌若回身走到弘曆床邊，他的眉頭始終緊緊皺著，青筋亦不曾平復，想來即便是在昏迷中，依然是痛苦的。

剛才弘曆拿剪子欲自盡的樣子，她只要一想起來便心驚肉跳、坐立不安。她不敢想像沒有弘曆的日子，於她而言，那就像是阿鼻地獄一樣。

正在這時，她的手被人牽了起來，緊接著傷口處傳來一陣清涼，回頭看去，只見胤禛正將淡綠色的藥膏塗在她手背上。

感覺到凌若的目光，他抬起頭來，一字一句道：「別太擔心了，徐太醫一定可以救弘曆的。」

凌若的喉嚨像是被什麼東西梗住，只是用力地點著頭，現在所有的希望都寄託在容遠身上，希望他可以治好弘曆。

宮人快步奔進來，凌若精神一振，連忙道：「可是徐太醫來了？」

宮人打了個千兒道：「回主子的話，不是徐太醫，是慧貴人得知皇上在這裡，特意在外求見。」

聽見不是容遠，凌若猶如當頭澆了一盆涼水，再聽得舒穆祿氏的名字更是煩上加煩，不問胤禛的意見便道：「讓慧貴人回去，本宮現在無暇見她。」

宮人沒有立即應聲，而是瞅著胤禛那頭。胤禛體諒凌若此刻的心情，揮手道：「按熹妃說的去回話。」

「嗻！」

宮人依言退下，過了一會兒，外頭再次響起腳步聲，但出現在視線中的依然不是胤禛與凌若都期待的容遠，而是舒穆祿氏。只見她扶著如柳的手快步走進來，在其身後還跟著想要攔住她的宮人。

凌若面色一寒，語氣淡漠地道：「本宮不是讓慧貴人先行回去了嗎？怎麼又闖了進來。」

舒穆祿氏趕緊欠身，神情懇切地道：「回娘娘的話，臣妾在外面聽宮人說四阿哥病了，心中擔憂，所以擅自闖了進來。臣妾別無他意，只想看看四阿哥病得怎麼樣了？」

凌若本就不願見她，任她說得再好聽，也不會有好臉色，更沒心情應付，冷然道：「不管妳有什麼樣的理由，都是不遵本宮之話，擅闖承乾宮，本宮可以追究妳的罪，現在立刻給本宮離開。」

「娘娘，臣妾只是關心四阿哥——」

凌若冷冷打斷她的話道：「那妳現在關心過了，可以走了。」

舒穆祿氏身子一顫，惶惶地看向胤禛，輕聲道：「皇上，是不是臣妾說錯了什麼，讓娘娘如此不高興？」

看到舒穆祿氏猶如小鹿受驚般的眼神，胤禛心中一軟，道：「與妳無關，熹妃是擔心弘曆的病情，所以才心情不好。」說罷，他又朝凌若道：「熹妃，佳慧也是因為關心弘曆才會擅自闖進來的，看在她這份心意上，妳不要與她計較了。」

凌若沒有說話，不過也沒有再趕舒穆祿氏出去，由著她站在那裡。

舒穆祿氏在看到被五花大綁的弘曆後，緊張地道：「皇上，四阿哥到底得了什麼病，為何要這樣綁著他？」

胤禛簡單地將弘曆的病情說了一下，殊不知站在他面前的人就是始作俑者。

雖然這一切都是舒穆祿氏安排，卻也沒想到吸食過混有西域烏頭豬血的蚊蟲在叮過弘曆後，居然會出現這樣的效果。

猶如萬蟻鑽身的奇癢嗎？呵，還真是出人意料，不過她喜歡，與簡單的毒發而亡相較，這樣的死法無疑更能讓熹妃痛苦，也更能解她心頭之恨。

將喜意牢牢壓在心底後，她道：「那現在該怎麼辦？要不要再召其他太醫來為四阿哥醫治，或許會有辦法也說不定。」

「熹妃已經派人去宮外請徐太醫。」

舒穆祿氏不解，訝然道：「徐太醫？臣妾怎麼從來不知道還有這麼一位太醫。」

胤禛點頭道：「徐太醫原先在太醫院任職，不過在妳入宮之前，他就已經離開了太醫院。」

舒穆祿氏敏銳地感覺到這個徐太醫不同尋常，不過眼下明顯不是詢問的時候，只能暫且忍下。但她也沒有太過擔心，連齊太醫這個院正都束手無策，這個所謂的徐太醫，就算來了也不過是徒勞一場罷了。

胤禛劈在弘曆頸後的那一掌效果漸漸消失，弘曆醒了過來，他一醒，就淒厲地叫著，拚命想要掙脫身上的繩子，一遍一遍叫著讓人殺了他的話。

看著弘曆這個樣子，凌若好不容易忍住的淚再次落下。她不顧弘曆的掙扎，抱著他一遍遍說著讓他撐下去的話。

看到凌若痛苦的樣子，舒穆祿氏心情無比舒暢。

若凌若不曾因為弘曆的事方寸大亂，又或者胤禛對舒穆祿氏有那麼一絲懷疑的話，就會發現她眼中一閃而過的冷笑。

不知過了多久，外頭傳來楊海氣喘吁吁的聲音：「主子！主子！徐太醫來了！」

這句話對於凌若來說猶如天籟一般，趕緊回頭看去，果然看到一身天青色長袍的容遠正隨楊海走進來。她連忙奔過去，顧不得別人在，死死拉著容遠的手，泣不成聲地道：「你要救弘曆，一定要救弘曆，我不能失去弘曆，不可以！」

一路上，容遠已經聽楊海說了弘曆病發的經過，當即道：「草民知道，娘娘放心，草民既然來了，就一定會想辦法治好四阿哥！」

第一千一百四十七章　試毒

看到凌若抓著容遠的手，舒穆祿氏眼皮微微一跳，下意識地看向胤禛。身為宮妃，是萬萬不可以與其他男子親近的，就算是太醫診脈也得隔著絲帕，可現在她卻主動拉著男子的手，更不要說還是當著胤禛的面。

令她驚奇的是，她沒有在胤禛臉上發現一絲不悅之色，胤禛反而上前扶著凌若的肩，安慰道：「有徐太醫在，弘曆不會有事的，妳快些放開，別誤了徐太醫替弘曆醫治，從而使得他病情加重。」

凌若連忙鬆開手。容遠在朝胤禛低頭後，便迅速走到床榻邊，想要為弘曆診脈；可是弘曆一直在掙扎，根本無法好好診脈，容遠眉頭一皺，從隨身的醫箱中取出銀針，瞅準時機分別扎在弘曆兩邊耳根後的睡穴，令他漸漸昏睡過去，不再掙扎。

凌若忍不住問：「徐太醫，可知弘曆為何會突患此怪症？究竟是不是中毒？」

容遠沒有回答她，依然專心於弘曆的脈象中，胤禛在一旁安慰道：「徐太醫還在診脈，妳別打擾他。」

好不容易等到容遠鬆開手，她迫不及待地問：「如何，弘曆怎麼樣了，能不能救？」

容遠沉吟了一下道：「草民現在還回答不了娘娘。四阿哥的脈象很亂，草民一時也診斷不出來究竟是怎麼一回事，還需要進一步查看，還請娘娘暫候片刻。」

胤禛嘆了口氣道：「若兒，妳這樣讓徐太醫如何專心察看？聽朕的話，先到一旁去坐著。」

舒穆祿氏亦走上來道：「是啊，娘娘，臣妾扶您，既然您專門將徐太醫從宮外請來，就該相信他的醫術才是。臣妾也相信四阿哥吉人天相，一定不會有事的。」

凌若胡亂點頭，不過在舒穆祿氏準備扶她的時候，卻是道：「不勞慧貴人，有水秀扶著本宮就行了。」

舒穆祿氏不在意地縮回手道：「那臣妾陪您一道坐著等吧。」

容遠在看過弘曆的面色還有舌苔、眼皮後，眉頭一下子緊鎖。這個時候，周明華走過來輕聲道：「師父，我之前也看過四阿哥，舌苔還有印堂都有中毒的跡象，可脈象卻診不出任何中毒痕跡，著實令人費解。」

容遠點頭不語，他還從未遇過這樣的怪事，沉思片刻，他忽地問底下那些宮人：「你們誰是貼身服侍四阿哥的？」

小鄭子忙站出來道：「奴才是四阿哥的貼身內侍。」

「那你可知四阿哥之前被蚊蟲咬到的地方在哪裡？」因為弘曆許多地方的皮膚都被抓破甚至抓爛了，後來又敷了藥，根本看不出原來的腫包在何處。

「奴才知道。」小鄭子上前將早上弘曆讓他擦過藥的幾處地方都指了出來，那幾個地方也是被抓得最嚴重的。

容遠命人拿來溫水，將那幾處的藥粉洗去，然後仔細端詳著抓傷的地方。

「師父，您在看什麼？」有這個疑問的不只周明華，還有齊太醫等人。

容遠取過銀針在這幾個地方慢慢扎下去。若弘曆醒著，就會發現容遠刺下去之處都是他癢得最厲害的地方。等了一會兒後，容遠又將扎下去的銀針取出來，令人驚奇的是，這幾根銀針的下端都不約而同地變黑了。

看到這一幕，齊太醫失聲驚呼：「銀針變黑？難道真是中毒？」

此時天色已黑，內殿已經掌上了燈，藉著燈光仔細看過銀針，又聞過之後，容遠神色凝重地道：「色呈青黑，微有辛辣味，應該是毒無疑。」

齊太醫點頭道：「照這麼看來，四阿哥應該不是被蚊蟲叮咬。不管是什麼樣的蚊蟲，都斷然不可能有這樣可怕的毒性。」待容遠點頭後，他又問：「那徐太醫可有辦法分辨出是哪種毒蟲？」唯有確知了毒性，才可以對症下藥，解四阿哥之毒。

「或許可以。」容遠應了一句後，讓宮人趕緊端碗水，然後再找一隻貓或狗來。

舒穆祿氏眸底多了一絲凝重。想不到這個不知從何處來的徐太醫這般厲害，一下子就確定了弘曆是中毒，而且聽起來，他似還有辦法辨出毒性。

不過，她也沒有太過擔心，透過那些蚊蟲加諸在弘曆身上的西域烏頭之毒早已變異，否則弘曆就該是直接中毒而死，而非像現在這樣劇癢難耐。

宮人拿了清水與一隻毛色雪白的波斯貓進來，容遠將幾根銀針一道浸在水裡攪拌，水很快變得有些渾濁，然後他讓人將這碗水餵給貓喝。

波斯貓舔了幾口水後，便在屋中走來走去，看起來似乎什麼事都沒有。容遠沒有說話，只是一直盯著波斯貓。弘曆的症狀太怪，他一時斷不出來，所以想在貓身上試驗一下，看能不能更直接地試出毒性。

就在這個時候，床榻上傳來幾聲異動，只見弘曆雖然雙目緊閉，卻不斷地扭著頭，而且神色亦開始變得痛苦。

齊太醫急道：「不好，睡穴開始制不住四阿哥了，他快要醒過來了。」

容遠來不及說話，取過銀針扎在睡穴上，想要讓弘曆再次昏睡過去，但這一下只讓弘曆平靜了一會兒，很快的，他眼皮就不住顫動，明顯效果不行。

第一千一百四十八章　黑水翠雀花

弘曆倏然睜開眼，然後與之前一樣劇烈地掙扎著，猶如發瘋了一般，喉嚨裡不斷發出夾雜著呻吟的嘶喊。

看到弘曆這個樣子，凌若哪裡還坐得住，衝過去用力抱住弘曆可說是血肉模糊的身子，試圖阻止他亂動。「弘曆！徐太醫已經來了，正在想辦法救你，就當是為了額娘，為了皇阿瑪，你再忍忍，忍忍！」

她努力忍著不哭出來，但眼淚還是不斷落下，根本止不住。弘曆那一聲聲痛苦到極處的嘶喊，猶如受了重傷的野獸。

看到他們母子這個樣子，胤禛亦溼了眼睛，啞聲道：「徐太醫！有沒有辦法讓弘曆再昏睡過去？這樣他也不會太痛苦。」

容遠神色沉重地搖頭。「若有辦法，草民早就用了，現在連睡穴都制不住四阿哥，可見他身上的痛癢已經到了一個很嚴重的地步。這種情況下，再用其他手段只是徒勞而已，現在只能等那隻波斯貓出現症狀……」說到這裡，他下意識搜尋那隻貓的蹤跡，發現那隻貓不知何時躲到舒穆祿氏的椅子下去，身子顫抖不止，鼻中緩緩流出暗紅色的鮮血。

不，不只是鼻子，眼睛、嘴巴以及耳朵都慢慢流下鮮血，染紅了雪白的皮毛。

隨著七竅先後流血，波斯貓倒在地上，四肢不斷地抽搐，貓眼中的神采正在漸漸散去。當貓眼變得無光時，四肢亦同時停止了抽搐，一動不動地躺在那裡；而這還沒有完，在容遠的注視下，貓身漸漸變黑，連毛色也逐漸轉黑，看起來煞是嚇人。

舒穆祿氏並不知道波斯貓躲在自己椅下，只看到容遠一眨不眨地盯著自己，很久都沒有移開，盯得她面紅耳赤，連手腳也不知該往哪裡放。她心中暗自惱怒，但又不便直接訓斥，只得悄悄朝如柳使了個眼色。

如柳會意地點點頭，對容遠斥道：「徐太醫是嗎？我家主子乃是皇上的貴人，而且皇上也在，你既是太醫，怎可這樣肆無忌憚地盯著我家主子？」

容遠這才回過神來，待要說話，水秀已經一臉不屑地接過話道：「慧貴人誤會了，徐太醫不是盯著您瞧，而是盯著您椅子下的東西瞧。」

椅子下的東西？舒穆祿氏一愣，連忙低頭往椅子下看去，這一瞧，一隻七竅流血、渾身發黑的死貓頓時出現在視線中。最可怕的是，死貓那雙空洞的眼睛正好對著她，令毫無防備的她驚叫一聲，當即從椅子中跳起來。

如柳趕緊扶住舒穆祿氏，安慰道：「主子別怕，不過是一隻死貓罷了。」

說來也怪，這隻死貓帶給舒穆祿氏的觸動卻很大，令她心怦怦地跳著，同時不斷回想起剛才與死貓雙目相觸的那一刻，令她十指微顫，哪怕是牢牢握成拳頭，也依然能感覺到那股震顫。

沒人去管舒穆祿氏，所有人的注意力都放在那隻貓上，包括胤禛。貓死了並不奇怪，可死後居然全身發黑，連皮毛也由白變黑，實在是詭異至極。

看著貓屍，凌若渾身劇顫，同時將弘曆摟得越發緊，唯恐一鬆手，弘曆就會與那隻波斯貓一樣……

容遠沒有貿然去碰觸貓屍，而是命人拿來一根木棍，仔細地將貓屍從椅子下面撥出來；至於舒穆祿氏，早已遠遠站在一邊，哪裡還敢坐著。

齊太醫仔細端詳著貓屍道：「七竅流血、全身發黑，毒性好烈，這應該才是真正毒發時的症狀。只是為何到了四阿哥身上，卻僅僅只有些許中毒以及全身痛癢的跡象？」

舒穆祿氏臉頰微微抽搐。這個姓徐的大夫能夠從四阿哥傷口中提取到毒已經讓她驚訝的了，沒想到還讓他藉著一隻貓，發現了西域烏頭真正毒發時的症狀。

該死的，不會真讓他找到解毒之法吧？

容遠一邊撥弄著貓屍一邊道：「也許是有什麼東西改變了毒性，令四阿哥沒有立刻毒發，而是以痛癢的方式展現出來。若我沒猜錯的話，毒只存在於那幾處被咬到的地方，而沒有進入到四阿哥的血液中。」

胤禛迫切地道：「徐太醫，那你可能辨認出這是哪種毒？」

「草民一時還無法辨別。」容遠眉頭緊鎖。

弘曆還在不斷地哀號，凌若抱著他，不斷祈禱著容遠快些確定是何毒，然後對症下藥，讓弘曆不要再受折磨。

周明華在一旁道：「師父，我覺得這毒不像是蠍子、毒蟲一類的毒，因為那些毒都會出現腫脹的情況，但是這隻貓沒有，倒有些像是服了毒藥。」

容遠神色一凜，從醫箱中取出一把小銀刀，在貓屍上一劃，還未凝聚的黑血頓時流了出來，同時內殿瀰漫著一股腥臭味。

容遠將刀拿到鼻下，仔細聞著，他聞了很久，終於在腥臭之中嗅到之前曾在銀針上聞到的辛辣味。他記得有幾種帶有毒性的草藥聞起來會有這種辛辣味，而這些草藥中，只有一種會有那麼劇烈的毒性，四阿哥很可能是中了此毒。

胤禛一直注意著容遠的表情，見他緊鎖的眉頭漸漸鬆開，連忙問：「徐太醫，你是不是知道弘曆中的是什麼毒了？」

這句話一出，所有目光皆集中到容遠身上，等著他的回答；而在這許多道目光中，最緊張的無疑是舒穆祿氏。

在凝重無比的氣氛中，容遠緩緩吐出五個字：「黑水翠雀花。」

第一千一百四十九章　銀針引藥

容遠說的不是西域烏頭，一旦藥不對症，弘曆必死無疑！

舒穆祿氏悄悄鬆了口氣，齊太醫接下來的話卻猶如晴天霹靂，令她整個人都愣住了。

「黑水翠雀花，是西域烏頭的一種，毒性極烈，但是還有不少藥草有著相似的毒性與症狀，你如何能斷定是這一種？你要知道，一旦用錯了藥，四阿哥就會有性命之憂，而且要解黑水翠雀花之毒，就一定要以毒攻毒，若是弄錯了，使得兩種劇毒同時在體內，就是大羅神仙也救不了四阿哥。」齊太醫慎重地說著。

「院正說得不錯，確實有不少藥草與黑水翠雀花有相似的毒性與症狀，但黑水翠雀花有獨特的辛辣味，這是其他藥草所沒有的。」這般說著，容遠將小銀刀遞給齊太醫道：「院正若不信，可以聞聞。」

齊太醫仔細聞過後，果然聞到辛辣味，這也讓他對容遠的斷定再無疑問。

黑水翠雀花就是西域烏頭，他竟然猜對了！該死的，竟然讓他猜對了！

這一刻，舒穆祿氏對容遠恨到極處。若不是這個不知從哪裡冒出來的大夫，根本不會有人發現四阿哥是中了變異的西域烏頭之毒，那麼四阿哥就會受盡折磨而死，鈕祜祿氏也會承受喪子之痛的打擊！

相較於舒穆祿氏的不甘與惱恨，胤禛心裡充滿狂喜，急切地道：「徐太醫，既然已經知道了弘曆所中的毒，就請你快些替他解毒。」

凌若抱著弘曆喜極而泣，在他耳邊激動地說著：「弘曆！聽到了嗎？徐太醫查出你中的是什麼毒了，你很快就會沒事了。」

齊太醫忽地想起一事，忙道：「徐太醫，之前四阿哥曾服過藥，很快又都吐了出來，你現在再開方子煎藥，我猜四阿哥還是喝不下去，不如用銀針施藥來得直接。」

容遠思索道：「院正的意思是利用銀針將藥引到穴位中去？」

待齊太醫肯定後，他點頭道：「那好吧，讓他們準備，我來用銀針引藥。」

在等藥來的時候，舒穆祿氏小聲道：「徐太醫，這樣真的能救四阿哥嗎？我看剛才那隻貓的樣子，黑水翠雀花似乎很毒。」

容遠回答：「黑水翠雀花雖毒，卻並非無藥可解，只是因為它毒性發作得極快，所以中毒的人往往來不及看大夫、服解藥就已經毒發了。但是四阿哥身上的毒不同，因為某些原因，使得毒性發揮緩慢，沒有立刻致命，這樣一來就給了草民救人的時間。只要草民沒有斷錯四阿哥身上的毒，就一定可以解除毒性。」

舒穆祿氏心中暗恨，面上卻是一派欣慰之色，如釋重負地拍著胸口道：「能救就好，剛才四阿哥那樣子真是嚇人極了。」隨即又對胤禛道：「皇上，您可以放心了，徐太醫既然這樣說了，四阿哥就一定會沒事。」

胤禛點點頭，直至這個時候，他才發現自己出了一身冷汗，使得貼身衣衫緊緊黏在皮膚上，可見剛才弘曆的情況危急到什麼程度。

想到這個，他將目光轉向了一直抱著弘曆的凌若。自己都成這樣子了，更不要說凌若，幸好徐容遠來得及時，否則後果不堪設想。

過了一會兒，宮人端著小半碗藥進來。容遠接過後，讓宮人牢牢按住弘曆，確保他盡量不要動彈，隨後抽出銀針在藥中浸過，一一扎在弘曆的穴位中。

接下來，出現了令人匪夷所思的一幕，只見容遠屈指不斷將碗中的藥汁彈到銀針上，藥汁順著銀針頂端慢慢滑落，竟然順著扎出來的那個小口緩慢地滲了進去。足足用了半個時辰，才將手裡那小半碗藥全部彈完，隨後，他將銀針取下。

凌若一直在旁邊緊張地注視，見容遠取下銀針，立刻奔過來道：「徐太醫，這樣就可以了嗎？」

「是，接下來就是等著藥效發揮作用了。」解釋了一句後，容遠帶著一絲微不可察的憐惜道：「娘娘勞累一天了，不如先去坐坐，藥效要等一會兒才會出來。」

凌若搖搖頭，握住弘曆捏成拳頭的手，哽咽道：「不，本宮哪裡都不去，就在這裡陪著弘曆。」

容遠退到床尾靜靜地注視著不住呻吟哀號的弘曆；不只是他，胤禛、舒穆祿氏等人皆一臉緊張，不過各自在期盼著什麼，就只有彼此心裡清楚了。

時間慢慢流逝，在這種寄託著所有期望的等待中，凌若感覺到弘曆的拳頭慢慢鬆了開來，同時他的哀號聲也低了下去。她心中一震，連忙道：「弘曆，怎麼樣了，你是不是感覺好些了？」

弘曆渾身都是溼的，猶如剛從水裡撈上來，不過神色卻沒有剛才那麼猙獰。聽到凌若的話，他點頭吃力地道：「是，兒臣覺得沒那麼癢了。」

「不癢就好，不癢就好！」對於凌若而言，最中聽的莫過於弘曆的一句「不癢」。剛才弘曆那個樣子，真是將她嚇得三魂不見了七魄。

胤禛心中歡喜的同時又有所擔心，怕會像之前那樣，弘曆只是暫時止了癢，等藥性過後，就會反彈上去。

容遠看出胤禛的擔心道：「皇上放心，之前因為只用止癢去毒的藥，沒有對症，所以藥性才會維持一段時間後就失去效果。但這次是對症下藥，不會再反彈。」

第一千一百五十章　絹袋

「如此就好！」胤禛這般說著，目光還是一直落在弘曆身上，唯恐會有意外。

幸好，在等了半個時辰後，弘曆不僅沒有出現異狀，甚至癢意也越來越輕。

在試著鬆開繩子後，弘曆也沒有繼續去抓，不過額頭還是很燙，燒不曾退下。

容遠再診脈的時候，脈象不再像之前那麼亂，可以診出他體內仍存在著毒性。

在仔細斟酌後，容遠開了內服外敷的方子，為免他有可能會吐出來，特意叮囑了先少量餵服；至於外敷的，之前齊太醫那些藥粉便足夠用了。

在服過藥後，弘曆立刻沉沉睡去。這一天他都被奇癢困擾著，不得安寧，又透支了許多體力，如今令他求生不得、求死不能的奇癢一退去，自然馬上陷入沉睡。

在又一次把過脈後，容遠說道：「只要按時服藥，四阿哥應該不會有什麼大礙了；不過他身上抓破的地方要留心不可以碰水，否則很容易感染，到時候就麻煩了。」

「多謝徐太醫。」凌若滿是感激地說著。她知道容遠不在意這聲謝，但她仍然要說，今日若非容遠，她或許就失去弘曆了。

容遠垂身道：「娘娘客氣了，救人性命乃是草民的分內事，實不敢言謝。」

「你救了弘曆，這聲謝是你該得的。」說話的是胤禛，他瞥了一眼天色道：「如今宮門已關，而且弘曆的情況也沒有完全安穩下來，且在太醫院值房中暫歇一夜，待明日再出宮。」

「草民遵旨。」

凌若忽地道：「徐太醫，你既救了弘曆，可知弘曆為何會中黑水翠雀花的毒？」

容遠揚眉道：「這一點，微臣也不明白。剛才四阿哥的貼身內監說四阿哥只是被蚊蟲叮了幾下，無論如何都扯不到黑水翠雀花上去，可最後查出來，確實是中了這個毒，而毒源就在那幾個被叮到的地方。」

正當眾人不解之時，舒穆祿氏怯怯地道：「難道……蚊蟲本身就染了黑水翠雀花的毒，然後又傳給了四阿哥？」

容遠想了想，回答：「有這個可能，不過黑水翠雀花從中毒到身亡的時間很短，蚊蟲應該沒那麼湊巧地吸到中毒人的血；而一旦人死，蚊蟲是絕對不會去叮的。」

「那麼會不會……」舒穆祿氏說到一半忽地收住聲音，同時臉上露出驚惶之意，遲遲不肯再說下去。

胤禛看著她，隱隱已經猜到了幾分，卻仍是道：「佳慧，妳想說什麼？」

舒穆祿氏低頭，神色遲疑地道：「臣妾在想，會不會是有人透過蚊蟲下毒？」

此言一出，不論是胤禛還是凌若，目光都驟然凌厲起來。凌若更是道：「慧貴人為什麼會這樣想？」

舒穆祿氏不安地絞著帕子，小聲道：「是徐太醫說事情不會這麼湊巧，而且後宮中又不曾有人中毒，所以臣妾才斗膽猜想。」說罷，見凌若不出聲，連忙又解釋：「臣妾真的只是胡亂猜想，娘娘您別多想。」

在舒穆祿氏說出「下毒」二字時，水秀他們與一干太醫就露出了震驚乃至不敢相信的神色。蚊蟲這種東西可不像是鳥雀貓狗一樣可以圈養訓練，等到養熟後命牠們去做一些事。蚊蟲只有吸血的本能，誰有本事可以控制蚊蟲去下毒害人？

舒穆祿氏是故意說出這些話的，西域烏頭的毒已經瞞不住了，而弘曆又已經平安，那麼接下來，不論是胤禛還是凌若都會設法找出下毒的人，透過蚊蟲下毒這一點，他們早晚會想到，既是這樣，倒不如她來說。

這樣做還有一個好處，就是萬一後面懷疑到自己身上，她可以拿這一點來自證清白。畢竟在正常情況下，下毒的人是斷然不會主動說出這些的。

胤禛沉吟道：「不是沒可能，但是朕從來沒有聽說過有什麼人可以指使蚊蟲；另外蚊蟲若真吸食了帶有黑水翠雀花之毒的血，牠們自己應該先被毒死才是。」

齊太醫拱手道：「皇上，據微臣以前所看的一本醫書記載，蚊蟲這種東西，對於血液裡的毒性有極強的抗拒性，所以哪怕是有劇毒的血，牠們也不會立刻中毒，還可以活上很長一段時間；但是在這段時間內，牠們一旦叮食了別人，那麼毒就會流進被叮食之人的體內，四阿哥應該就是這種情況。」

凌若搶在胤禛之前道：「齊太醫是說，有人先給蚊蟲餵食了帶有黑水翠雀花毒的血，然後再讓牠們叮弘曆，令弘曆中毒是嗎？」

這句話帶著令人窒息的森寒，令得內殿的溫度一下子降了許多。

齊太醫不敢抬頭，只小聲道：「回娘娘的話，確有這個可能。」

水月想到一件事，連忙道：「啟稟皇上與娘娘，奴婢之前在四阿哥房間打掃的時候，發現床榻上有幾隻死了的蚊蟲，而蚊蟲看起來並沒有什麼傷痕。」

難道真是透過蚊蟲下毒？這個念頭同時浮現在胤禛與凌若心頭。

胤禛問：「水月，除了蚊蟲之外，妳在四阿哥房間還發現了什麼？」

水月欠身道：「回皇上的話，奴婢還在四阿哥床底下發現了一個紫色的絹袋，問過伺候四阿哥的，都說沒見過，也不知道為何會出現在床底下。」

當水月將之前給凌若看過的絹袋取出來的時候，殿內忽地響起一道抽冷氣的聲音，循聲望去，只見舒穆祿氏正一臉煞白地盯著絹袋，那表情猶如見鬼了一般。

胤禛盯著她道：「佳慧，妳可是認得這個絹袋？」

「是。」舒穆祿氏囁嚅地應著，隨後說出一句令所有人都意想不到的話來：「這個絹袋是臣妾的。」

第一千一百五十一章 自認

凌若的臉色瞬間變得極為難看，快步來到舒穆祿氏面前，厲聲道：「妳的絹袋為何會出現在弘曆房中？弘曆中毒的事是否與妳有關？」

其實凌若更想直接質問舒穆祿氏，是否是她下毒害弘曆，但一來胤禛在場，二來沒有實質證據，這種話不可輕易出口。

舒穆祿氏驚慌失措地搖手道：「沒有，臣妾什麼都不知道。」

凌若一把奪過水月手中的絹袋扔在舒穆祿氏臉上。「是妳自己承認這個絹袋是妳的，如今又與本宮說什麼都不知道，妳覺得本宮會相信嗎？」

「臣妾真的什麼都不知道，絹袋是臣妾親手所做不假，但這段時間不論是臣妾或臣妾身邊的人都不曾來過承乾宮，亦不曾見過四阿哥，您現在問臣妾，臣妾真的回答不了。」舒穆祿氏說到快哭出來，轉頭對胤禛道：「皇上，若臣妾與四阿哥中毒一事有關，又怎會主動承認這只絹袋是臣妾的呢，應該會百般抵賴不認才是啊。」

胤禛眸中閃過一絲遲疑，猶豫了一會兒後對凌若道：「熹妃，佳慧的話也有幾分道理，妳先冷靜一些。」

凌若霍然轉身，用一種胤禛從未聽過的冷厲聲音說道：「皇上，弘曆剛才受盡折磨，若非徐太醫及時趕到解了毒，弘曆至今仍在受著非人的折磨，甚至會連性命都沒有，您要臣妾怎麼冷靜？」

胤禛沒有責怪凌若的無禮，反而好言道：「朕知道妳心裡難過，但是妳別忘了，弘曆也是朕的兒子，朕不會比妳好受；但是現在事情未明，僅憑著一只絹袋根本證明不了什麼。」見凌若欲說話，他先一步道：「總之朕答應妳，這件事朕會親自查問，一定會找出害弘曆之人好不好？」

凌若直直迎視著胤禛的目光，許久，她終於道：「弘曆的苦不能白受。」

「朕知道，沒有人可以害朕與妳的兒子。」這般說著，他讓水秀扶凌若去椅中坐下，自己則盯著惶惶不安的舒穆祿氏，道：「朕問妳，妳既說妳與弘曆的事無關，那妳的絹袋為何會出現在弘曆房中？」

雖然他不相信舒穆祿氏是這種人，但這個疑點確實存在，若不能解釋清楚，舒穆祿氏的嫌疑就是最大的。

「臣妾真的不知道。」舒穆祿氏軟軟跪在地上，失魂落魄地盯著掉在地上的絹袋。「臣妾這幾日夜間睡著有些不安，所以就做了幾只絹袋裝乾花放在枕邊，據說有助睡眠。當時臣妾覺得好玩，還在袋口的地方用同色絲線繡了一朵丁香花，所以臣妾才認得出來；可是臣妾怎麼也想不明白，為何這只絹袋會出現在四阿哥房中。」說到這裡，她握著胤禛明黃色龍袍的下襬道：「皇上，您一定要相信臣妾，臣妾與四阿哥無冤無仇，根本沒理由害他。」

「弘曆或許與妳無仇，那本宮呢？」凌若突然張口說了一句，引來眾人側目。胤禛目光一抬，不解地道：「熹妃，妳為何這麼說？」

「皇上您忘了，當日雨姍出來承認害死七阿哥的時候，皇上曾問過臣妾是何意見，臣妾當時覺得雨姍很可能與溫如傾身邊的宮女飄香一樣，是為主子頂罪；或許慧貴人認為臣妾存心針對她，甚至害她，所以便想法子向臣妾報仇。」

「臣妾沒有——」

舒穆祿氏剛說了幾個字，凌若便一臉冷酷地打斷她。「妳知道本宮最疼愛的就是弘曆，弘曆有事，本宮必會痛苦不堪，所以妳就向弘曆下手，以此來報復本宮。」

舒穆祿氏面色微變，她沒想到凌若僅僅靠推測，就將她的心思猜得八九不離十，怪不得可以坐到正三品后妃的位置，真是有幾分能耐。

這般想著，她面上卻是一派悲戚受冤之色，不斷搖頭道：「臣妾沒有，臣妾沒有做過！不錯，臣妾承認當時對娘娘確有幾分怨恨，但在被囚禁的那段時間，臣妾就已經想明白了，娘娘只是就事論事而已，並非存心針對臣妾；而且當時那種情況下，臣妾確實有許多可疑之處，根本不能怪娘娘。再說，臣妾現在已經沒事了，又怎會再記著以前的事。皇上，臣妾說的句句屬實，斷無一字虛假。」

凌若對她的話嗤之以鼻，胤禛在朝凌若做了一個勿言的手勢後，神色複雜地看著聲淚俱下的舒穆祿氏，道：「這些暫且不說，朕想知道，妳今日為何會這麼突然來承乾宮？自從朕起復妳的位分後，朕記得妳從不曾來過承乾宮，妳對熹妃當真沒有一絲芥蒂嗎？」

舒穆祿氏心中一凜，她知道剛才熹妃那些話令胤禛對自己起了疑心，連忙磕頭道：「回皇上的話，之前內務府送了妃子笑過來，臣妾看著不錯，便想拿來給皇上嘗嘗，哪知臣妾到養心殿的時候，宮人說皇上來了承乾宮。臣妾之前之所以不曾來承乾宮，是怕熹妃娘娘不喜臣妾，畢竟當初七阿哥的事讓娘娘對臣妾有些誤會。」說到這裡，她惶恐地看了凌若一眼，滿臉失落地道：「聽著娘娘剛才的話，臣妾就知道這個誤會還沒消除。」

「既然妳怕本宮不喜，為何今日又眼巴巴地來了？是否妳一早就知道弘曆今日出事，所以便伺機過來看弘曆怎麼痛苦受折磨？」

「臣妾冤枉！」舒穆祿氏委屈地落淚道：「臣妾是覺得荔枝都已經拿來了，再原樣帶回去未免有些可惜，倒不如送來承乾宮讓娘娘與皇上一道嘗鮮。哪知宮人說皇上與娘娘無暇見臣妾，臣妾感到奇怪便問了幾句，這才知道四阿哥出了事。」

如柳趁機打開帶來的籃子，露出裡面的荔枝，她自己則磕頭道：「皇上，這每一顆荔枝都是主子親手挑選出來的，主子當時真的只是想將荔枝送給皇上與娘娘嘗鮮，根本沒想到會出這麼多事。」

第一千一百五十二章　作戲

胤禎對此半信半疑，思索片刻，他命人撿起絹袋遞給容遠道：「徐太醫，你看這絹袋是否可以用來裝蚊蟲？」

容遠拿在手中翻看了一下道：「絹袋織紋細密，若是有蚊蟲被裝在裡面，只要束緊了袋口，斷然無法飛出來。」

胤禎微一點頭道：「但是現在袋口敞開了，也就是說有人故意解開袋口，放裡面的蚊蟲出來對嗎？」若真是這樣，那承乾宮中必有人接應，畢竟舒穆祿氏並非住在承乾宮中，不可能任意出入。

容遠沉吟道：「回皇上的話，也許袋口根本沒有束緊過。蚊蟲只要吸飽了血，在沒有危險的情況下，是不會隨意飛動的，所以就算是袋口敞著，在牠們覺得餓之前，也不會飛出來吸血。」

這樣一來，事情便又回到了原點，除了舒穆祿氏有可疑之外，其他的就再無頭緒。

舒穆祿氏哀哀哭道：「皇上，臣妾自入宮以來一直深受皇恩，更得皇上眷顧憐惜，臣妾無論如何都做不出傷害皇上的事。還有，臣妾若真有參與此事，於情於理，都該想方設法地迴避，又如何會自己湊上來，平添這許多懷疑？」

胤禛深吸一口氣，低頭看著她道：「朕也想相信妳的話，可絹袋之事，妳該如何向朕解釋？」

舒穆祿氏沒有說話，只是一味哭著，猶如梨花帶雨，惹人生憐。好一會兒，她勉強止住哭泣，抹淚道：「皇上，臣妾想起來了，這種絹袋雖是臣妾親手所做，但臣妾曾經送給過一個人。」

胤禛精神一振，連忙追問：「是誰？」

「是成嬪娘娘。」在胤禛等人詫異的目光中，舒穆祿氏道：「臣妾知道成嬪娘娘經常睡不好，所以特意送了幾個裝有乾花的絹袋過去，希望可以助她入睡。」

「成嬪……」胤禛低低重複了一句，對四喜道：「立刻去請成嬪過來，另外將慧貴人送給成嬪的那幾個絹袋都帶來。」

待四喜離去後，他又道：「既然還有這麼一回事，妳剛才為何不說？」

舒穆祿氏一臉委屈地道：「這不過是一件小事，臣妾哪裡會一直記著，若非一直在說這個絹袋，只怕臣妾到現在都沒有想起來。」

舒穆祿氏自然不是真的忘了，而是故意要拖到現在才說出曾送絹袋給戴佳氏的事，如此才可以最大程度地減低胤禛對她的疑心，讓胤禛以為她真是忘了此事，是在不經意間才想起的。至於熹妃……呵，她知道自己騙不過對方，但那又如何，熹妃終究只是一個妃而已，胤禛才是皇帝，只要胤禛相信她便夠了。

凌若聽出她是要將事情引到戴佳氏身上，雖然她對誰向弘曆下毒手一事還不清楚，但最令她生疑的莫過於舒穆祿氏，哪怕舒穆祿氏說得再漂亮、再好聽，也無法打消哪怕一絲疑心，當下冷冷道：「本宮記得，七阿哥那件事上，成嬪曾幫謙嬪作過證，慧貴人難道一點兒都不介意嗎？」

舒穆祿氏一臉茫然地道：「成嬪娘娘只是將事實說出來，臣妾為何要介意？若是照娘娘這麼說，臣妾豈非要恨許多人？」

「但據本宮所知，事情似乎並非如此。」

凌若話音剛落，胤禛已然問：「熹妃，妳是否知道些什麼？」

事到如今，凌若沒有再隱瞞的必要，點頭道：「成嬪之前來見過臣妾，說慧貴人仗著皇上寵愛，在景仁宮中橫行無忌，全然不把她這個主位放在眼中，且還經常出言挑釁。成嬪原本念在慧貴人年輕不懂事的分上，不與她計較，哪知慧貴人變本加厲，藉口與成嬪一道用早膳，將一整碗粥倒在成嬪身上，將成嬪的身子都燙紅了。」

「成嬪氣怒之下，隨手拿起一個空碗砸向慧貴人，將她額頭砸開了一個小口子，慧貴人威脅她，說要告到皇上面前，讓皇上治她的罪。成嬪心裡害怕，便將此事告訴臣妾，讓臣妾到時候為她在皇上面前美言。」

聽完凌若的敘說，胤禛一臉詫異，未等他仔細問，舒穆祿氏已不住搖頭道：「沒有，臣妾從未對成嬪娘娘有過一絲不敬。不錯，當時臣妾確實將一碗粥倒在成嬪娘娘身上，但那只是一時失手，臣妾當時立刻跪地向成嬪娘娘認錯了，可是娘娘認定臣妾是故意的，狠狠罵了臣妾一頓，還拿碗砸向臣妾。」

說到這裡，她撥開遮額的前髮，露出一道半寸長的口子，已經結痂。「雖然成嬪娘娘打傷了臣妾，但事情弄成這樣，皆是因為臣妾笨手笨腳打翻粥引起的，根本不怪成嬪娘娘，臣妾怎麼可能去威脅她，還說要告到皇上面前。若非熹妃娘娘您現在提起，臣妾根本不會將這件事說出來。」

胤禛肯定了她的話。「不錯，佳慧確實沒有在朕面前提起過這件事，甚至不曾來養心殿求見過朕。」

凌若掃了舒穆祿氏一眼道：「皇上這麼說，可是認為臣妾撒謊？」

「自然不是。」胤禛聲音一緩，道：「妳隨朕二十餘年，又是朕最信任的人，朕豈會疑妳。既然這事與成嬪有關，就等成嬪來了之後再說吧。」

說完這句話，他便不再言語。至於凌若，雖然聽出胤禛還是相信舒穆祿氏多一些，但舒穆祿氏沒有去胤禛面前告狀也是事實。

眼下，她倒是不擔心胤禛疑自己，她與胤禛經歷了許多，彼此之間已經有了相當的信任，不是舒穆祿氏三言兩語就可以破壞的，她只是擔心胤禛疑戴佳氏……

戴佳氏過來的時候，根本不知道發生什麼，心裡隱約還有幾分竊喜，以為是胤禛想到了她，只是不明白胤禛為何要特意叮囑四喜轉告她，要她將舒穆祿氏送的那幾只絹袋帶上。

一踏進大殿，戴佳氏便感覺到殿內氣氛有些不對，齊太醫他們都在，甚至連早已經辭官的徐太醫也在，一個個均面色凝重。最令她奇怪的是，舒穆祿氏竟然跪在地上低泣不止。

這……究竟是出了什麼事？難道是舒穆祿氏利用自己砸傷她的事在胤禛面前告狀嗎？可若是這樣，不應該來承乾宮啊！

第一千一百五十三章　是非

戴佳氏忍著心中的疑慮，朝胤禛與凌若屈膝行禮。「臣妾見過皇上，見過熹妃娘娘。」待得起身後，她小心地道：「不知皇上讓喜公公傳臣妾來此，是為何事？」

胤禛微一點頭道：「朕有件事想問妳，成嬪，之前佳慧是否不小心將一碗粥倒在妳身上，而妳一怒之下就拿碗砸了她？」

戴佳氏連忙跪下，帶著幾分慌張道：「回皇上的話，臣妾確實曾經拿碗砸了慧貴人，但是她挑釁無禮在先，那碗粥，也是她故意倒的，有心想要燙臣妾。」

胤禛睇視著她，面無表情地道：「好端端的，她為何要燙妳？」

「她認為七阿哥一事中，臣妾是故意幫謙嬪，所以懷恨在心，一直都想伺機報復臣妾。出事之後，她還說要告到皇上跟前，讓臣妾必死無疑。」說罷，她又急切地道：「皇上，臣妾是無心的，實在是慧貴人欺人太甚，臣妾才會如此。」

胤禛冷哼一聲道：「妳是正四品的嬪位，又是景仁宮的主位，佳慧如何能欺負到妳頭上去？」不等戴佳氏辯解，他又道：「朕讓妳拿的絹袋都拿來了嗎？」

戴佳氏惶恐地點頭，將三個絹袋一併呈給胤禛，胤禛剛接過，就聽見舒穆祿氏輕「咦」一聲道：「臣妾記得明明給了娘娘四個絹袋，為何這裡只有三個？」

戴佳氏根本沒有正眼看過這些絹袋，如何會記得是三個還是四個，被她這麼一問，竟回答不上來，還是彩霞道：「慧貴人記錯了，您就給了我家主子三個絹袋。」

戴佳氏的遲疑落在胤禛眼裡，無疑成了心虛，對她的懷疑也深了幾分。

舒穆祿氏道：「臣妾記得很清楚，確實是四個絹袋。」

戴佳氏不清楚事情的嚴重性，只當是一件小事，遂道：「就算是四個絹袋又如何，另一個找不到就找不到了，難道妳還要問罪本宮弄丟了妳給的絹袋不成？」

「臣妾不敢！」

舒穆祿氏的謙卑令戴佳氏頗為滿意，下一刻，耳邊卻傳來胤禛冰冷的聲音——

「這麼說來，妳是承認佳慧送了四個絹袋給妳了？」

戴佳氏不明白胤禛何以對不起眼的絹袋如此在意，但胤禛冷如冰霜的聲音令她感覺到一絲不安，惶恐地道：「臣妾不清楚，也許是三個，也許是四個……」

未等她說完，一聲暴喝在殿中響起：「妳是怎麼做一宮之主的，竟然糊塗到究竟有幾個絹袋都不知道！」

戴佳氏被嚇了一大跳，低著頭道：「臣妾……臣妾當時真的沒看仔細。」

「是沒看仔細還是不敢說實話？」

胤禛的話令戴佳氏茫然不解。「臣妾不明白皇上的意思。」
胤禛冷哼一聲，將那三個絹袋與之前的空絹袋一併扔在戴佳氏面前。「說，妳昨日來熹妃這裡的時候，都做過些什麼？」
戴佳氏就算再遲鈍也意識到事情不對了，迭聲道：「臣妾只是來給熹妃請安罷了，並不曾做過其他的事。」
凌若亦開口：「皇上，成嬪來的時候，臣妾一直都在，她不會有機會將東西放到弘曆房中。何況成嬪的性子臣妾亦有幾分了解，她不會做這樣惡毒的事情。」
戴佳氏手足無措地道：「娘娘，究竟發生了什麼事？臣妾將什麼東西放到四阿哥房中了？」
凌若簡單地將事情說了一遍，她還沒說完，戴佳氏已經面無血色。謀害當朝阿哥是什麼罪名她很清楚，若是真落到她頭上，不只她要死，整個家族都要跟著陪葬。若是她真有做過也就罷了，問題是她根本什麼都不知道，身上平白無故便多了一樁謀害阿哥的罪名。
想到這裡，她慌忙跪下道：「皇上明鑑，四阿哥中毒一事，臣妾完全不知情，更不曾傷害過四阿哥分毫，您一定要相信臣妾，臣妾什麼都不知道。」
胤禛沒有理會她，只是看著凌若道：「熹妃，這兩天除了成嬪之外，還有人來過妳宮中嗎？」
「這兩日除了成嬪之外便再無他人。」凌若知道這個回答會加深胤禛對戴佳氏的懷疑，但她又不能亂言，這種事一查就知道了。

「這麼說來，成嬪的嫌疑是最大的。」

胤禛話音未落，戴佳氏已經迫不及待地喊起冤來：「皇上，臣妾沒有，臣妾是冤枉的！而且臣妾好端端的為何要害四阿哥，害了四阿哥對臣妾沒有半點好處。」

是啊，這確實是一個問題，若說舒穆祿氏害凌若是因為之前七阿哥的事心存報復，那戴佳氏呢？她沒有子嗣，殺了弘曆對她不會有任何好處。

見胤禛因她的話而面露疑色，舒穆祿氏眸光一閃，輕聲道：「皇上，臣妾也認為成嬪娘娘不會害四阿哥，就像娘娘說的，四阿哥死了，對她沒有任何好處，又不是……」

見她話說一半，胤禛皺眉道：「又不是什麼？說下去。」

舒穆祿氏垂低了頭，囁嚅地道：「又不是害熹妃娘娘……」

戴佳氏又氣又急，唯恐胤禛聽進去，連忙斥道：「慧貴人，妳胡說什麼！本宮何時說過要害熹妃娘娘，妳休要在皇上面前搬弄是非！」

舒穆祿氏身子一顫，露出害怕之色。「臣妾該死，臣妾只是胡亂說說罷了，請皇上與娘娘千萬不要放在心上。」

戴佳氏惱恨地瞪了她一眼，對胤禛道：「皇上，臣妾真是清白的，您千萬不要聽信慧貴人的胡話。」

胤禛默然地盯著她，好一會兒方道：「都說是胡話了，成嬪為何如此緊張？」

「臣妾……」戴佳氏沒想到他會這麼問，頓時不知該如何回答，好一會兒方道：「臣妾是怕皇上中了她的挑撥，對臣妾生出誤會來。」

胤禛別過臉，對同樣跪在地上的舒穆祿氏道：「妳剛才說害了熹妃對成嬪會有好處，究竟是什麼好處，朕很想聽聽。」

舒穆祿氏畏懼地看了戴佳氏一眼，小聲道：「臣妾不敢說。」

胤禛眸光瞬間變得陰厲，盯著舒穆祿氏的頭頂，喝道：「朕叫妳說就說，哪來這麼多的廢話。說！」

第一千一百五十四章　禍水

胤禎最後一個字中所帶的陰冷，是即使舒穆祿氏被指控害死七阿哥時都不曾有過的，舒穆祿氏本想假裝害怕，可這一刻卻是真的有些怕了。雖然從剛才起，胤禎的面色就一直不太好看，可此刻卻讓人打從心底發寒。

她嚥了口唾沫道：「回皇上的話，臣妾以為，如今後宮之中，只有熹妃娘娘一位正三品后妃。皇后身子不好，後宮之事，一直都是熹妃娘娘幫著皇后在打理，如果熹妃娘娘出了意外，皇上肯定會在嬪之中擇一位晉為妃，以便助皇后娘娘打理後宮。」

「如今身在嬪位的，分別是成嬪、裕嬪、謹嬪、謙嬪四位娘娘，謹嬪與熹妃娘娘一向交好，不可能存有害人之心，否則也不會等到現在了。而剩下的三位娘娘中，只有成嬪在這兩天中來過承乾宮，而且在幾位娘娘中，成嬪娘娘的資歷是最老的，也最有可能晉為……」

戴佳氏渾身顫抖，忍不住打斷她的話，道：「賤人，妳胡言什麼，本宮何曾存過這樣的心思，妳不要誣蔑本宮！」

凌若聽得直搖頭。就算舒穆祿氏的話再不中聽，戴佳氏再氣憤，也不該當著胤禛的面罵其賤人，這不是存心給胤禛找不痛快嗎？

舒穆祿氏萬分委屈地道：「臣妾沒有，臣妾只是將自己的猜測說出來罷了，若是皇上和娘娘覺得不是，莫要理會就是了。」

「還在這裡巧言令色！」戴佳氏惱恨不已，尖聲道：「這一切定是妳所為，然後用這什麼絹袋嫁禍於我，妳好惡毒的心思！」激動之下，她連身為一宮之主的自稱也忘了。

舒穆祿氏似乎被嚇壞了，只是伏在那裡不住地哭，好一會兒方抽泣著道：「臣妾若要嫁禍娘娘，何必拿自己的東西來嫁禍，大可以從娘娘那裡隨便偷一樣東西。」

舒穆祿氏的話聽起來句句在理，可凌若卻覺得當中有許多問題，且不說以戴佳氏的性子是否會有這個膽量，只說舒穆祿氏的出現，她總覺得有一絲刻意。

另外，利用蚊蟲下毒這一招，既狠毒又精巧，戴佳氏這個人根本不算聰明，甚至有些蠢，這樣的人如何能想到如此狠辣巧妙的招數？

見舒穆祿氏不回嘴，戴佳氏斥得更加起勁，將舒穆祿氏罵得狗血淋頭，以報她誣蔑自己的仇。她是罵得痛快了，殊不知胤禛的臉色越來越難看。

到後面，戴佳氏終於意識到不對，慌忙抬頭瞅了胤禛一眼，道：「皇上恕罪，臣妾實在是氣憤舒穆祿氏對臣妾的誣衊，所以才會如此。」

胤禛點頭，輕飄飄地說了一句道：「罵夠了沒有？」

戴佳氏低著頭不敢接話，但胤禛並不準備就這樣放過她，冷笑道：「若是不夠就繼續罵。這麼多年來，還是頭一次看到有人當著朕的面這樣罵人，真是有趣得緊。」

「臣妾知錯，求皇上恕罪。」戴佳氏越發垂低了頭，大氣也不敢喘一聲，同時對自己剛才的衝動後悔不已。雖說是罵痛快了，但惹胤禛不悅，卻是得不償失。

胤禛漠然盯著她道：「正所謂身正不怕影子斜，妳若真沒做過，又何必怕人說。」

見胤禛對戴佳氏明顯不喜，凌若出聲道：「皇上，黑水翠雀花也就是西域烏頭，既為毒也可為藥，臣妾在想，是否是出自御藥房？」

胤禛同樣也想到了這件事，一點頭道：「蘇培盛，讓趙方即刻來見朕。」

趙方是御藥房總管，所有藥材出入都要經過他的手，黑水翠雀花有什麼人取用過，問他自是最清楚。

「奴才遵旨。」蘇培盛快步離去，連風燈也沒來得及拿。

在等趙方來的這段時間，胤禛凌厲似箭的目光不時從戴佳氏頭頂刮過，面色陰沉似水，不知在想些什麼。

至於戴佳氏，儘管低著頭，卻也有所感覺，不安地摳著細細的金磚縫，同時在心底努力安慰自己，只要她沒做過，就一定會沒事的。

趙方隨蘇培盛匆匆來到承乾宮，面對胤禛的問題，他仔細思索後道：「回皇上的話，奴才記得前幾日，慧貴人身邊的如柳姑娘來取過西域烏頭，說是用來治風溼。」

「是妳？」胤禛原以為會是戴佳氏，不料竟是舒穆祿氏的人，眸光閃爍，不知在想些什麼。

舒穆祿氏輕呼一聲，茫然地看著如柳道：「妳何時去御藥房，怎的我不知道？」戴佳氏心中一安，同時升起幸災樂禍之意，盯著舒穆祿氏，不屑地道：「還在那裡裝模作樣，分明就是妳讓如柳去取了西域烏頭，餵在血中餵養蚊蟲，然後傷害四阿哥。」

「成嬪娘娘不要胡說，此事與主子無關，是奴婢私自去取的。」如柳朝她喊了一句，隨即朝舒穆祿氏磕頭道：「奴婢該死，沒有將此事告訴主子。」

「如柳，究竟妳取西域烏頭做什麼？」舒穆祿氏緊張地盯著如柳，那個樣子，就是凌若也看不出破綻來。

「奴婢自從之前去了淨軍後，日日做苦活，晚上只能睡兩、三個時辰，寒冬臘月時，手一直浸在冷水中，浸得久了，經常會感覺指節疼痛，後來連膝蓋也疼了起來。原以為天氣轉暖後就會好轉，哪知不僅沒有減輕，反而還更重了，像是得了風溼。奴婢記起以前聽人說，西域烏頭可以治風溼，便去御藥房問趙公公討要了一些來，之所以不跟主子說，是怕主子擔心。」

聽完她這番話，舒穆祿氏氣道：「妳……妳……真是氣死我了！」

戴佳氏打了個寒顫，該死的，怎麼扯著扯著又扯到自己身上來了，真是陰魂不散。如此想著，她趕緊轉移胤禛的注意力。「皇上，您別被她們一搭一唱給迷惑了，一定是她們下毒害四阿哥。」

胤禛皺了眉頭道：「慢著，為什麼如柳會去淨軍，什麼時候去的？朕記得弘旬一事後，她與妳一道留在水意軒中。」

第一千一百五十五章　不利

胤禛身為皇帝，自然知道淨軍是什麼，一般只有犯了錯的宮人才會去那裡，而如柳……他不記得自己曾下過這樣的旨意。

戴佳氏縮了縮身子沒敢接話，還是如柳道：「啟稟皇上，奴婢在水意軒中沒幾天就被成嬪娘娘派人帶走了。成嬪娘娘說奴婢的主子謀害七阿哥，罪大惡極，皇上慈悲，留她一條性命，但死罪可免，活罪難逃，該受盡折磨才是；不過因為皇上將主子囚禁於水意軒中，所以成嬪娘娘讓奴婢代主子受難，將奴婢罰去淨軍，終日與汙穢為伍。若非皇上垂憐，復了主子的位分，只怕奴婢至今仍在淨軍中。」

胤禛盯著滿臉震驚的戴佳氏，語氣不善地道：「成嬪，果有此事嗎？」

戴佳氏顫聲道：「回皇上的話，臣妾……臣妾確實將如柳發配去了淨軍，但臣妾並沒有……」

「妳沒有什麼？」胤禛冷冷一笑，撫掌道：「好，真是好，想不到成嬪妳膽大到連朕的意思也敢歪曲，看來已經沒有什麼是妳不敢做的了，包括謀害熹妃。」

戴佳氏駭然搖頭，迭聲道：「臣妾沒有，臣妾只是打發如柳去淨軍，並不曾說過那些話，是她故意陷害臣妾的。」頓一頓，她似想到什麼，急急道：「是了，一定是她們主僕聯合起來顛倒黑白，陷害臣妾，皇上，您千萬不要上當！」

胤禛薄唇微彎，勾起一抹冰冷徹骨的笑意。「只要是對妳不利的，全部都是別人陷害，妳什麼錯都沒有，是嗎？」

「臣妾不是這個意思，臣妾真沒有說過那些話，只是讓人將如柳帶去淨軍罷了。」

戴佳氏話音未落，如柳已一臉悲憤地道：「顛倒黑白的那個人是娘娘您！當時您不僅讓彩霞說了那些話，還讓她羞辱主子，讓她學狗叫！」

看到戴佳氏惶恐難安的神色，舒穆祿氏心底冷笑不止。她之所以沒有將這些事告訴胤禛，就是為了等這一天。這麼多對戴佳氏不利的事加在一起，胤禛對其絕對不會再有好印象，如此一來，不論戴佳氏說什麼，胤禛都不會相信。

謀害四阿哥這個黑鍋，戴佳氏註定是背定了；要怪就怪她自己太愚蠢，活該有此下場！

舒穆祿氏正得意時，腦海裡突然浮現出剛才那隻死貓的空洞眼神，心一下子狂跳起來。

凌若問：「如柳，是誰讓妳去淨軍一事暫且不說，妳承認曾取用過西域烏頭是嗎？」

如柳磕了個頭道：「回娘娘的話，奴婢確實取用過，但奴婢只用了一天，剩下的那些就怎麼也找不到了，不知是被何人拿走。」

「竟有這麼巧的事？」凌若起身緩步走到她跟前，冷聲道：「妳是否想說是成嬪偷走了西域烏頭，用來害本宮的弘曆？」

如柳低頭道：「奴婢不敢，奴婢並未見過拿走西域烏頭的人。」

凌若的眸光自她與舒穆祿氏身上掃過，最後落在胤禛身上，一欠身道：「皇上，臣妾以為如柳說取了西域烏頭之後被人偷取，未免太過巧合，令人難以盡信。」

舒穆祿氏神色哀戚地道：「娘娘說這麼許多，無非是懷疑臣妾。看來不論臣妾說什麼、做什麼，都難以消除娘娘對臣妾的誤會了，也罷！」說到這裡，她深吸一口氣，朝胤禛磕頭道：「皇上，既然熹妃娘娘認定臣妾是害四阿哥的凶手，那麼就請皇上治罪，以還四阿哥一個公道。」

胤禛眉頭一皺，低喝道：「事情都沒有查清楚，好端端的讓朕治什麼罪。」

舒穆祿氏淒然一笑道：「既然熹妃娘娘已經認定了，那麼再查下去也沒意思，倒不如早些治罪，以遂娘娘心意。」

「胡鬧！」斥了舒穆祿氏一句後，胤禛轉頭對身邊的凌若道：「若兒，妳真認定是佳慧害弘曆嗎？」

凌若自不會像戴佳氏那麼不懂得說話，更曉得舒穆祿氏在胤禛心中的分量，當下婉轉地道：「事情還未明確，臣妾怎會這樣想，臣妾只是覺得在這件事上，慧貴人與成嬪一樣，都有幾分可疑。」見胤禛不說話，她又道：「臣妾知道皇上想盡快找出害弘曆的人，還他一個公道，只是單憑一個絹袋還有慧貴人的猜測，並不能證明成嬪就是下毒的那個人。這件事關係重大，臣妾不想冤枉了任何一個人。」

胤禛壓下心裡對戴佳氏的厭惡，頷首道：「朕明白妳的意思，放心吧，朕一定會查清真相。」

話雖如此，但事情查到這裡，似乎陷入了死胡同，問不出更加有用的東西，兩邊各執一詞，難辨真假。

胤禛左思右想，只剩下唯一的辦法，那就是搜宮。只要發現西域烏頭的蹤跡，就可以知道誰才是害弘曆的那個人。

四喜與蘇培盛一道下去，帶了許多人徹底搜查景仁宮，這麼大的動靜，驚動了許多人，包括坤寧宮中的那拉氏。

每次搜宮都意味著宮中出大事，這一次又是太醫又是搜宮的，難道……

思索片刻，那拉氏忽地笑了來，執著白玉梳的手亦重新梳起了攏在胸前的長髮。

小寧子好奇地道：「主子，您在笑什麼？」

那拉氏噙著一絲笑意道：「今夜鬧出這麼大的動靜，根源定然是在承乾宮，都驚動皇上與太醫了，你說會是什麼事？」

小寧子眼珠子一轉，小聲道：「主子是說……熹妃出事了？」

「不是熹妃就是四阿哥，除了這對母子，誰能弄出這麼大的陣仗來？相信現在承乾宮正熱鬧著呢，只可惜本宮不便過去。」

第一千一百五十六章 血

小寧子接過那拉氏手裡的白玉梳，一邊替她梳髮一邊道：「不管是熹妃還是四阿哥出事，對主子來說都是好事。最好他們兩個一道丟了性命，那就乾淨了。」

那拉氏透過銅鏡看著小寧子道：「看不出你小小年紀，竟是如此心狠，開口閉口的就是要人性命。本宮有時候真懷疑有朝一日，你是否會開口要本宮的性命。」

一聽這話，小寧子立刻跪地為自己叫屈。「奴才冤枉，這等大逆不道的事，殺了奴才也做不出來。奴才之所以說那些話，是因為奴才親眼看著主子為熹妃與四阿哥傷透了神，若不是因為他們在皇上面前挑撥是非，主子怎會被奪了掌管後宮的大權，奴才實在是替主子不平，所以才……」

那拉氏抬手道：「行了，本宮不過與你玩笑幾句罷了，看把你急的，起來吧。」

小寧子這才鬆了一口氣，爬起來繼續小心地為那拉氏梳著頭髮。

那拉氏摘下指上的護甲，徐徐道：「你剛才說慧貴人也在承乾宮？」

「是。」這般應了一句，小寧子又道：「主子您看這事是否與慧貴人有關？她對熹妃還有成嬪可都是恨極了。」

那拉氏沒有回答他的問題，而是道：「讓人繼續盯著景仁宮與承乾宮，一有什麼動靜立刻來告知本宮。」

「奴才知道。」這般答應後，小寧子忽地轉著眼珠子道：「主子何不親自去一趟承乾宮，這樣一來，那裡究竟發生什麼事，主子不就一清二楚了嗎？」

那拉氏打量著鏡中的自己，漫然道：「理由呢？理由是什麼？」

這一點小寧子早就想到了，是以那拉氏一問他，便道：「主子身為皇后娘娘，得知皇上搜查景仁宮，知曉宮中出了事，過去看看乃是理所當然的事。」

「別忘了，本宮如今已不管後宮之事。」

那拉氏話音剛落，小寧子便接上來道：「可主子仍然是皇后，是後宮之主。」

那拉氏抬手，小寧子立刻會意地扶她起來，口中道：「奴才這就讓人來為主子梳妝更衣。」

「本宮都要歇下了，做什麼還梳妝更衣？」

那拉氏的話讓小寧子一陣發愣，好一會兒才道：「主子不去承乾宮嗎？」

「本宮何時說過要去？」那拉氏瞥了小寧子一眼道：「承乾宮那攤水究竟有多深，你與本宮都不清楚，貿然過去，很可能會溼了鞋襪，且惹來一身是非，這可不是本宮要的。至於那頭究竟發生了什麼，到明日自然會清楚，何必急在一時。不論做什麼事，都記住『思前算後』這四個字，莫要想到一齣就是一齣，否則出了什麼事，就算是你頸上那顆腦袋也不夠償的。」

一聽這話，小寧子趕緊垂低了頭道：「主子教訓的是，是奴才魯莽了。」

「行了，你下去吧，讓杜鵑進來服侍本宮歇息。」在小寧子下去之前，她再次叮嚀：「記著，承乾宮那邊一有消息，就立刻來稟告本宮，不論何時。」

待小寧子下去後，那拉氏抬手緩緩撫過自己臉頰。舒穆祿氏也在，那麼這件事十有八九與她有關，想不到她動作這麼快，復位才多少日子，就已經攪得後宮不得安寧，真是讓人意外，原以為至少要固寵一段時間才會動手。

當然，最令她意外的還是舒穆祿氏竟會選熹妃下手，原以為舒穆祿氏會從最弱的成嬪動手，最後才對付熹妃。不過，不管她們鬥成什麼樣、死了多少人，於她都是有百利而無一害，這才是最重要的。

在令人窒息的沉悶中，蘇培盛與四喜快步走進來，朝胤禛打了千兒後，道：「啟稟皇上，奴才們已經將景仁宮全部搜查過了，並未發現黑水翠雀花的蹤跡，不過奴才在宮院中發現一盆已經死去的牡丹花。」

隨著他的話，有宮人將牡丹花捧了進來，花葉已經枯萎發黑，沒有一絲生機。

胤禛略一沉吟道：「這盆花可是與黑水翠雀花有關？」

「是否有關，奴才一時不敢肯定，不過奴才很奇怪成嬪娘娘為何會將一盆死花放在宮院中，所以就湊近了查看，哪知奴才在靠近這盆花時，聞到一股血腥味，在仔細查看過後，奴才發現盆中的花泥呈暗紅色，血腥味正是從泥中散發出來的。」

不論何時何地，「血」這個字，總是能夠輕易觸動人。胤禛走到捧著花的小太監跟前，將垂落的花葉撥開，果然看到花泥如蘇培盛所言呈暗紅色，並且散發著血腥味。胤禛目光一轉，落在戴佳氏身上。「成嬪，這件事妳又如何解釋？」

戴佳氏亦聽到了蘇培盛那番話，她惶恐地道：「臣妾不知道，院中那麼多盆花，臣妾實在沒有注意到。」

胤禛眼底疑雲密布，涼聲道：「妳是不知道這盆花為什麼枯萎，還是不知道為什麼花泥會有血腥味？」

「臣妾……臣妾都不知道。」戴佳氏這兩日因為砸傷舒穆祿氏的事食不知味、睡不安寢，除了來過一趟承乾宮之外，就一直待在屋內不曾出去過，哪裡有心情理會這盆牡丹花出了什麼事。

自弘曆被下毒一事發生後，戴佳氏一直在想辦法推諉撇清，更想將事情推在舒穆祿氏身上，殊不知，她越這樣做，胤禛就越懷疑她。

胤禛冷冷看她一眼，對容遠道：「徐太醫，你且看看這混在花泥裡的是什麼血？」

容遠依言上前，拈了一些花泥仔細察看後道：「皇上，這些血顏色較深，而且聞起來有異味，應該不是人血。」

第一千一百五十七章　該死之人

聽得不是人血，胤禛面色微緩，正準備說話，跪在地上的舒穆祿氏怯怯地道：「不是人血就好，只是成嬪娘娘好端端的用血澆花做什麼？」

戴佳氏神色激動地道：「本宮什麼時候用血澆過花了，本宮根本不知道這盆花裡為什麼會有血！」

舒穆祿氏身子一縮，隨後她不知想到什麼，瞅著容遠道：「徐太醫，用血澆花，會使花枯萎嗎？」

「不會。微臣遊歷各地時，曾見過一個獵戶，每日抓了獵物回來，就在屋外長著一簇薔薇的地方剝皮放血，常年如此，結果那簇薔薇不僅沒有任何事，還比尋常薔薇開得更加好。」

舒穆祿氏眨著眼睛，一臉不解地道：「那為何這盆牡丹花會發黑枯萎？」

容遠愣了一下。是啊，只是血的話，並不會對花有任何傷害，而現在又正是牡丹花盛放的季節，不應該會枯萎，除非……

這般想著，他神色一下子變得鄭重起來，讓周明華取來一根銀針，插入花泥中，片刻後再取出，銀針已經變黑。當容遠將銀針放在鼻下細聞時，更聞到了一絲辛辣之氣。

胤禛亦看到了銀針的變化，當即道：「徐太醫，銀針變黑，可是這土裡有毒？」

「是，而且微臣可以肯定，這土裡有黑水翠雀花的毒。」

黑水翠雀花？凡聽到這五個字的人面色皆為之一變，真想不到，搜遍景仁宮都沒有發現的黑水翠雀花，竟然就在這不起眼的花盆中。

當戴佳氏還在為花盆中為何有毒而不知所措的時候，舒穆祿氏已經恍然道：「皇上，臣妾想起來了，想用蚊蟲害四阿哥，就得先讓蚊蟲吸下有毒的血，會不會就是這些血？」

胤禛目光一寒，盯著戴佳氏道：「成嬪，到了這個時候，妳還有何解釋？」

戴佳氏連忙磕頭道：「皇上，臣妾真的不知道。這盆花是放在院中的，只要是在景仁宮的人都可以接觸到，根本不能證明是臣妾所為。說不定是有些人故意倒在那裡，然後想要嫁禍給臣妾的。」

胤禛冷眼看著她道：「妳是否又想說是佳慧嫁禍給妳的？」

戴佳氏沒有聽出胤禛話中的不對，連連點頭。「臣妾真是冤枉的，皇上千萬不要中了小人的奸計，臣妾……」

「夠了，朕不想再聽妳的詭辯！」胤禛厲聲打斷她的話。「說，妳是不是存心想害熹妃！」

「臣妾沒有！臣妾沒有！」戴佳氏嚇得涕淚齊流，連連叩首喊著冤枉。「臣妾素來敬重娘娘，怎敢存有傷害娘娘之心。」

「真的敬重嗎？」胤禛冷言道：「成嬪，妳入潛邸的時間比熹妃更早，而今她封為妃，妳卻只是嬪，當真沒有一絲不甘？」之前舒穆祿氏說過的話，此刻正在胤禛心底不斷滋長，令他對戴佳氏的疑心越來越重。

戴佳氏害怕得渾身顫抖，她沒想到搜宮不僅沒能證明自己的清白，反而令胤禛更加懷疑自己。「沒有，臣妾真的沒有，若皇上不信，臣妾可以對天發誓，絕無害熹妃娘娘之心！」見胤禛不說話，她又慌忙爬到凌若面前，哀聲道：「娘娘，您替臣妾說句話，臣妾當真是冤枉的，什麼都沒有做過。」

凌若尚未說話，舒穆祿氏弱弱的聲音便已傳了過來：「皇上一向公允嚴明，成嬪娘娘若真沒有做過，又何必如此害怕。」

「妳！」戴佳氏驟然回過頭，死死盯著舒穆祿氏。

凌若一直覺得整件事是舒穆祿氏所為，戴佳氏沒膽也沒腦子安排這麼精巧嚴密的局。但看胤禛的意思，似乎已經相信了舒穆祿氏的話。

她還在想該怎麼幫戴佳氏說話，戴佳氏卻已經被心中的恨意激得失去理智，起身衝到舒穆祿氏前方，聲嘶力竭地喊：「我不過是將如柳打發去了淨軍，又不曾要她的性命，妳為何要這麼害我！」

舒穆祿氏似被她這個樣子嚇壞了，害怕地道：「臣妾不知道娘娘在說什麼，臣妾沒有害過娘娘，再說今日之前，臣妾都不曾來過承乾宮。」

凌若看胤禛臉色不對，忙衝戴佳氏喝道：「成嬪不要衝動！」然，這話終是遲了一步，戴佳氏已經用力一巴掌摑在舒穆祿氏臉上，口中還道：「妳這個慣會裝模作樣的賤人，就算妳沒來過承乾宮也一定是妳所為！說，妳到底是怎麼害四阿哥的？」

舒穆祿氏捂著臉頰嗚咽地哭著，沒有理會戴佳氏迫問。急於證明自己清白的戴佳氏見她不說話，抬手欲再摑，不過這一次沒等摑下去，就被人牢牢抓住，抓住她的人不是別人，正是胤禛。

「誰許妳打人的？」

戴佳氏萬般委屈地道：「皇上，她嫁禍臣妾害人，她該死！」

「是該死。」沒等戴佳氏高興，胤禛已經再次道：「不過該死的那個人是妳！」

「皇上，臣妾真是冤枉的，舒穆祿氏滿嘴謊言，您別聽信她的話！」迎著胤禛那雙冰冷的眼眸，戴佳氏渾身顫抖不止。

凌若聽出胤禛起了殺心，連忙道：「皇上，臣妾覺得此事尚有可疑之處，成嬪未必是凶手。」

「朕心裡有數。」這般說著，胤禛盯了渾身顫抖發軟的戴佳氏，一字一句道：

「之前妳來找熹妃，說佳慧要害妳，讓熹妃幫妳在朕面前求情，實際上根本就是找藉口來承乾宮，好將裝了餵有毒血的蚊蟲的絹袋放到承乾宮，想害死熹妃是不是？」

戴佳氏哭訴道：「不是這樣的！舒穆祿氏真的說過要讓臣妾死，臣妾……臣妾實在害怕，所以才會來找熹妃娘娘！」

第一千一百五十八章 定罪

胤禛厭惡地看著戴佳氏道：「到現在還滿嘴謊言，佳慧根本沒在朕面前提過妳的一句不是，甚至故意遮了傷不讓人看到，又怎麼會害妳？分明是妳存心嫁禍，所以用了她好心送給妳的絹袋來裝毒蚊，好讓朕以為一切是她所為，將她治罪。」

「不是的，皇上，是她嫁禍臣妾，是她想要害死臣妾！」戴佳氏話音剛落，手腕就傳來一陣劇痛，骨頭被捏得咯咯作響，像是要裂開來一般，卻是胤禛倏然收緊了手。

「佳慧如要害妳，憑妳做過的那些事，妳覺得自己還能站在這裡嗎？不論是妳自作主張將如柳充入淨軍的事，還是故意砸傷佳慧的事，都足以讓朕治妳的罪！」

戴佳氏的臉因為疼痛而扭曲，額頭冒出一滴滴冷汗，然而手碗上的痛還在加劇，讓她連話都說不出。

「妳本想害熹妃，哪知陰差陽錯，絹袋落在弘曆房中，那些毒蚊餓了，就飛出來吸弘曆的血，將弘曆害得人不人、鬼不鬼，只剩下半條性命！」

「臣妾……沒有……」戴佳氏忍痛勉強說出幾個字。

可惜到了這個地步，胤禛根本不會再信她一個字，逕自道：「做完這一切後，妳就將混了黑水翠雀花之毒的血水倒在花盆中，想要毀屍滅跡，讓朕無從查起。不過很可惜，還是讓朕發現了，所以妳註定要為自己愚蠢的行為付出代價。」在戴佳氏驚駭欲死的目光中，他湊到她耳邊，一字一句道：「沒有人可以傷害凌若與弘曆，誰都不行！」

眼淚不斷從戴佳氏那雙滿是驚惶的眼中滴下，胤禛盯著她，忽地笑了起來。「妳很不滿意朕只封了妳一個嬪位嗎？」說完這句，他驟然鬆開手，厲聲喚道：「蘇培盛！」

蘇培盛打了個寒顫，連忙上前道：「奴才在。」

「且慢！」凌若知道自己要是再不開口，等待戴佳氏的很可能就是一道賜死的聖旨，趕緊道：「臣妾以為，成嬪……」

胤禛打斷她的話，道：「朕知道妳不願相信成嬪是害妳之人，但罪證確鑿，她為一己之私，害妳與弘曆，罪不可恕。」

凌若一怔，沒想到胤禛態度如此堅定，對於戴佳氏害她一事確信無疑，就算自己現在說懷疑是舒穆祿氏所為，只怕胤禛也不會聽進去。

不過也怪戴佳氏，在如此不利的情況下，竟然還不懂得控制自己的情緒，衝動地掌摑舒穆祿氏，令胤禛對她的誤會越發深重。

「蘇培盛！」在凌若沉思該如何幫戴佳氏說話的時候，胤禛再一次喚過蘇培盛，同時道：「傳朕旨意，成嬪戴佳氏為一己私利，意圖謀害熹妃並致使四阿哥性命垂危，罪惡滔天，褫奪其位分，收回金冊。另，賜其白綾三尺，即刻自盡，戴佳氏一族，亦全部流放塞外，不得回京！」

在他話音落下後，殿內鴉雀無聲，所有人都被這道旨意驚住了，就連主導了這一切的舒穆祿氏也不例外。

若說賜死戴佳氏尚在預料之中的話，那麼流放戴佳氏全族就真的是出人意料了。想不到胤禛會處置得這麼重，死一個戴佳氏不夠，還要讓她全族跟著受罪。而在這件事中，甚至沒有人死，連四阿哥也已經無事了。

「不要，皇上不要，臣妾冤枉！冤枉啊！」戴佳氏大哭不止，不斷地磕頭喊冤，鮮血順著額頭涓涓流下，與淚水混在一起，使得她看起來像是在流血淚一般。

可惜，她做什麼都是無用的，胤禛根本不信她。「將她拖下去，朕不要再看到她。」

就在蘇培盛準備動手的時候，凌若欠身道：「皇上，弘曆已經沒事了，而臣妾也安然無恙，還請您對戴佳氏從寬處置，饒她性命與家人。」

胤禛不悅地道：「她這樣害妳，妳還替她求情？」

凌若點頭道：「臣妾相信戴佳氏就算真做了錯事，也是一時糊塗，並非本性惡毒，還請皇上看在這次無人因她而喪命，再加上她又伺候了皇上那麼多年的分上，留她一條性命。」
胤禛對戴佳氏成見已深，想要替戴佳氏洗脫罪名，顯然是不可能的了，她唯一能做的，就是先保住戴佳氏的命，讓她不至於枉死。
胤禛因她的話而猶豫，他也曉得自己這個處置過重了，但只要一想到戴佳氏曾想過要害凌若，就憤怒得難以自制，恨不得她立刻死。
凌若違心地道：「皇上，得饒人處且饒人，戴佳氏固然有罪，但罪不至死。」
舒穆祿氏目光一閃，輕聲道：「想不到娘娘如此寬宏大量，面對害過自己的人都能如此寬容，實在是讓臣妾欽佩。」說罷，她又對胤禛道：「皇上，既然熹妃娘娘都為戴佳氏求情了，您就饒她一命吧，讓她今後在餘生中為自己所犯下的錯懺悔。」
她已經想明白了胤禛為何要對戴佳氏施以如此嚴厲的懲罰，不為其他，只因為胤禛以為戴佳氏意圖傷害熹妃。換句話說，胤禛如此憤怒都是因為熹妃之故，現在熹妃極力為其求情，胤禛一定會恕其死罪，既然一定會恕，那她不如趁此做一個順水人情，讓自己善解人意、溫婉純厚的形象更加深刻地印在胤禛腦海中。
不過經此一事，也令她對凌若的忌憚深了幾分。
想不到這個早已韶華不再的女子，在胤禛心中竟然仍有這麼重的分量，看來以後要再對付她，一定得小心再小心，萬不能疏忽。

見她們兩人都為戴佳氏求情，胤禛緩緩點頭道：「罷了，那就饒其一條性命。不過死罪可免，活罪難逃，戴佳氏即刻打入冷宮，其族人凡有在朝中任職的，一律罷官免職！」

雖仍然免不了牽連家人，但這個處置相較於剛才來說，無疑是輕了許多。戴佳氏伏在地上痛哭不已，既是哭自己不需要死，也是哭自己受此無妄之災。

蘇培盛知道胤禛不願看到戴佳氏，在他旨意一下，便與四喜兩人拉了戴佳氏往外走。

在經過舒穆祿氏跟前時，戴佳氏忽地用力掙扎起來，滿是鮮血的臉充滿了猙獰之色。「舒穆祿佳慧，妳這樣害我，一定會有報應的。我會活著，活著看妳的報應！」

第一千一百五十九章　人和

舒穆祿氏嚇得面無血色，直至戴佳氏被拉出了承乾宮，方才捂著胸口，一臉難過地看著胤禛道：「明明事情都已經查清楚了，為何她還要如此冤枉臣妾？」

「不必理會她。」安慰了一句後，胤禛親自將她扶起道：「好了，已經沒事了，妳回去吧。」

舒穆祿氏溫馴地點點頭，在其走後，眾太醫也分別退下；與此同時，外頭傳來打更的聲音，竟是已經三更了。

待殿中只剩下兩人時，凌若對正在揉眉心的胤禛道：「皇上，您待會兒還要上早朝，趕緊去歇一會兒吧。」

「朕沒事。」說罷，他又道：「不知道弘曆怎麼樣了，朕想進去看看他。」

凌若點點頭道：「臣妾與您一道去。」

進了內殿，弘曆還在沉睡，沒有了令人發瘋的奇癢，他睡得很香。胤禛替他掖了錦被道：「幸好這一次有徐太醫在，否則只怕弘曆現在還在受苦。朕只要一想起弘曆受的苦，就恨不能殺了戴佳氏。」

凌若低著頭沒有說話，此刻胤禛認定了戴佳氏是凶手，不論她說什麼都聽不進去，不過幸好保住了戴佳氏一條命，使得胤禛沒有錯殺無辜。

胤禛見凌若低頭不語，道：「在想什麼？」

凌若搖搖頭。「沒什麼，皇上既然不想歇息，不如臣妾陪您去看星空如何？」

「也好。」胤禛應了一聲，與凌若一道走到院中。夜空中星光閃爍，無數星子猶如寶石一般靜靜地嵌在天上。

「幾十年過去了，夜空還是如此，沒有一絲變化，但朕卻已經從少年變成了中年。」胤禛感慨道：「還有許多事情都在不知不覺中變了。好比戴佳氏，在潛邸時，朕看她還算老實，整日吃齋唸佛，想不到入了宮之後，變得如此狠毒，還因為位分一事想要害妳。」

對於饒恕戴佳氏性命一事，胤禛始終耿耿於懷，求情的若不是凌若，他是絕不會點頭的。

凌若握著他的手掌，輕聲道：「事情都已經過去了，皇上何必去提它。再說，臣妾與弘曆不是好端端的嗎？」

「是，幸好你們都沒事，否則朕不知該怎麼辦才好。」說到這裡，胤禛眉眼間竟然流露出一絲害怕。「朕已經失去了許多人，不想連你們兩個都失去。」

「不會的，臣妾與弘曆都會陪在皇上身邊。」凌若話音剛落，溫熱的唇便落在額頭，同時耳邊傳來胤禛的聲音。

「記住妳的話，永遠記住，若敢違誓，不管妳去到哪裡，哪怕是陰曹地府，朕都會把妳抓回來。」

凌若沒有說話，只是緊緊地抱緊胤禛，過了許久才鬆開，迎視著胤禛的目光道：「皇上，有一件事，臣妾要向您請罪。」

「請罪？」

在胤禛訝異的目光，以及逐漸開始露出一絲魚肚白的天色中，凌若清晰而緩慢地開了口。

天亮之後，戴佳氏被廢為庶人，打入冷宮，以及戴佳氏一族皆被罷官趕出京城的消息傳遍了後宮。

坤寧宮中，杜鵑正在替那拉氏梳髮，小寧子則在一旁細細說著聽到的消息：「奴才聽說昨夜皇上下令搜宮，就是要找戴佳氏害人的證據，結果在一盆死掉的牡丹花中發現了血跡。經太醫證實，那血跡裡含有黑水翠雀花的毒，與害四阿哥渾身劇癢的毒是一模一樣的。主子您是沒看到四阿哥中毒後的樣子，聽說他自己幾乎把全身的皮都撓了下來，人不像人、鬼不像鬼，要不是那徐太醫來得及時，還查出了他的毒，只怕他已經活活癢死了。」說到這裡，小寧子忍不住縮了縮脖子。

那拉氏取過一支金累絲銜珠蝶形簪在髮間比了一下，隨即遞給小寧子，後者會意地替她插在杜鵑剛剛梳好的髮髻上。

那拉氏打量著鏡中的自己，突然說道：「看樣子本宮猜對了。」

見小寧子一臉不解，她微微一笑道：「你曾問本宮這件事是否與慧貴人有關，本宮當時覺得很奇怪，慧貴人縱然再恨熹妃，也不該一上來就拿熹妃開刀。熹妃在皇上心中有多少分量，她應該很清楚，若沒有天時、地利、人和互相配合，憑她根本扳不動熹妃，反而會把自己搭進去。現在卻是明白了，從一開始，她的目的就是戴佳氏，不過她野心比本宮想的要大一些，想要一石二鳥，不只想要戴佳氏的命，還想要四阿哥的。」

小寧子眼皮一跳，小聲道：「主子認為害四阿哥的並非戴佳氏，而是慧貴人？」

那拉氏下頷微點，道：「本宮不知道舒穆祿氏用了什麼樣的辦法讓皇上相信，否則僅憑戴佳氏去過承乾宮，還有花盆裡的毒血，是不足以指證戴佳氏的。」

小寧子露出一絲笑意，輕言道：「看來慧貴人還真是挺厲害的，這麼快便讓她除去了成嬪，說不定主子真能借她之手除去熹妃與謙嬪。」

「本宮也希望如此，不過這三人中，戴佳氏最蠢、最沒腦子，除掉她自然也是最容易，後面的謙嬪與熹妃可就沒那麼容易對付了。尤其是熹妃！」說到凌若，那拉氏眸中閃過深深的忌憚。這個女人與自己鬥了二十幾年，自己雖令她幾番起落，卻從未真正贏過，現在更是讓她占了上風，實在是很棘手。

小寧子看出那拉氏的憂心與忌憚，安慰道：「主子剛才不是說了嗎？只要有天時、地利、人和的配合，一定可以對付得了熹妃。奴才相信老天爺亦會站在主子這邊，不會讓熹妃一直這麼得意下去的。」

「天時、地利，得講求機緣，談何容易；而且經此一事，四阿哥出宮的事一定會暫緩，咱們的計畫也得跟著擱置。」

小寧子不知想到什麼，在那裡低著頭不說話，直至那拉氏看出異狀，喚了他一聲，他方才回過神來，道：「主子，奴才剛才突然想到，既然天時、地利可遇不可求，那咱們何不在人和這方面下些工夫？」

見他這麼說，那拉氏曉得他肯定是想到了什麼點子，當下道：「繼續說下去。」

「其實想要熹妃死的，不只是主子與慧貴人，還有一個人。」小寧子頓一頓，說出了答案：「謙嬪。」

第一千一百六十章　活證據

「主子您忘了惜春的事？」

那拉氏頓時反應過來，恍然道：「對啊，本宮竟將這件事忘記了，真是糊塗。」

小寧子陰聲道：「只要主子將這件事告訴謙嬪，她與熹妃就會反目成仇，到時候熹妃就會腹背受敵，縱使有三頭六臂也難以應付。這樣一來，主子您需要的人和不就有了嗎？至於天時、地利，那不過是早晚的事。」

那拉氏的眸光因他的話而不斷亮了起來，正要說話，孫墨走進來，打了個千兒道：「啟稟主子，慧貴人在外求見。」

「她來得倒快，正好本宮也有話想問她。」那拉氏扶一扶髻上簪子，對正等著她答覆的孫墨道：「請慧貴人進來吧。」

在等舒穆祿氏進來的時候，那拉氏對小寧子道：「你說得確實不錯，不過這件事卻不能由本宮去說。」

「那應該……」

小寧子話未說完，就聽得那拉氏道：「應該由一個更合適的人去說。」

不等小寧子再問，一個窈窕的身影已經出現在視線中，正是舒穆祿氏。她步入殿內，朝那拉氏盈盈一禮道：「臣妾給皇后娘娘請安，娘娘吉祥。」

「慧貴人請起。」如此說著，那拉氏一笑道：「今日過來得好早，可是一宿未睡？本宮剛才聽小寧子說，昨夜裡承乾宮鬧得很厲害，四阿哥中了毒，全身奇癢，經查發現為戴佳氏所為，皇上連夜下旨將她廢為庶人，送去冷宮。妳當時也在，可有事？」

面對那拉氏的關心，舒穆祿氏感激地道：「多謝娘娘關心，臣妾無事。」

那拉氏點點頭，伸手示意小寧子扶自己起來。「無事就好，本宮真擔心妳會受牽連。」見舒穆祿氏不說話，她又笑道：「不過有一件事本宮始終覺得很奇怪，戴佳氏屈居在熹妃之下都許多年了，怎麼突然起了害熹妃之心？」

舒穆祿氏知道她是在試探自己，不動聲色地道：「也許是戴佳氏越想越不甘，忍不住對熹妃動了殺心。」

「是嗎？」那拉氏笑意一盛，握了舒穆祿氏的手，似不經意地道：「又或許是有人設下一個圈套，引戴佳氏入套，背下罪名。慧貴人，妳說本宮猜的對不對？」

舒穆祿氏心思飛轉，明白自己瞞不了那拉氏，低頭道：「娘娘明察秋毫，臣妾不敢隱瞞，此事確不是戴佳氏所為。」

「嗯。」那拉氏滿意地點點頭。「總算妳還肯跟本宮說實話，沒有將本宮當成外人。戴佳氏曾那樣待妳，有此下場也是活該。」

「只可惜皇上留了她一條性命，沒有治她死罪。」在說這話時，舒穆祿氏帶著一絲不甘。昨夜要不是熹妃求情，戴佳氏早已魂歸地府，哪還有命苟活。

「不管怎樣，妳都算是出了一口氣，對於戴佳氏而言，半輩子的冷宮，不比死好受多少。」說到這裡，那拉氏輕「咦」一聲，盯著舒穆祿氏半邊臉，道：「妳臉怎麼了，被人打過了嗎？」

被那拉氏這麼一提，舒穆祿氏頓時感覺臉頰隱隱作痛。「是，昨夜戴佳氏這個瘋婦打了臣妾一巴掌。」

那拉氏一聽這話，立刻讓小寧子去拿藥膏，親手為舒穆祿氏抹上，口中道：「本宮有一事不解，不知慧貴人能否為本宮解疑？」

「娘娘請說，臣妾一定知無不言。」那拉氏的碰觸令舒穆祿氏渾身不自在，卻不便避開。

塗完了藥，那拉氏收回手道：「妳如何讓皇上相信一切皆是戴佳氏所為？據本宮所知，只憑找到的這些證據，並不足以定戴佳氏的罪。」

舒穆祿氏側目道：「娘娘以為是死證據重要，還是活證據重要？」

那拉氏蹙眉道：「這話本宮倒還是第一次聽到，究竟何謂死證據，何謂活證據？」

「死證據就是絹袋，還有倒在花盆中的毒血。活證據則是皇上對戴佳氏的印象。」舒穆祿氏將昨夜的事細細說了一遍，隨後道：「只要皇上認定戴佳氏是凶手，那她就一定是凶手。」

那拉氏深深看了舒穆祿氏一眼，隨即展顏笑道：「慧貴人好精巧的心思，連本宮都遠不及妳。」

舒穆祿氏慌忙欠身道：「娘娘莫要笑話臣妾了，臣妾這點兒粗淺心思，哪裡能入得娘娘法眼。」

「本宮說的可都是真心話，沒有一絲笑話之意。經過七阿哥一事，妳也算是浴火重生了，很好。」

舒穆祿氏沉默了一會兒道：「臣妾此來，還有一件事想請教娘娘。」

「妳儘管說來聽聽，本宮知道的一定會告訴妳。」這般說著，她抬步往外走去。

舒穆祿氏跟在後面道：「娘娘可知一位姓徐的太醫？」

那拉氏走到偏殿，那裡已經擺好了早膳，在示意舒穆祿氏一道坐下後道：「妳是說昨夜救了四阿哥的那位太醫？」

「是，臣妾看他與皇上還有熹妃很是熟稔，但臣妾入宮這麼久，從未見過他，實在是好奇得緊。」在說這話的時候，舒穆祿氏放在膝上的雙手慢慢握緊。若非那個徐太醫出現壞了她的好事，四阿哥哪還有命活著。

那拉氏將宮人放在她面前的魚片粥遞給舒穆祿氏。「他以前確實是太醫，不過現在已經辭官卸任，不在太醫院任職。」

舒穆祿氏追問：「臣妾看他醫術似比齊太醫還要高，既然有這麼好的醫術，為何要辭官？」

她的追問在那拉氏意料之中，笑一笑道：「此事說來話來，本宮慢慢說給妳聽。」

舒穆祿氏之前曾想過無數種可能，但怎麼也想不到，那個徐太醫竟然與熹妃有私情，熹妃曾經離宮一事，也是因徐太醫而起；皇上明明知道所有的事，卻不曾追究，昨日更是許其進宮救治四阿哥。

那拉氏瞥了她一眼道：「很吃驚是嗎？本宮也與妳一樣，皇上待熹妃真可謂是情深意重，連這種事也可以不予追究，甚至親自出宮將熹妃接了回來。所以，妳想要對付熹妃，只怕是很難很難。」

第一千一百六十一章　重提舊事

片刻，舒穆祿氏沉聲道：「臣妾明白了，多謝娘娘如實相告，臣妾感激不盡。」

那拉氏拿帕子拭著脣角道：「妳想到對付熹妃的辦法了嗎？」

「暫時沒有，不過臣妾相信總會有法子的。」

那拉氏搖頭道：「就怕等妳想到法子的時候太遲了。昨夜之事，熹妃應該已經懷疑到妳，否則她不會替戴佳氏求情。妳害了她兒子，她一定會想辦法對付妳。她這個人心思歹毒，又慣會在皇上面前演戲，動起真格來，可不好對付，看她不動聲色間奪盡本宮之權，就可見一斑了。」

這一點，舒穆祿氏自然知道，不過她並不擔心。下了那麼久的藥，胤禛已經離不開她的身體，只要不是犯了十惡不赦之罪又被抓到現行，單憑幾句挑撥根本奈何不了她。不過這樣一來，她也奈何不了熹妃。

她瞅了那拉氏一眼，感覺到對方那些話似另有意思，遂起身施禮道：「還請娘娘為臣妾指點迷津。」

那拉氏盯著她，緩言道：「妳現在只是一個貴人，與熹妃對立，底子還是太薄了一些，最簡單的辦法就是與人聯手。」

舒穆祿氏猶豫著道：「這個……臣妾也想過，只是謹嬪與熹妃是一夥的，裕嬪懦弱，餘下的那些貴人、常在不足成事。」

那拉氏搖頭道：「慧貴人少說了一個人——劉氏。」

她話音剛落，舒穆祿氏就已經斷然拒絕。「臣妾會被廢位，皆是因為劉氏之故，她是害臣妾的罪魁禍首，臣妾怎麼可能與她聯手。」

舒穆祿氏的拒絕早在那拉氏意料之中，她道：「那妳不想對付熹妃了嗎？不與劉氏聯手，憑妳一人永遠奈何不了熹妃；至於本宮，雖想幫妳，卻有心無力。」說到這裡，她起身拉過舒穆祿氏的手，柔聲道：「本宮知道妳恨劉氏，但有時候目光得放得長遠一些，只要熹妃一倒，還怕沒機會對付劉氏嗎？」

舒穆祿氏低頭不語，好一會兒方道：「就算臣妾肯，劉氏也絕不會與臣妾聯手。」

「未必見得。」那拉氏嘴角噙著一縷諱莫如深的笑意，道：「慧貴人還記得本宮身邊的惜春嗎？」

舒穆祿氏不明白她為何說到惜春身上，道：「自然記得，惜春誣衊娘娘在劉氏沐浴的水中放紅花，事後證明娘娘讓她放的是藏紅草，用來安胎。惜春因為意圖諂害娘娘，而被趕出圓明園。」
那拉氏嗤笑道：「安胎，妳相信本宮會讓人在她水裡放藏紅草來安胎嗎？」
舒穆祿氏默然不語。
「劉氏沐浴的水裡確實被人下了紅花，所以她才會早產，下藥的那個人也確實是惜春。」
舒穆祿氏愕然道：「可當時太醫驗出來的確實是藏紅草啊。」
那拉氏撥弄著串在袖間的珍珠道：「惜春形跡可疑，本宮怕她有二心，所以讓小寧子用藏紅草偷偷換了她手裡的紅花，從那之後，她下在劉氏水裡的都是藏紅草；而每次在她之後，小寧子都會將真正的紅花下在水裡。」
聽到這裡，舒穆祿氏恍然大悟。「原來如此，怪不得惜春掉下的絹袋裡裝的是藏紅草。娘娘剛才說怕惜春有二心，是否覺得她突然獻計，是受人指使？」
那拉氏點點頭，起身走到窗前，沉聲道：「後面的事也證明本宮沒有疑錯惜春，她受人指使，先誘使本宮在劉氏水裡下紅花，然後當著皇上的面故意掉出那絹袋，想要讓皇上抓本宮一個現行。而指使惜春的人，正是熹妃。」
「雖說宮裡有資格與娘娘對抗的確實只有熹妃，但惜春好歹跟在娘娘身邊多年，熹妃如何能夠指使她？」
「熹妃不能，但熹妃身邊的三福可以。三福此人能言善辯，又知道惜春與死去的翡翠感情不錯，利用翡翠，施以花言巧語，從而說動惜春倒戈相向。」說到三福，那拉氏恨得銀牙緊咬。不能殺死這個叛主的奴才，實在是她平生一大恥辱。

那拉氏看著若有所思的舒穆祿氏道：「若劉氏知道熹妃曾設法害她的龍胎，甚至早產也是拜熹妃所賜，妳說她會怎麼樣？還與熹妃站在同一條陣線嗎？」

「可是臣妾與她的仇怨並不比熹妃與她的小，就算臣妾將這件事告訴她，只怕也是徒勞。」

「慧貴人都沒有試過，就說徒勞二字，未免太過武斷了。」說到此處，那拉氏走至舒穆祿氏身前，替她將頭上有些鬆垮的珠花扶正，凝聲道：「本宮不會逼妳去做什麼，但是妳若想對付熹妃，就一定要設法將劉氏說服。否則，妳不只報不了仇，還會毀在熹妃手上。」

舒穆祿氏想了許久，終是有了決定，咬牙道：「臣妾會設法去勸說劉氏。」

「只要妳盡力，本宮相信妳一定能說服劉氏。在這後宮之中，敵友只有一線之隔，相信劉氏會明白這個道理。」這般說著，她拍拍舒穆祿氏的手背道：「好了，妳一夜未睡，早些去歇著吧，別累著了。」

舒穆祿氏知趣地道：「是，臣妾告退。」

第一千一百六十二章　籠絡

舒穆祿氏一路回到景仁宮。如今這景仁宮內已經沒有了主位娘娘，只剩下她與武氏兩個貴人居住。

在經過空蕩蕩的主殿時，舒穆祿氏腳步一滯，光彩在眸中閃現，如柳會意地道：「奴婢相信，主子終有一日會坐在這個主殿上受人叩拜。」

舒穆祿氏嫣然一笑道：「我知道，我只是在想離這一日還需要多久。說起來，老天爺可真是不公平，像戴佳氏這樣的蠢人都可以坐上主位，我卻只是一個貴人；不過無所謂了，貴人只是中途，不會是終點。」

如柳瞅了一眼左右無人，小聲道：「主子真打算與謙嬪聯手對付熹妃嗎？奴婢只怕皇后不懷好意。」

「我知道，不過這次她倒是說了一句實話，憑我一人之力確實很難對付熹妃。」舒穆祿氏輕輕搖頭，顯然內心也頗為掙扎。換了要聯手的是劉氏之外的任何一個人，她都不會如此掙扎不定。

如柳不太贊成這件事。「這樣做，太委屈主子了，奴婢可沒忘了謙嬪之前是怎麼害主子的。」

舒穆祿氏遠遠望著飛簷捲翹的宮殿道：「傻丫頭，在這後宮之中，妳覺得我有資格委屈嗎？要想在這爾虞我詐的後宮中生存下去，就一定要能忍別人所不能忍。不過……我也沒打算現在就照皇后的意思去做。」見如柳一臉不解地看著自己，她笑道：「我要試試熹妃在皇上心中的分量，是否真重到要我與仇敵聯手的地步。」

如柳一陣沉思，好一會兒方恍然道：「主子是說徐太醫的事？」

舒穆祿氏既沒點頭也沒搖頭，在快走到水意軒的時候，忽地道：「如柳，昨夜裡帶徐太醫來的那人，是熹妃身邊的楊海對不對？」

如柳點點頭，不明白她突然問起這個的用意，只聽舒穆祿氏再次道：「徐太醫說是太醫，但早已不在太醫院任職，非宮中之人，要傳這樣的人入宮，必須得有皇上旨意，口諭也好，聖旨也罷，總歸只有皇上點頭才可以。依常理所判，應該是皇上身邊的人去請徐太醫，譬如蘇公公，譬如喜公公，當時他們兩個可是都在的，結果呢？兩個都不是，妳不覺得奇怪嗎？」

如柳想了想道：「或許是二位公公不知道徐太醫住的地方，而熹妃又與徐太醫有故交，所以就遣了她身邊的人去。」

「這是其中一個可能，但絕非唯一的可能，我總覺得這事有點蹊蹺。」走了一會兒，舒穆祿氏忽地道：「待會妳去見一見蘇公公，讓他有空暇過來一趟，就說我剛得了一幅米芾的字，請他過來一道鑑賞。」

如柳驚呼一聲，隨即趕緊捂住嘴巴，待確定沒人注意她們這邊後，方才低聲道：「主子您莫不是想將那幅米芾真跡也送給蘇公公吧？」

舒穆祿氏睨了她一眼，似笑非笑地道：「怎麼了，妳捨不得？」

「奴婢只是覺得主子您剛送過一幅唐伯虎的畫給蘇公公，而今才幾日工夫，便又打算送他米芾的字。這兩幅字畫都是價值千金以上之物，皇上統共也就賞了主子兩幅，您轉頭就送了蘇公公，是否太浪費了一些。」

舒穆祿氏撥弄著耳下的琉璃墜子道：「妳覺得是這些字畫重要，還是皇上的恩寵重要？」

「自然是皇上的恩寵更重要。」對於這個答案，如柳倒是沒有任何猶豫，只要有皇上恩寵在身，想要多少字畫都有。

「妳既明白這個道理，就該清楚我這麼做的用意。蘇公公是皇上的貼身內監，在皇上面前說得上幾句話，若能將他拉攏過來，對我可是大有幫助。」

見如柳還蹙著眉頭，她又道：「我聽說熹妃當初為三福與翡翠求情，請皇上允他們兩人結為菜戶時，喜公公在旁邊幫著說了不少話，否則熹妃哪有這麼容易得償所願，所以妳千萬不要小看了他們，關鍵時刻，甚至能救命。既然上次蘇公公肯收那幅畫，就表示他可以為我們所用，既如此，自然得加緊籠絡。只要能讓他站在我們這一邊，區區幾幅字畫又算得了什麼。」

如柳若有所悟地道：「奴婢明白了，正所謂捨不得孩子套不著狼，蘇公公現在就是那條狼，只要將他套過來，主子在皇上面前就有了說話的人。」

這一次，如柳再沒有任何猶豫，依言離去。

過了半個時辰，她與蘇培盛前後進來。「主子，蘇公公來給您請安了。」

蘇培盛上前打了個千兒，滿臉笑容地道：「奴才蘇培盛給慧貴人請安，慧貴人萬福。」自收了那幅畫後，蘇培盛對舒穆祿氏的態度就比以前客氣多了。

舒穆祿氏放下手裡的紅棗茶，微笑道：「蘇公公快請起，大老遠的讓你跑一趟，真是過意不去。如柳，還不快給蘇公公看座。」

「慧貴人如此客氣，真是讓奴才受寵若驚。」蘇培盛雖然知道那些不過是場面話，但聽在耳中還是頗為舒服。

在蘇培盛斜著身子半坐在椅中後，舒穆祿氏命人將一幅卷軸遞給蘇培盛道：「蘇公公看看這幅字如何？」

蘇培盛欣然接過，雖已經知道是米芾的字，但在親眼看到時，還是忍不住驚了一下，訝然道：「貴人，這不是米芾的《研山銘》嗎？這幅字可是米芾書法中的精品啊，遠非他早年那些書法所能相提並論。」

第一千一百六十三章　解開

「聽公公這麼說，我就放心了。公公也知道我不懂字畫，雖說這幅字看著不凡，可我也怕是贗品。」

「貴人說笑了。」蘇培盛戀戀不捨地自卷軸上移開目光。「凡進獻到宮中的字畫都有精通此道之人專門檢驗真假，斷然不會有贗品這回事。」

舒穆祿氏笑笑，在蘇培盛捲起字軸準備交還給如柳時，開口：「公公若是覺得這幅字還看得入眼，就請收下。」

蘇培盛連連搖手道：「這如何使得，奴才已經收了貴人一幅畫了，如何好意思再收。貴人的好意，奴才心領就是了。」對於這幅《研山銘》他何止是看得入眼，簡直是大喜，恨不得立刻收下，但是他同樣明白，舒穆祿氏接二連三送他厚禮的用意，無非是想要將自己牢牢綁在她那條船上。

雖然舒穆祿氏現在很得寵，但以後如何，誰又曉得呢？貿然上了她這條船，萬一沉了，豈非連自己也淹了，所以他才忍痛拒絕。

舒穆祿氏哪會看不出蘇培盛的心思，婉聲道：「我知道公公在想些什麼，不過公公實在是有些多慮了。我說過，我不是懂字畫的人，任何字畫落在我手裡都等於明珠蒙塵，唯有送給公公，才可以真正展現它的價值。我也是憐惜這些字畫，所以才會轉送給公公。」

「貴人好意，奴才明白，只是……」蘇培盛實在是捨不得這幅字，否則雙手也不會握得這麼緊了，不過還是有些猶豫。

舒穆祿氏將他臉色變化一一瞧在眼中，道：「公公放心，我不會讓你做任何為難之事，只是想請公公幫著在皇上面前美言幾句罷了。」

蘇培盛連忙奉承道：「貴人深得皇上恩寵，哪裡還需要奴才美言。認真說起來，該是奴才請貴人美言才是。」

舒穆祿氏撫臉一笑道：「既是這樣，公公還有什麼好擔心的呢？」

蘇培盛看看她又看看手裡的卷軸，掙扎半晌，終是咬一咬牙道：「那奴才就厚顏收下了。貴人這番厚賜，奴才銘感於心，絕不敢忘。」

「只要公公喜歡就好，往後我這裡若再有什麼好的字畫，都給公公留著。」在蘇培盛因她這句話而怦然心動時，她似無意地道：「對了，公公可知昨日熹妃娘娘去請皇上的時候，除了告知四阿哥的病情以外，還說了些什麼？」

蘇培盛曉得她這是想打聽熹妃面聖時的情況，不過這也不是什麼不能說的事，再說這兩幅字畫一收，就是一些不能說的，他也不好再藏著掖著。

想到這裡，他在椅上欠一欠身道：「回貴人的話，熹妃過來時，奴才看她整個人都慌了，也沒顧得上多說，只請皇上下旨召徐太醫入宮為四阿哥醫治。」

舒穆祿氏微一點頭道：「那位徐太醫我昨日裡也見了，不過有一件事，我始終不明白，為何皇上沒有讓你或者熹公公出宮傳旨，而是讓熹妃身邊的楊公公去呢？」

「皇上本來是想讓奴才去的，不過熹妃說怕奴才找不著徐太醫住的地方，耽誤了四阿哥病情，所以讓楊海去了。」

舒穆祿氏總覺得有些不對，思索片刻，道：「那楊海當時跟在熹妃身邊嗎？」

「這個……」蘇培盛一時被她問倒，在仔細想了一會兒，他方一臉奇怪地道：「說來也奇怪，當時奴才並不曾看到楊海人影，也沒瞧見熹妃娘娘是什麼時候吩咐下去的，但又確實是他將徐太醫帶來的。」

舒穆祿氏目光一閃，試探著道：「是否是熹妃娘娘在吩咐楊海的時候，公公你恰好走開了？」

蘇培盛肯定地道：「不可能，奴才一直跟在皇上身邊寸步不離，若熹妃娘娘召見過楊海，奴才一定會看到，這事可真是奇怪。」

聽到這裡，舒穆祿氏心中有數，面上溫然笑道：「怎樣都好，最重要的是四阿哥安然無恙。」

見她不追問，蘇培盛也樂得不想，點點頭道：「貴人說的是。若貴人沒有別的吩咐，奴才先行告退了。」

舒穆祿氏已經問到了想問的事，自是由得他離去。「公公慢走。如柳，替我送公公出去。」

在重新走回來後，如柳道：「主子，奴婢看您剛才神色一鬆，是不是已經解開了之前您說過的蹊蹺？」

「妳倒是會察言觀色。」舒穆祿氏笑斥了一句後，道：「不錯，蹊蹺已經解開，想不到熹妃那般謹慎的人竟然會犯這麼一個大錯。」

如柳睜著眼睛，好奇地問：「主子，熹妃犯了什麼錯啊？」

舒穆祿氏在她耳邊輕輕說了句話，如柳當即驚得張大嘴巴，良久方喃喃道：「想不到熹妃居然如此膽大。」

「那不是很好嗎？」舒穆祿氏端起一旁的紅棗茶徐徐飲著，眸中冷光閃爍。熹妃，我倒要好好看看，妳在皇上心裡究竟有多少分量，是否連明知妳犯了如此大錯，皇上都不予追究。

彼時，瓜爾佳氏來到承乾宮，她身後的從祥、從意還有幾個小太監各自捧了一大疊錦盒，都快把他們的臉擋住了。

凌若哂然一笑，迎上去道：「姊姊這是怎麼了，莫不是嫌咸福宮住得不暢快，所以準備搬來我這裡住？」
瓜爾佳氏挽了凌若的手道：「若真是如此，那熹妃娘娘您可肯點頭？」
「能與姊姊同住，我高興還來不及，哪有拒絕的道理。就算姊姊要這承乾宮，我亦無二話。」這固然是玩笑話，但也是凌若的真心話，只要是瓜爾佳氏開口，她必然應允；這一點瓜爾佳氏同樣清楚，彼此皆可為對方做任何事。
「好了，不與妳玩笑了。我昨兒個身子有些不舒服，便早早睡了，哪曉得今兒個一早起來就聽到宮人說昨夜裡弘曆出事了，大晚上的又是請太醫又是搜宮的，折騰一夜，連徐太醫都被傳召進來，緊接著戴佳氏就被廢入冷宮，連她的家人都被連累了，究竟是怎麼一回事？」

第一千一百六十四章　探望

凌若自然沒什麼要隱瞞的，將昨夜發生的事細細說了一遍，隨後道：「差一點，我就失去弘曆了，幸好徐太醫將他從鬼門關拉了回來。」

瓜爾佳氏即便只是聽著，都覺得驚險萬分，實在沒想到一宿工夫就出了這麼大的事。在凌若說完後，她拍著胸口道：「沒事就好，我讓從祥他們把我宮裡所有滋補的藥材都拿來了，弘曆受了這麼大的罪，一定得好好補補才行。」

看到從祥他們手裡的錦盒，凌若搖頭道：「要什麼藥材我這裡都有，即便有不夠的也可以問內務府去要，姊姊實不必專程拿過來。依我說，這些藥材姊姊還是留著自己用吧。」

「妳有是妳的事，我送過來是我這個姨娘的一點心意，再說又不是給妳的，妳無權拒絕。」這般說著，瓜爾佳氏又道：「水秀，妳帶他們去庫房將東西放下，另外讓從祥把那盒冬蟲夏草拿出來，現在就燉上。」

水秀為難地望著凌若，凌若知道瓜爾佳氏決定的事輕易不會更改，只得道：「行了，按謹嬪的話去做吧。」

在水秀領著一干宮人下去後，瓜爾佳氏道：「弘曆醒了嗎？我想進去看看他。」

凌若點點頭道：「嗯，剛剛才醒，我陪姊姊一道進去。」

兩人一道進到內殿，弘曆正就著小鄭子的手喝藥，看到她們進來，連忙喝完了剩餘的藥，道：「額娘，姨娘！」在私底下，弘曆一直稱瓜爾佳氏為姨娘。

看到弘曆全身包著紗布的樣子，瓜爾佳氏鼻子一酸，連忙走過去道：「姨娘一聽說你的事就連忙過來了，你現在怎麼樣了，好些了嗎？」

弘曆安慰道：「姨娘不必擔心，徐太醫已經為我解了毒，現在只剩下一些皮外傷，休養幾日就好了，沒大礙的。」

「皮外傷也不能大意，得休養好了才可以下地。」瓜爾佳氏心疼地說著。雖然弘曆是凌若所生，但她一直拿他當親生兒子般看待、疼愛。「還有，姨娘給你帶了些滋補元氣的藥材過來，已經讓宮人在燉了，一會兒就拿過來給你。」

弘曆知道這是瓜爾佳氏一片心意，感激地道：「多謝姨娘。」

「你都喚我一聲姨娘了，還謝什麼。」

瓜爾佳氏話音剛落，凌若便笑道：「姊姊將整個咸福宮的補藥都搬過來了，弘曆說一聲謝自是應該的。」

弘曆聞言，連忙寬慰道：「姨娘，弘曆其實沒什麼事，您不必如此緊張。」

「昨夜的事，我都聽你額娘說了，若這也叫沒事，那我可真不知道什麼叫有事了。」瓜爾佳氏嗔怪地說了一句後道：「行了，你快些躺下歇息，姨娘明兒個再來看你。」

在與淩若出了內殿後，她道：「若兒，妳老實回答我，戴佳氏真是想出毒蚊法子害弘曆的那個人嗎？」

淩若沒有回答她的問題，而是問：「姊姊為什麼這麼問？」

瓜爾佳氏走到門口，望著正在修剪花草的宮人道：「說起來，我與戴佳氏相處的日子比妳還要久一些。這個女人懦弱愚蠢，卻也善妒，在潛邸時，她之所以整日吃齋唸佛，並非真的看淡一切，不過是藉此壓抑妒意罷了，因為她知道自己無子無寵，爭不過別人。妳還只是個格格時，她都不敢對妳怎樣，更不要說現在了。」

淩若走到她身邊，徐徐道：「也許她不甘心自己一直屈居我之下，想要取我而代之呢？」

「人也許會變，但愚蠢卻無藥可醫，利用蚊蟲下毒，這番心思詭異而精巧，絕不是戴佳氏這種人能想出來的。」瓜爾佳氏話音一頓，凝眸道：「這番心思倒有些像是舒穆祿氏想出來的。」

「我也這樣覺得，可惜皇上不相信。」

瓜爾佳氏側目。「為什麼？皇上並不是個糊塗之人，不可能沒注意到這些疑點。」

待凌若將舒穆祿氏在胤禛面前所說的話一五一十複述一遍後，她方才恍然道：「原來如此，難怪皇上不信戴佳氏了。看樣子，這件事真是舒穆祿氏所為。我甚至懷疑，連激怒戴佳氏，使得戴佳氏砸傷她，還有戴佳氏到妳宮裡求救，都是她計畫中的一部分，為的就是可以將所有罪名嫁禍到戴佳氏頭上，置她於死地，以報昔日之仇。幸好妳保住了戴佳氏的性命，讓她沒有枉死。」

「我也只能做到這個地步了。事情發生得太突然，皇上認定戴佳氏是凶手，根本聽不進任何解釋。」

「她處心積慮布下這個局，自然不會讓人輕易破壞；不過皇上對舒穆祿氏如此信任，真是有些奇怪。」這個問題她之前就與凌若說過，可惜一直都想不出答案。

凌若眸光一冷，握緊了手裡的帕子道：「怎樣都好，她既然敢害弘曆，我就一定要她的命。」

「她害弘曆，無非是想要妳痛苦一輩子，這樣可比殺妳痛快多了。」這般說著，瓜爾佳氏眉心微蹙，道：「不過我不明白絹袋是如何放到弘曆房間的。舒穆祿氏沒有來過，戴佳氏又是冤枉的，難道那絹袋長了翅膀自己會飛嗎？」

「我問過小鄭子，小鄭子說前日弘曆從上書房回來的時候，曾被人撞了一下。我懷疑那人是舒穆祿氏指使，好將絹袋放到弘曆身上，至於掉在床下，可能是弘曆換衣裳的時候沒注意。不過可惜，這只是猜測，無憑無據，根本動不了舒穆祿氏。」

瓜爾佳氏微一點頭。「對了，倒在花泥中的血知道是從何而來嗎？」

凌若搖頭道：「尚不清楚，不過我會派人繼續查下去。」

「也許那血是一個契機也說不定。」瓜爾佳氏點頭之後又不放心地道：「若兒，我知道妳恨極了舒穆祿氏，但是妳絕對不可以魯莽行事，萬一妳有什麼把柄落在她手上，她一定會藉機生事。」

「姊姊放心吧，我有分寸。不過，我已經為她挖好了一個坑，就看她會不會跳進去了。」

第一千一百六十五章　中計與否

「妳……」瓜爾佳氏驚疑不定地看著凌若，不明白她所謂的坑是指什麼。

「其實，楊海出宮去傳容遠的時候，皇上根本還不知道這件事。」

瓜爾佳氏面色劇變。既然皇上不知道此事，那自然就沒有什麼聖旨口諭，也就是說，凌若當時是讓楊海假傳聖旨。

她緊張地道：「若兒，妳瘋了嗎？這樣做，罪名很大的，一旦被人知道告到皇上面前，就算是妳也會很麻煩。」

凌若的神色很平常，全無一絲緊張害怕之意。「我知道，而且我也相信以舒穆祿氏的心思，一定會注意到這件事。」

看到她這個樣子，瓜爾佳氏漸漸冷靜下來。「妳所謂的坑就是指這事？」

「不錯，她如此恨我，又怎會放棄這個大好機會，只要她一告到皇上面前，咱們便有好戲看了。」

瓜爾佳氏亦是聰敏之人，順著凌若的話慢慢想出了當中關鍵。「妳是否已經將這件事告訴皇上了？」

凌若輕笑道：「來而不往非禮也，她給了我這麼大一份禮，我若不回敬些許，未免太過失禮了，姊姊妳說是嗎？」

「妳說是自然就是了。」說到這裡，瓜爾佳氏忍不住搖頭。「若舒穆祿氏真拿這事去皇上面前作文章，只怕會輸得很慘。」

暖風拂面而來，吹起凌若髻邊的杏色流蘇，絲絲縷縷，在風中糾纏飛舞。「姊姊同情她了？」

「同情？」瓜爾佳氏掩嘴笑著，眸底卻是一片徹骨冷意。「她將弘曆害得這麼慘，我恨不能要她的性命，又豈會同情她。」

凌若回眸一笑道：「所以，咱們只須看戲即可。」

在最後一縷天光消失前，舒穆祿氏來到養心殿。於通明的燈火中，她看到胤禛正伏在案上仔細看著一本奏摺，在他旁邊還堆著許多奏摺。

舒穆祿氏沒有出聲，只是靜靜地站在一旁，直至胤禛批完那本摺子抬起頭來，方屈膝道：「臣妾見過皇上，皇上吉祥。」

「起來吧。」胤禛擱了筆走下來，神色溫和地道：「妳怎麼過來了？」

舒穆祿氏接過如柳手中的食盒，打開最上面的蓋子道：「臣妾知道皇上昨日因為四阿哥的事忙了一宿，肯定會留下許多摺子未批，再加上新皇上來的，只怕皇上忙得連用膳都忘記了。所以臣妾特意做了幾個拿手小菜給皇上送來，還請皇上抽空用上幾口，莫要餓壞了身子。」

「什麼時候妳變得跟熹妃一樣喜歡盯著朕用膳了？」胤禛隨口說了一句，沒有留心到舒穆祿氏微變的神色。

舒穆祿氏極擅長隱藏自己的情緒，很快便堆起笑顏道：「那是因為臣妾與熹妃娘娘一樣，都關心皇上身子。」

「真是什麼話都讓妳說了。」說到這裡，胤禛撫一撫腹部道：「不過被妳這麼一說，朕還真有些餓了，把菜都拿出來吧，朕還沒嘗過妳的手藝呢！」

「臣妾手藝粗淺，比不得御膳房的大廚，還望皇上多加包涵。」舒穆祿氏一邊說著，一邊將食盒裡的菜餚取出放在小几上，最後是兩碗稻香米飯，分別放在胤禛與自己面前。

看著那幾個菜，胤禛點頭道：「嗯，色香味當中，味還不知道，但色和香無疑都有了，令人食慾大增。」

舒穆祿氏將一雙銀筷遞到胤禛手裡，抿脣笑道：「希望皇上嘗過味道後不會食慾大減，否則臣妾可就罪過了。」

胤禛夾了一筷金鉤紫菠菜嘗了一口後，點頭道：「酸爽鮮香，嗯，這道涼菜吃起來既有獨特的風味又很是開胃，看來妳的手藝不只是不差，還很好。」

舒穆祿氏臉上多了一縷笑容。「皇上喜歡就好，以往臣妾在家時，也常做這道菜給阿瑪、額娘吃。」

胤禛吃了口米飯，發現比平常吃起來更加鬆軟香糯，一問之下方知這米飯是隔水蒸出來的，既鬆軟又將米香最大程度地保留下來。

這頓飯頗合胤禛的胃口，嘗了幾口後道：「朕記得妳那裡並沒有小廚房，可是用了景仁宮的那個？」

「景仁宮的小廚房是給主位娘娘用的，臣妾哪敢逾越。這些飯菜都是臣妾去御膳房做的，安公公人很好，專門撥了一個小灶給臣妾用。」

胤禛想了想道：「左右景仁宮的主位空著，那個小廚房也沒人用，妳往後若是想做什麼東西，儘管去那裡做，省得大老遠跑去御膳房。」

「是，臣妾知道了。」趁著胤禛心情不錯，舒穆祿氏小聲將早已準備好的話說出來：「皇上，臣妾聽說昨日救了四阿哥的那位徐太醫與熹妃娘娘打小就認識是嗎？」

胤禛夾菜的動作一滯，抬頭道：「妳從哪裡聽來這些話？」

迎著他深幽如海的眸光，舒穆祿氏忍不住心頭一跳，面帶惶恐地道：「臣妾……臣妾是聽宮人說的，一時好奇，所以便來問問皇上。」見胤禛不說話，她小聲道：「皇上，臣妾是否不該問這個？」

「也沒什麼。」胤禛收回目光，舀了半碗湯道：「熹妃與徐太醫兩家是世交，所以他們自小認識並沒有什麼好奇怪的。」

「原來如此。」舒穆祿氏真正要說的並不是這些，不過是在試探胤禛的態度，見他沒有什麼不高興之色，又道：「臣妾能看得出熹妃娘娘對徐太醫很信任呢！」

胤禛端了五彩祥雲湯碗，輕嘗一口道：「為什麼這麼說？」

舒穆祿氏也跟著盛了一碗湯，故作不經意地道：「徐太醫都已經辭官了，可四阿哥一出事，熹妃娘娘還是立刻想到了徐太醫，專門向皇上請命，命他入宮救治四阿哥。」

胤禛不在意地道：「徐太醫的醫術妳也見識到了，比齊太醫還要高上一籌，他未辭官之前更曾救過朕與熹妃的性命。齊太醫治不好弘曆，熹妃想到徐太醫也是很正常的事。」

第一千一百六十六章　唯凌若一人耳

胤禛曾經很介意凌若與容遠的過往，所以當時對容遠動了殺心，不過眼下這些都已經過去了。他既然親自將凌若接回來，就表示都放下了，更不要說現在容遠還娶了靖雪。

「原來如此！」舒穆祿氏露出恍然之色，在覷了胤禛一眼後，她再次道：「幸好當時楊公公請來得及時，否則四阿哥性命危矣。」

聽到這裡，胤禛有些感慨地道：「是啊，這一次多虧了他，否則弘曆現在還不知道怎麼樣呢。」

他說不上多待見容遠，但其在醫術一道上確實有過人之處。

「不過楊公公動作好快，臣妾與皇上幾乎可說是前後腳來到承乾宮，過不了多久，楊公公便帶著徐太醫進來了。不說在外頭奔走，就是宮裡頭，從承乾宮到神武門也得奔上好一段時間。」

雖然舒穆祿氏極力說得好像是隨口提起的無心之語，但胤禛還是從中聽出了端倪，神色微微一變。「佳慧，妳究竟想說什麼？」

雖然胤禛神色變化幅度極小，但舒穆祿氏一直留心注意，自然沒有遺漏，連忙搖頭道：「皇上莫要誤會，臣妾沒有別的意思，只是覺得楊公公這一來一回的時間未免太短了一些，短得讓人覺得不可思議。臣妾甚至懷疑……」

胤禛擱下湯碗道：「懷疑什麼？」

「懷疑……懷疑熹妃在來向皇上請旨之前，就已經讓楊公公出宮了。」舒穆祿氏飛快地說完這一句，然後低頭道：「臣妾胡言，請皇上恕罪。」

胤禛盯著她道：「妳是懷疑熹妃假傳聖旨？」

舒穆祿氏身子一顫，怯怯地道：「臣妾知道這個想法太過荒謬，可似乎只有這樣才能解釋楊公公為何能這麼快就將徐太醫請來。」

「那依慧貴人的意思，朕現在是否該治熹妃一個假傳聖旨的罪名？」到了這個時候，胤禛話中的冷意已經很明顯了，更不要說連喚舒穆祿氏的稱呼都變了。

舒穆祿氏自然巴不得胤禛治凌若的罪，但聽著他驟然轉變的語氣，哪裡還敢說出口，反而順著椅子跪下道：「臣妾不敢，臣妾——」

「行了，朕不想再聽。」胤禛冷然打斷她的話。「楊海是奉朕的命令出宮去請徐太醫，熹妃並不曾假傳聖旨，聽清楚了嗎？」

「是，臣妾聽清楚了。」舒穆祿氏忍著心中的震驚，低頭答應，然胤禛給予她的震驚還沒有結束。
「還有一件事，妳也一併聽清楚了。朕不喜歡有人在朕面前或是私底下議論甚至中傷熹妃，這一次朕當妳年少無知，不與妳計較，但不會有下一次。」
「是，臣妾遵命！」舒穆祿氏有些麻木地應著，直至胤禛命她起身時，腦袋還有些空白。她怎麼也想不到自己精心思忖了一天的話，不只沒起到一點用處，還平白惹來一頓教訓。
胤禛這話的意思很明白，他不許任何人說熹妃的不是；換句話說，哪怕有朝一日熹妃真犯了事，胤禛不只不會相信，甚至還會懲罰告狀的那個人。
胤禛對熹妃，當真信任到這個地步嗎？可胤禛是皇帝啊，一個皇帝怎可能這樣無條件地去相信一個人，這根本不合常理！
在舒穆祿氏還在為此事震驚得回不過神時，胤禛已經道：「朕還有許多摺子要看，妳先下去吧。」雖然舒穆祿氏沒有再不知趣地說下去，但胤禛的興致已經壞了，對她自然不會有什麼好臉色。
舒穆祿氏答應一聲，待要退下，忽聽胤禛道：「慢著。」
舒穆祿氏以為胤禛改變了主意，想要讓她留下，欣然抬起頭來，然而等待她的卻是比剛才更冰冷的聲音——
「把這些飯菜都拿下去。」
舒穆祿氏看著胤禛還剩下一大半米飯的碗，道：「可是皇上還沒有吃完……」

胤禛揮手道：「朕沒胃口，拿下去！」

被他這麼一喝，舒穆祿氏既委屈又難過，可不管她有多少難過與委屈，都只能往肚裡嚥，默默收拾了碗筷，告退離去。

在她走後，胤禛對站在一旁的蘇培盛道：「讓御膳房給朕備一份簡單些的晚膳過來。」

蘇培盛有些意外，小心地瞅了胤禛一眼道：「皇上既然不是沒胃口，為何又不願吃慧貴人送來的飯菜？皇上剛才不是說滋味尚可嗎？」

胤禛冷冷盯著他道：「朕的事何時輪到你蘇培盛來過問了？」

一聽這話，蘇培盛連忙匍匐在地，連連叩頭。「奴才該死！奴才該死！」

胤禛冷哼一聲，喝道：「滾下去！」

「嗻！」胤禛的話讓蘇培盛如逢大赦，慌忙離開養心殿。

看到養心殿的朱紅宮門在自己面前關起，胤禛閉目靠在椅背上。其實剛才佳慧並沒有說錯，凌若確實假傳聖旨，早在來見他之前就已經命楊海出宮，不過在昨夜裡，凌若已經親口告訴他這些事了。

他明白凌若這麼做是因為緊張弘曆的性命，怕等求得他旨意再去的時候會來不及；易地而處，他很可能也會這麼做。

但是不管怎樣，假傳聖旨一事若是傳揚開去，凌若定會惹來許多麻煩，哪怕他有心維護也無用，因為不管是本朝還是前朝，從沒有一個假傳聖旨的人可以躲過殺頭之罪。後宮之中，他尚可控制，但若傳到朝堂，群起彈劾，要他治凌若的罪，就是他也未必能完全壓下來。

他不希望凌若有事，所以假傳聖旨一事絕對不可以傳出去，不管在面對任何人時，都必須一口咬定楊海是奉了他的旨意去召容遠入宮。

不過，他怎麼也沒想到，第一個提起這事的竟然會是佳慧。雖然他很喜歡佳慧，但不代表可以縱容她說一些不該說的話，譬如議論凌若，不管是有心無心，皆不可以，因為她沒有那個資格。

所以他冷淡她、警告她，讓她牢牢記住自己的本分，莫要越了那條線，否則就算再喜歡，也不會饒恕。

後宮之中，值得他真心相待的，唯凌若一人耳，不會再有第二個。就算是佳慧，他也只是喜歡而已；至於後宮以外，固然有，但那人已是有夫之婦，非他所能惦想。

第一千一百六十七章　迫下決心

在蘇培盛進來將重新備起的晚膳擺好後，胤禛淡淡地道：「待會兒去告訴敬事房，將舒穆祿氏的綠頭牌封存一段時間。」

蘇培盛眼皮一跳，猜到胤禛是因剛才的事在生舒穆祿氏的氣，不過剛受過一頓訓斥的他可不敢再冒險為舒穆祿氏說話，只小聲地問：「不知皇上要封存多久？」

「十天。」胤禛本想說半月，不知怎的，到嘴邊的時候，生生改成了十天。罷了，十天時間再加上他之前的那番訓斥，足夠佳慧反思的，相信她以後不會再犯同樣的錯誤。

不過，回到水意軒的舒穆祿氏反而怒不可遏。她奪過如柳拎在手裡的食盒，作勢要往地上摜去，想了想，終是沒鬆手，重重將其放在臨床的長几上。

舒穆祿氏深吸一口氣，努力平復了一下心情道：「我實在是沒想到，皇上對熹妃竟然如此維護，甚至可說是故意包庇。」

如柳一驚，脫口道：「這麼說來，熹妃真有假傳聖旨？」

「若不是她假傳聖旨，徐太醫如何能來得這麼快。這件事皇上心裡應該是清楚的，可他卻當著我的面說，楊海是奉他的旨意出宮，這不是包庇是什麼？」說到這裡，舒穆祿氏那張還算清秀的臉龐一陣扭曲，猶如行走於夜色之中的夜叉。

「皇上明知道熹妃犯了錯，還故意包庇她，真是……真是……」如柳震驚之下，一時尋不到合適的詞說下去；不過這也讓她明白一件事，那就是熹妃在皇上心中的分量很重，比自家主子還要重許多。

「皇上不只包庇熹妃，還藉機訓斥我，警告我以後都不許再提任何關於熹妃的不是。」說到這個，舒穆祿氏尤為不忿。她辛辛苦苦做了飯菜送去給胤禛，就因為她說了一句熹妃可能假傳聖旨，胤禛便撤了她的飯菜，一口都不願再動，實在是讓人嘔得很。

如柳緊張地道：「皇上這麼包庇熹妃，那主子豈非以後都無法對付得了她？」

舒穆祿氏不願承認這個事實，卻不得不承認。她坐在椅中，撫著隱隱作痛的額頭，喃喃道：「難道真要如皇后說的那樣，去與謙嬪聯手嗎？」

她心裡很清楚，經過弘曆這件事，熹妃一定不會放過她，她們之間，肯定會有一場惡鬥，一旦輸了，就將一無所有。所以，她絕對不能輸！

一直到更衣準備歇息，舒穆祿氏仍猶豫不決。她實在不想與劉氏聯手，可今日試探的結果，證明鈕祜祿氏在胤禛心中有著比她更重的分量，憑她一人鬥贏鈕祜祿氏的機會，十不存一。

這個時候，有人在外頭敲門，如柳過去應門，不一會兒拿了一張紙條過來，道：「主子，蘇公公命人送來這張紙條。」

「蘇培盛？」舒穆祿氏好奇地接過紙條，在看清上面的字後，臉色驟然一變，用力握緊紙條，手指上青筋暴起。

如柳見勢不對，忙問：「主子，出什麼事了？」

舒穆祿氏咬牙道：「皇上讓敬事房封我十天的綠頭牌，說是給我的教訓，讓我好好反思！」不等如柳說話，她再次道：「看來我已經沒有選擇的餘地了，如柳，明日陪我去永壽宮。」

如柳明白她這是下定決心要與劉氏聯手，當下道：「是，奴婢記下了，主子早點歇著吧。」

舒穆祿氏點點頭，任由如柳扶自己躺下，掖好被子。在退下前，她熄了大部分燭火，只餘一支繼續燃著。於昏暗的光線中，舒穆祿氏一眨不眨地盯著帳頂，眸中盡是恨意。她今日所受的屈辱，來日一定連本帶利地在鈕祜祿氏身上討回來！

盯著許久，直至眼睛有些發痠，她才慢慢閉上眼睛。然只一會兒工夫，便又再次睜開，而且這一次，眼中明顯多了一絲惶恐，並且不住看著四周，似乎在擔心有什麼東西會突然蹦出來一般。

就在剛才閉眼的時候，她竟然又看見那隻死貓空洞的眼神，雖然一睜眼就消失了，但她總覺得牠就在不遠處盯著自己。

該死的，不過是一隻死貓罷了，死就死了，無非就是死相慘一些。她連人都敢害敢殺，又怎會怕一隻貓？可偏偏她時不時會想起那隻死貓，而且每一次想起，都有一種毛骨悚然的感覺，真是邪門了。

這樣疑神疑鬼過了很久，舒穆祿氏才迷迷糊糊睡去。不知過了多久，她突然看到一隻碩大無比的黑貓張開血盆大口朝她撲來，她想要逃，手腳卻被什麼東西縛住了，絲毫不能動彈。她尖叫一聲，睜開眼睛，卻是一場惡夢。

「主子，出什麼事了？」如柳穿著單衣匆匆奔進去。她就睡在旁邊的耳房中，一聽到有動靜，立刻就過來。

舒穆祿氏這時已經回過神來，曉得自己只是作了一個惡夢，搖頭道：「沒什麼事，只是作了一個惡夢。」

聽得只是作惡夢，如柳頓時放下心來，取過一塊帕子替她拭著滿頭冷汗，道：「好端端的主子怎麼作起惡夢來，還出了這麼許多的汗。」

舒穆祿氏搖頭道：「我也不曉得，剛才夢到一隻渾身漆黑的貓想要咬死我。」

「貓？」如柳意外之餘，想起一事來。「主子是指之前試毒的那隻貓嗎？」

舒穆祿氏看著被冷汗浸溼的帕子，道：「嗯，說來奇怪，自從那隻貓死在我椅下之後，我就經常想起牠死時的那個眼神，現在還夢到牠要咬我。」

第一千一百六十八章　不歸路

如柳想了想道：「奴婢以前在家中時，聽說黑貓比其他的貓都要邪門。死在主子椅下的那隻波斯貓，雖然原來是白色的，但死時全身都黑了，毛皮也不例外，那死相又恐怖……」說到這裡，如柳也起了一身雞皮疙瘩，但還是將後面的話說完整。「會不會是牠死得不甘心，所以纏上了主子？」

舒穆祿氏驟然握緊錦被，臉色有些不太好看。「妳是說陰魂作祟？」

「是，要不然主子怎麼會無緣無故地想起牠，還作惡夢呢？」如柳越想越覺得害怕，趕緊去將之前熄滅的燭火都點上，讓屋內充滿光亮。否則在那種昏暗下，她總有一種鬼魅隨時會跑出來的錯覺。

見舒穆祿氏不說話，她小聲道：「主子，要不咱們請人做場法事超度了牠吧，省得牠一直纏著主子不放。」

舒穆祿氏陰沉的目光盯得如柳心下發顫。「主子，怎麼了？」

「若是換了一個人說這句，我定會認為他是存心害我。妳當這是什麼地方，和尚、道士可以隨意入宮嗎？後宮以外的人，非皇上之命不可入宮，妳是想讓我學熹妃那樣假傳聖旨，還是希望我去跟皇上說，因為我懷疑自己被貓靈纏上，所以要請人來超度？那豈非送上把柄讓熹妃抓嗎？」

這一連串問題讓如柳啞口無言，同時也意識到自己剛才那話說得太草率了，低頭囁嚅地道：「奴婢失言，請主子降罪。」

看到她這個樣子，舒穆祿氏嘆了口氣，緩聲道：「我知道妳是擔心我，但一定要記著，宮裡不比外頭，一言一行都得千般萬般小心，絕對不可犯錯。」

「奴婢知道。」這般應了一句，如柳忽然看著舒穆祿氏道：「聽著主子現在的話，再想起奴婢初見主子時的情景，變化真的好大。若非奴婢一直跟著主子，都不敢相信是同一人。」

回想起以前的自己，舒穆祿氏猶如在看別人一樣，有一種說不出的陌生。她側目問：「那妳認為哪個我更好一些？」

如柳想了許久，方才道：「奴婢以為，無謂好不好，但無疑，現在的主子才更適合在後宮中生存。若主子還是以前的性子，只怕……」

「只怕早已死無葬身之地了是嗎？」

如柳沒有點頭也沒有搖頭，過了一會兒，她憂心道：「既不能請人超度，那主子被貓靈糾纏的事該怎麼辦？這樣下去，主子豈非夜夜不能安枕？」

「貓、靈。」舒穆祿氏慢慢吐出這兩個字，眸中冷意閃爍。好一會兒，她忽地掀被下床，從床後紫檀櫃子底下摸出一把精巧且鑲了寶石的匕首。

看到舒穆祿氏手裡的匕首，如柳大驚，連忙奔過來按住她的手，道：「主子您要做什麼？」

舒穆祿氏示意如柳鬆手，然後將匕首自刀鞘中抽出來，看著雪亮鋒利的刀刃，凶光漸漸出現在眸中。「貓靈也好，邪祟也罷，說到底，都是見不得光的東西，上不了真正的檯面，我若是請法師來，就表示我怕了牠們，只會讓牠們更囂張。」

如柳不安地道：「可除了法師，誰又能降伏得了這些東西？」

舒穆祿氏冷笑一聲，將匕首放在枕下。「皇后、熹妃、謙嬪，這些人哪一個不是一心一意要我死，可我還不是活得好好的？我就不信一隻死貓邪靈可以奈何得了我。牠若再來，我就再殺牠一次！」

如柳瞅了四下一眼，不安地道：「主子不怕嗎？」

「我怕，但是我又不能怕。現在只是死一隻貓罷了，若這樣我就怕得寢不能寐、食不知味，那將來死了人又該怎麼辦？再說，我身為貴人，乃是天子的女人，我就不相信那些邪祟有那麼大的膽子敢傷害我！」這般說著，舒穆祿氏上床躺下，手顫抖地伸到枕頭下握住匕首，一字一句道：「熹妃與謙嬪的命我是要定了，所以我絕對不能怕！」

這些話與其是在說給如柳聽，倒不如說是在說給自己聽，她強迫自己收起所有害怕與動搖。

從給胤禛下藥的那一刻起，她就已經踏上一條不歸路，不可回頭，不可後悔，只能一路走下去。害怕只會拖慢她的腳步，所以她一定不可以害怕！

她將匕首放在枕頭下面，並非僅僅是壯膽，自古以來，利刃都有鎮邪的作用，讓邪祟不敢輕易靠近。雖然這把匕首不是什麼傳世之物，但胤禛以前賜給她賞玩的時候，她一時好奇曾試過匕首的鋒利，吹毛斷髮不在話下。

不知是邪祟怕了那把匕首，還是根本沒有邪祟，只是舒穆祿氏心虛害怕，後半夜果然沒有再作過惡夢。

翌日一早，舒穆祿氏便領著如柳去了永壽宮，守在外頭的宮人看到她來，均是吃驚不已。自家主子與其是什麼關係，他們心裡有數，平日根本不往來，怎的今兒個慧貴人會過來？

宮人快步往宮中行去，向正在逗弄弘瞻的劉氏稟告這件事。

一聽到舒穆祿氏的名字，劉氏立刻蹙緊眉頭，不解地道：「她來做什麼？」

海棠在一旁道：「是否是來向主子示威的？戴佳氏被廢，景仁宮只剩下她與寧貴人兩人，皇上若要擇一人為景仁宮主位，非她莫屬。」

劉氏還未說話，金姑已經搖頭道：「這事連影都沒有，她來示什麼威？再說，我覺得慧貴人並不是那麼張揚的人，應該是有別的原因。」

第一千一百六十九章　告知

「別的原因……」海棠凝神想了一會兒，跳起來道：「難道她想來害六阿哥？」

「她敢！」雖然只是海棠的猜測，劉氏神色依然變得嚴厲無比。「她若敢動弘瞻一根毫毛，我必要她不得好死！」

「海棠的猜測雖然大膽，但未必沒這個可能。前夜裡四阿哥的事說是戴佳氏所為，但究竟如何還是未知之數，指不定就與慧貴人有關，當時她可是也在承乾宮。」劉氏微微點頭，將弘瞻交給金姑抱著。「妳看著六阿哥，本宮出去見她。」

「臣妾見過謙嬪娘娘，娘娘萬福。」舒穆祿氏並不感到奇怪。劉氏害死自己的孩子嫁禍給她，現在她起復，自然要防著她報仇，怎肯輕易讓她入永壽宮？

「慧貴人請起。」劉氏抬一抬手道：「不知慧貴人來見本宮，是有何事要說？」

舒穆祿氏壓下對劉氏的恨意，輕言道：「今日天色晴好，不知娘娘肯否賞臉去御花園一遊，也好讓臣妾將事情細細說與娘娘聽。」

劉氏點頭，率先往外走去，舒穆祿氏緊隨其後，一路無言地走到御花園中的浮碧亭。從亭中望出去，園中的奼紫嫣紅盡收眼底。

劉氏頭也不回地道：「慧貴人現在可以說了嗎？」

舒穆祿氏微微一笑，轉頭吩咐：「如柳，妳出去看著些。」

「是。」如柳曉得這件事關係重大，自家主子不想落入他人之耳。

在如柳下去後，舒穆祿氏走到劉氏身邊，啟唇道：「當初七阿哥是怎麼死的，又是何人所殺，娘娘心裡應該是最清楚的。」

「這不是應該是慧貴人清楚嗎？」

劉氏話音剛落，舒穆祿氏便再次道：「都說明人面前不說暗話，娘娘又何必揣著明白裝糊塗呢？」

劉氏收回目光，盯著她道：「如果慧貴人來見本宮就是為了這件事，那就不必再說下去了。」

「自然不是。」舒穆祿氏微微一笑，說出讓劉氏悚然色變的話來。「娘娘想不想知道，當初究竟是誰在您沐浴的水中放了紅花？」

在最初的驚詫過後，劉氏狐疑地道：「妳都知道些什麼？」

舒穆祿氏笑容不改地道：「臣妾知道的，遠比娘娘以為的要多，就看娘娘有沒有興趣聽下去。」

劉氏目光一閃，故意問：「當初惜春掉出來的絹袋，已經證明裝的是藏紅草，妳為何又說是紅花？」

「若真沒有紅花，娘娘又怎會七個多月就早產？不過……」她話音一頓，道：「若娘娘真的沒有一絲懷疑，那就當臣妾沒有說過這話，臣妾告退。」說罷，她作勢要離去。

劉氏明明知道她是故意在試自己的態度，卻不得不叫住她：「慢著。」

舒穆祿氏脣角勾起一抹微不可見的笑意。劉氏放緩了語氣道：「告訴本宮，到底是何人在本宮的水中放了紅花，是否是惜春？」

早產一事一直是她心裡的一根刺，若不是沒有在母體裡待夠時間，弘旬身子根本不會那麼弱，她也不用親手殺死自己的孩子。說到底，那個令她早產的人才是罪魁禍首。她懷疑是皇后動的手腳，可一直沒有證據，只能將此事壓在心底。

「娘娘猜的沒錯，確實是惜春在娘娘沐浴的水中放了紅花，不過讓惜春這麼做的人，卻不是皇后娘娘。」

劉氏擰了秀眉道：「那是誰？」

「是熹妃。」

劉氏嚇了一跳，繼而斷然否認：「不可能！」

舒穆祿氏料到她會有這個反應，笑一笑道：「娘娘為什麼這麼肯定，難道熹妃就一定不會害您嗎？」

劉氏盯了她許久，突然也笑了起來，邊笑邊道：「本宮明白了，妳一直對本宮懷恨在心，知道本宮與熹妃要好，所以跑來挑撥，想要離間本宮與熹妃之間的感情，妳省省吧，本宮是不會中妳奸計的。」

舒穆祿氏一臉懇切地道：「娘娘誤會了，臣妾是關心娘娘，怕娘娘誤信賊人，所以才來相告實情。」

對她的話，劉氏嗤之以鼻。自己這麼害舒穆祿氏，舒穆祿氏若還不恨她甚至關心她，那舒穆祿氏就是聖人了，唯有聖人才能做到以德報怨，不計得失。

舒穆祿氏將她的表情看在眼中，輕嘆著氣道：「臣妾就知道娘娘不會相信，但這確是事實。當初皇后娘娘身邊的翡翠投井自盡，與其交好的惜春心中不滿，再加上叛主投靠了熹妃的三福從中挑唆，惜春生出叛主之心，依著熹妃的吩咐在娘娘沐浴的水中偷偷下紅花，然後伺機嫁禍給皇后娘娘。這件事皇后娘娘原不知情，直至有一日，她無意中發現惜春行蹤鬼祟，派人跟蹤之下，方知原來惜春做出這等喪心病狂的事。」

「她有心要揭穿惜春，又怕到時說不清楚，反會受其害，所以只能讓寧公公設法換掉惜春手裡的紅花，改為有保胎功效的藏紅草，希望可以消除之前那些紅花對娘娘龍胎的影響，可惜始終是發現得晚了一些，使得娘娘七個多月就早產。幸好當時二位小阿哥安然無恙，皇后娘娘心裡才好過一些。」

不等劉氏說話，她又道：「我知道娘娘不相信，認為臣妾是故意陷害熹妃，但請娘娘仔細想想，當時太醫指認絹袋裡裝的是藏紅草時，惜春是何反應？就算娘娘當時不曾親眼看到，也應該聽宮人提過。」

劉氏本不欲理會她的話，但聽得她這麼說，還是忍不住回想起金姑說過的話。金姑說當時的惜春像是瘋了一般，一直說絹袋裡的是紅花，是皇后主使她所為。依常理推斷，惜春應該為絹袋中裝的不是紅花而高興才是。

舒穆祿氏的話尚在繼續：「娘娘再仔細想想，您若生下孩子，對誰的利益影響最大？不是別人，正是熹妃！」

第一千一百七十章 難以抉擇

劉氏本就有些煩亂的心因這句話而更加不堪，拂袖轉身道：「就算妳說得再好聽，本宮也不會相信的，熹妃她不會害本宮。」同樣是否認的話，卻比剛才那句「不可能」軟弱了許多。

「不管娘娘您信也好，不信也罷，臣妾說的每一句話都是真的，熹妃怕您生下孩子與她爭奪皇恩，與四阿哥爭奪皇位，所以設下陷阱害您腹中龍胎，並趁此機會嫁禍給皇后娘娘。幸好上天有眼，沒讓她的奸計得逞。」舒穆祿氏將皇后知情一事隱瞞下來，一來她現在還要靠皇后，若是說出此事，對皇后無疑是一種背叛；二來，她想要最大程度地激起劉氏對熹妃的仇恨。

劉氏臉色連變，道：「妳說了這麼多，可有證據？」

「臣妾並無實據，若娘娘非要不信，臣妾也沒有辦法。」

在這句話之後，浮碧亭陷入了長久的沉默。

不知過了多久，劉氏開口打破這片沉寂。「這些事，妳如何會知道得這麼清楚，是否是皇后所說？」

見舒穆祿氏不說話，劉氏曉得她是默認了，當下冷笑道：「就算真是熹妃讓惜春在水中下藥害本宮，妳與皇后又能好到哪裡去？當日本宮問妳是何人要害本宮，妳說是熹妃，但事實上應該是皇后才是。」

「娘娘睿智，臣妾自愧不如。不錯，當時確是皇后主使臣妾，但臣妾之所以說熹妃，無非是出於自保之念，不想真正背叛她。而且事實上，臣妾也確實沒害過娘娘，反而是娘娘……」舒穆祿氏聲音一冷，逐字道：「自己掐死了七阿哥，嫁禍到臣妾身上。」

到了這個時候，劉氏也無須再隱瞞。「妳既什麼都清楚，就不要再說什麼關心本宮的話，本宮都替妳覺得噁心。還有，別把自己說得那麼無辜，妳敢說妳從未起過害本宮的念頭嗎？」

舒穆祿氏不在意地笑笑。「與娘娘說話，真是痛快。昔日之事，說不上誰對誰錯，不過後面的事，就是娘娘的不是了。娘娘故意求皇上下旨將七阿哥過繼給臣妾，然後又趁著來看七阿哥的時候掐死他，嫁禍給臣妾，一心要置臣妾於死地，幸好臣妾福大命大，沒有死成，就是可憐了雨姍。」

劉氏冷笑一聲道：「本宮的不是？本宮不過是比妳早一步動手罷了，相信妳若有機會，同樣會毫不猶豫地害本宮。」

舒穆祿氏搖頭道：「也許吧，但是臣妾絕沒有娘娘這麼狠的心，連自己兒子也拿來利用，還親手掐死他。」

「夠了！」劉氏額頭青筋微跳，胸口不住起伏。殺死弘旬一直是她心中難以放下的事，如今被舒穆祿氏一再提起，且言詞如此犀利，怎可能不難受。「妳說完了嗎？說完了的話，就立刻給本宮離開，本宮不想看到妳！」

舒穆祿氏若無其事地笑道：「看來娘娘還是不明白，您最應該恨的人是熹妃這個偽善者，而非臣妾；相反的，臣妾還是可以助您之人。」

「助本宮？」劉氏露出一抹諷刺的笑容。「就算妳說的都是真的，熹妃害過本宮，但本宮與妳怎麼著也說不到那個『助』字。雨姍會死，妳會被廢，都是因本宮之故，可千萬不要說妳不恨本宮，這種爛笑話，本宮可不會相信。」

舒穆祿氏將鬢邊的碎髮抿到耳後，漫然道：「不錯，臣妾確實恨娘娘，但恨就一定要生要死的嗎？皇后娘娘曾與臣妾說過一句話，臣妾認為很對。她說，後宮之中沒有永遠的敵人，也沒有永遠的朋友，敵友僅一線之隔，所以臣妾來，唯有一個目的，就是與娘娘化敵為友，一道對付熹妃。」

這一次劉氏沒有再笑，而是問：「為什麼？與妳仇怨最大的應該是本宮才是，妳為何寧願與本宮聯手也要對付熹妃？」

舒穆祿氏早已想好答案。「當日雨姍已經代我頂罪，她偏還要說那些話想讓皇上殺我；我復位時她又百般阻撓，現在還經常在皇上面前說我的不是，若不盡早解決她，還不知會生出什麼事來。不過憑我一人之力對付不了她，所以才要來找娘娘，只要娘娘點頭，兩人聯手，一定可以對付得了熹妃。」

劉氏不答反問：「那雨姍呢？妳就由著她死了？我記得那丫頭被定罪的時候，妳頗為傷心，主僕之情看著不淺。」

舒穆祿氏眼皮一跳，不動聲色地道：「娘娘也說了是主僕，區區一個奴才又怎會放在眼中。只要臣妾身在其位，奴僕要多少有多少，至於傷心……呵，臣妾不表現得傷心一些，又怎麼讓雨姍死心塌地地為臣妾頂罪呢？」

劉氏一直留意著舒穆祿氏的表情，見她神色冷酷便信了幾分。「想不到慧貴人連自己身邊人也算計利用，真是無情。雨姍若是泉下有知，不曉得該有多傷心。」

「論起無情，又怎及得上娘娘。」舒穆祿氏知道劉氏不願聽她提七阿哥的事，所以知趣地沒有再說，而是道：「其實臣妾與娘娘是同一種人，除了自己，其他的什麼都可以捨棄。」

舒穆祿氏可以暫時放下仇恨來與她結盟，這份城府、心機絕不容小瞧。劉氏幾乎可以肯定，只要熹妃一倒，舒穆祿氏就會調轉槍頭來對付自己。與她結盟，就像是與虎謀皮；但若不與舒穆祿氏結盟，憑她一己之力，斷然對付不了熹妃。

熹妃才是害死弘旬的真正凶手，不殺她，實難平心頭之恨。

舒穆祿氏看著她不斷變化的臉色問：「如何，娘娘想好了嗎？臣妾可是很有誠意的。」

第一千一百七十一章　結盟

見劉氏不說話，舒穆祿氏走到她耳邊輕輕道：「臣妾知道娘娘在擔心什麼，不錯，您我遲早會變成敵人，但將來為敵總好過現在就為敵；而且熹妃一倒，娘娘就可以取其代之，裕嬪、謹嬪之流，根本不足以與娘娘相爭。」

劉氏側目盯著那張近在咫尺的臉，突然露出一抹有些妖嬈的笑容。「為何不說妳取本宮與熹妃而代之呢？」

「那就看各自的本事了。」舒穆祿氏輕笑一聲，又道：「娘娘，機會只有一次，若錯過了，可是會後悔一輩子的。」

這個時候，劉氏終於下定決心，沉聲道：「好，本宮答應妳，妳我之間的仇怨，等除掉熹妃之後再說。」

舒穆祿氏朝她深施一禮，輕笑道：「娘娘必不會為這個決定後悔。」

劉氏與舒穆祿氏正式結盟，再加上隱藏在她們背後的皇后那拉氏，凌若所要面對的敵人一下子變成了三個；而且這三個，皆是吃人不吐骨頭的惡狼，稍一不慎就會屍骨無存。

不過，在她們結盟壯大力量對付凌若的同時，凌若亦在設法對付她們。這是一場無形之局，誰在這場局中得勝，就會成為最終的贏家，占盡這世間的風光得意。

承乾宮中，凌若在挑做夏衣的料子。內務府送了許多布過來，妝花緞、浣花錦、寸絲錦、平素綃、天香絹等等，各色挑得人眼花撩亂，不知選哪些才好。

瓜爾佳氏走了進來，看到那些料子，忍不住笑道：「妹妹妳這是打算開綢緞莊嗎？堆這麼許多料子在這裡。」

凌若鬆了一口氣道：「姊姊來得正好，快幫我看看哪幾塊料子好，內務府送了這麼多來，看得我眼睛都花了。」

「送的多還不好嗎？說明內務府重視妳這位熹妃娘娘，不像我那裡，唉，就那麼兩、三匹，真是看著都寒磣。」瓜爾佳氏故意嘆了口氣，然眼底卻盡是笑意。

凌若拿團扇輕輕打了瓜爾佳氏一下，嗔道：「好啊，連姊姊妳也取笑我。」

瓜爾佳氏忍著笑道：「我怎麼敢取笑妳這位炙手可熱的熹妃娘娘！」

凌若沒好氣地瞥了她一眼道：「內務府既然重視我，就一定知道我與姊姊的關係，他們又哪敢只送兩、三匹到妳那裡，那豈不是成心找罵嗎？」

「熹妃娘娘冰雪聰明，實在是讓臣妾佩服……」瓜爾佳氏話還沒說完，身上便已被凌若呵了一記癢，她不甘示弱地呵了回去，一時間兩人笑成一團，好一會兒才停下來。

瓜爾佳氏喘著氣坐在椅中。「許久沒這樣笑鬧過了，可是痛快得很。不過這樣子讓人看到，可是該說咱們不成體統了。」

凌若臉上還帶著淡淡的笑意。「誰教姊姊那樣說我，可是該罰！」

「罰我給妳挑料子如何？」見凌若點頭，瓜爾佳氏自那一大堆料子中挑出一匹櫻桃紅刻絲妝花錦、一匹黛青縷金浣花錦，及一匹藕荷色暗花雨絲錦給凌若。「喏，妳瞧著這幾匹如何？要是不合心意，我另外再選。」

凌若一一看過道：「姊姊挑得甚好，我都喜歡；還有弘曆的，也請姊姊為他選幾匹吧。」

瓜爾佳氏點一點頭，又挑了烏金與紫檀兩塊雲錦的料子，在讓宮人拿下去交給宮廷裁作製衣後，安兒端著一碟洗淨的葡萄上來。

凌若拈了一顆葡萄，剝了皮後遞給瓜爾佳氏道：「姊姊今日的心情似乎很不錯。」

「皇上讓蘇培盛傳旨敬事房，封了舒穆祿氏十天的綠頭牌，妳說我心情能不好嗎？」瓜爾佳氏一邊說一邊笑，隨後更眉飛色舞地道：「我還聽說昨日在養心殿，舒穆祿氏被皇上好一頓訓斥。」

凌若看起來比瓜爾佳氏平靜多了，勾了一抹輕淺的笑容道：「看把姊姊給高興的，不過是一點小懲罷了，算不得什麼。」

瓜爾佳氏吃著葡萄道：「她在皇上跟前一向得臉，平常皇上連重話都未見訓斥一句，如今驟施懲戒，自是大快人心。不必說，她定是跳進了妳挖給她的坑裡，將妳假傳聖旨的事說給皇上聽，可惜皇上早已知道這件事，無功不說，還惹得一身騷，真是想想都好笑。」

凌若搖著團扇道：「只是封存十天的綠頭牌罷了，可見皇上對她還是手下留情了。」

「在妳我看來，自然是輕，可是妳想想，舒穆祿氏自起復之後，鋒頭如何之盛，單從聖眷上說，甚至隱隱有壓過妳之勢，沒見內務府一直巴巴地去討好這位貴人？不過封存綠頭牌的事一出，鋒頭可又轉了，光看內務府今日送來的這些料子就知道，那些奴才永遠都只知道跟高踩低，見風使舵這八個字。」

「這是他們的保命之道，又怎麼會忘呢？」凌若隨口說了一句道：「前夜裡，我便向皇上說了我假傳聖旨讓楊海請徐太醫入宮的事，一方面就是怕舒穆祿氏會發現這事，從而在皇上面前加以挑撥；另一方面，也是想藉此設個圈套讓她跳，雖不能讓她傷筋動骨，卻也夠讓她頭疼一陣子了。」

瓜爾佳氏點點頭。「不過也虧得皇上待妳寬容，否則這事怕是沒那麼順利。自妳回宮之後，我看皇上對妳比以前好了許多，且信任有加。」

「我知道。」凌若拈了一顆葡萄在指尖把玩。「若非有皇上這些信任與寬容傍身，我今日也不能安然坐在這裡與姊姊聊天。」

瓜爾佳氏剛要說話，楊海走了進來，在打了個千兒後，湊到凌若耳邊輕輕說了句話，凌若臉色微變，頷首道：「本宮知道了，你下去吧。」

瓜爾佳氏將葡萄籽吐在小碟中道：「出什麼事了？」

凌若睇了長眸，沉聲道：「有人看到舒穆祿氏與劉氏在浮碧亭中說話。」

「她們兩個不是冤家、死對頭嗎？怎麼又在一起說話了？」驚訝之餘，瓜爾佳氏又道：「可知道她們聊了些什麼？」

凌若搖搖頭道：「舒穆祿氏身邊的如柳一直守在外頭，無法靠近，不過遠遠看著，並無爭吵之意。」

第一千一百七十二章　陽謀

瓜爾佳氏凝眸沉思片刻道：「按理來說，這兩人是水火不容的，就算見了面也不會有什麼好言語，現在這樣實在是反常。正所謂反常即為妖，若兒，妳小心一些，要知道妳現在的位置與恩寵擋了不少人的路，雖然劉氏看起來是站在妳這一邊，但未必就沒存了這樣、那樣的心思，不可太過相信。」

凌若一笑道：「宮裡頭，除了姊姊之外，就只有彤貴人還讓我相信幾分。劉氏，呵，我倒要看看她與舒穆祿氏耍什麼花樣。」

她對劉氏也一直心懷戒備，不曾真正相信。

瓜爾佳氏放下心來，道：「若兒，我記得舒穆祿氏的阿瑪是江州知縣對嗎？」

凌若頗為意外地道：「是，姊姊怎麼突然說起這個來？」

「我突然想到，既然在宮裡頭難以讓舒穆祿氏傷筋動骨，何不設法從宮外著手呢？查一查她阿瑪在江州的官聲，看看是否做過貪贓枉法的事，若是有，便可以著人參他一本，到時候不僅他要倒楣，連他入了宮的女兒也要倒楣。妳看看妳娘家那邊是否抽得出人來查，若是沒有，我可以寫信給我阿瑪，讓他幫忙。」

瓜爾佳氏的阿瑪是都察院御史，雖然官職不高，只是正五品，卻是專門糾劾官員是否有違法行為，整肅官場風紀之人。

瓜爾佳氏話音剛落，就聽得有人在笑，抬眼看去，卻是水秀。不對，不只是水秀，連水月也捂著嘴在笑，她一時大為奇怪，道：「妳們兩個笑什麼，是覺得本宮哪裡說的不對嗎？」

「奴婢豈敢，奴婢笑是因為……」水秀一邊說一邊瞅著凌若，待見凌若點頭後，她抿著嘴將後半句話說出來：「因為謹嬪娘娘與我家主子想到一塊去了。」

凌若吩咐：「水月，將本宮收在妝匣底下的信拿過來給謹嬪看。」

「是。」水月依言答應，不一會兒拿來數封信。

瓜爾佳氏滿心疑惑地將信抽出來閱看，總算是明白水秀那句話的意思，還有她們為何發笑。看到最後，她自己也忍不住笑起來，前俯後仰，眼淚都出來了。

看她笑成這樣，凌若故意道：「水月，妳確定沒拿錯信給謹嬪？本宮可不記得那信上寫的是什麼好笑之事。」

水月嘻嘻笑道：「奴婢沒拿錯，想是謹嬪娘娘自己覺著好笑呢。」

「去，妳這丫頭，竟敢拿本宮開玩笑，小心本宮罰妳站著不許吃飯。」瓜爾佳氏勉強止了笑，在斥過水月後，抹去眼角笑出的眼淚，道：「想不到我竟成了事後諸葛亮，妳早已想到了這一步。」

凌若再次拈了顆葡萄，將皮剝成倒垂蓮花的樣子。「我比姊姊早不了多久，在我想出這個法子後，就修書給李衛，他有實權且是地方官，行起事來要方便許多。」

瓜爾佳氏敲敲信紙道：「我看這信上說的，舒穆祿恭明在地方官聲不錯，不是什麼貪官，若是這個樣子，那這個辦法就用不上了。」

凌若淨手，從那些信中挑出最底下一封道：「姊姊先看完這封信再說。」

瓜爾佳氏抽出信紙看了幾行，神色變得凝重起來，目光迅速在一行行墨字上掃過，待到最後已是駭然色變，望著凌若道：「這信中所寫之事，皆是事實？」

「李衛辦事向來牢靠，他既敢將這些事寫在信上，就必然是真的。」

瓜爾佳氏再無一絲懷疑，仰靠在椅背上道：「想不到一個人前後變化可以如此之大。」

「舒穆祿恭明為官以來，給上官或同僚的感覺一直都是膽小怕事，哪怕有送上門的銀子都不敢收，連下屬也敢給他臉色看——姊姊是不是覺得很耳熟？舒穆祿氏剛進宮時也是這個樣子，可是在他知道女兒得寵的消息後，膽小怕事的面具就漸漸撕開，露出貪財的本色來。這一年中，他連著判了爭產、害命、姦淫這幾宗案子，所有案子都有一個共同點，就是有錢的安然無事，無錢的皆被判罪，或殺頭或流放或監禁。之後，他夫人開始穿金戴銀，一掃以前的寒磣樣。」凌若搖著團扇道：「膽小怕事，不過是他在官場上的生存之道，知道自己在朝中沒人，出了差錯沒人會保他，所以苦忍清寒多年，直至女兒一朝得寵，這才露出了真面目。」

瓜爾佳氏冷笑道：「真不愧是父女，一樣的虛假噁心。不過這樣一個人，早些除了倒是一件好事。現在只是一個知縣就已經如此不可一世了，改明兒成了知府、布政使、巡撫，還不知會怎樣呢。留著他，簡直就是禍害咱們大清江山。」

「嗯，我已經讓李衛查他具體收受賄賂的證據了，一查到就快馬加鞭送到京城來。」凌若頓一頓，凝聲道：「皇上一向最重吏治，自登基以來誓要清吏治、安百姓，若知舒穆祿恭明如此貪贓枉法，必然龍顏大怒，舒穆祿氏就算是再得恩寵，也難逃此劫。」

瓜爾佳氏點頭道：「以朝堂來制約後宮，用陽謀對付陰謀，確是不錯，只要用得好，比陰謀詭計有用百倍。」

靜了一會兒，凌若又道：「不過這件事，到時候還需要姊姊相助。」

瓜爾佳氏訝然道：「有李衛幫妳還不夠嗎？」

「李衛雖可以暗中調查，但他畢竟是地方官，又不好直接管江州，且許多人都知道李衛以前是從我這裡出去的，由他出面彈劾，很容易落人話柄；舒穆祿氏也可以藉此生事，說我存心使人害她阿瑪。」

瓜爾佳氏已經明白凌若的意思。「妳是想讓我阿瑪出面彈劾？」

「不錯，姊姊的阿瑪是朝中御史，專管這些，由他出面彈劾是最恰當不過的。不過，若是姊姊認為——」

第一千一百七十三章　夜來

瓜爾佳氏抬手打斷凌若後面的話。「沒什麼好認為的，待會兒我就寫信讓人送去給阿瑪，先與他通一通氣，省得到時候手忙腳亂。」

「多謝姊姊。」見她毫不猶豫就答應，凌若心中感動不已。雖說瓜爾佳氏的阿瑪確是最合適的人選，但彈劾這種事不可能一些風險也沒有，同時還可能引來舒穆祿氏狗急跳牆的報復。以瓜爾佳氏的心思不可能想不到，但她依然如此。

瓜爾佳氏失笑道：「真是個傻人，謝我做什麼，舒穆祿氏的事又不僅僅與妳一人有關，妳莫不是以為她除了妳之後會放過我吧？我出些力也是理所當然的。」

不論是凌若這邊還是舒穆祿氏那頭都在暗中準備，就看這一回誰先得手。

當天夜裡，凌若看過弘曆，準備歇下的時候，有宮人來稟，說是劉氏求見。

凌若還未開口，水月已經氣呼呼地道：「她不是與慧貴人湊在一起了嗎？還來見主子做什麼！」

「見過不就知道了嗎？」凌若將剛剛摘下來的步搖又重新戴在髮髻上，隨後對還站在那裡等回話的宮人道：「去請謙嬪進來。」

楊海在一旁低聲道：「主子，謙嬪這個時候過來，只怕是為了今兒個與慧貴人見面的事。」

「本宮也猜到了，且聽聽她會怎麼說。」凌若話音落下不久，便見劉氏隨宮人走進來，身後跟著金姑。

劉氏進來後，施了一禮，口中道：「臣妾參見熹妃娘娘，娘娘萬福金安。」

「謙嬪請起。」待她直起身後，凌若溫言道：「天色都這麼晚了，謙嬪不在永壽宮裡歇著，怎麼到本宮這裡來了？」

「臣妾有些事想稟告娘娘，所以急著過來，若是有打擾娘娘之處，還請娘娘恕罪。」劉氏神色就像是她的封號一樣，謙恭有禮，不驕不躁。

「本宮這裡倒是沒什麼，本宮只是擔心妳大晚上會看不清路，不太安全。」這般說著，凌若示意她坐下，隨後又著水秀沏茶上來。

劉氏一臉感動地道：「多謝娘娘關心，臣妾原本該早些過來的，無奈剛才弘瞻哭鬧不止，臣妾實在放心不下，所以才拖得這麼晚。」

一聽這話，凌若關切地道：「那現在六阿哥沒事了嗎？」

「回娘娘的話，已經無事了。」這般說著，劉氏偷偷瞅了凌若一眼道：「娘娘，今日舒穆祿氏來見過臣妾。」

凌若頷首道：「這件事本宮也聽說了，她不是一直頗為恨妳嗎，怎麼又突然去見妳了？」

「她……」劉氏神色猶豫，似在為後面的話為難。

凌若端起茶盞啜了一口，漫然道：「謙嬪有話就直說，本宮不喜歡有人吞吞吐吐，一句話分成幾截。」

「是。」劉氏神情一慌，連忙道：「今日舒穆祿氏來見臣妾，突然說弘旬的死令她很傷心，讓臣妾原諒她，後面還說要與臣妾結盟，一道對付娘娘。」

聽得這話，饒是凌若也忍不住眉眼含驚。「哦，竟有這等事？」

劉氏答：「是，臣妾聽到的時候也嚇了一跳，弘旬明明就是她害死的，她竟然還有膽說這種話。」

在止了驚意後，凌若道：「那妳是怎麼回答她的？」

「臣妾自然是不答應，就算沒有弘旬一事，臣妾也絕不會對娘娘有半點背叛之心。若非娘娘護持，臣妾哪裡有今日，娘娘待臣妾的好，臣妾縱死不忘。」劉氏眼角微溼，長睫輕顫，猶如淋了雨的蝴蝶翅膀，再配上精緻美麗的面容，令人望之生憐。

「謙嬪說得太客氣了，本宮並不曾做過什麼。」

凌若的聲音似平靜又似有一些感動，令劉氏無法真切地分辨出來。

劉氏一臉認真地道：「臣妾自己有眼，懂得分辨哪個人待臣妾好，哪個人待臣妾不好。」

凌若微微一笑，看著自己倒映在茶水中的半張容顏，道：「其實這些事，謙嬪沒必要專程來告訴本宮。」

劉氏低頭道：「臣妾說這些，既是怕娘娘會誤會臣妾，也是怕舒穆祿氏會與其他人結盟，暗中加害娘娘，所以特來提醒娘娘千萬要小心，莫讓她有可乘之機。」

寒意在凌若眼底一閃而逝，面上則是一派動容。「謙嬪如此關心本宮，實在是令本宮感動。如今成嬪已經不在，謹嬪又是個不管事的，本宮能倚靠的也就剩妳了，妳可千萬不要讓本宮失望。」

劉氏連忙起身，雙膝跪地道：「請娘娘放心，此生此世，臣妾都不會讓娘娘失望。」

「那就好。」凌若欣然點頭，隨後親自扶起她道：「很晚了，謙嬪早些回去歇著吧，改日等弘曆好一些，本宮再去看妳與六阿哥。」

「娘娘垂憐，臣妾受寵若驚。」這般說著，劉氏又關切地問：「不知四阿哥身子好一些了嗎？」

凌若笑笑道：「已經沒有大礙了，只須再靜養一段時間就行。」

劉氏輕舒一口氣道：「那就好了，臣妾想探望一下四阿哥，又怕打擾他養病，所以只能差人送些東西來。」

「謙嬪有心了，本宮與弘曆都很感激。」
又說了幾句客套話後，劉氏領著金姑離去。
在聽到宮門關起的聲音後，凌若沉下臉道：「讓三福來見本宮。」
又等了一會兒，三福隨水秀走進來，衣衫有些微溼。他打了個千兒道：「主子，您找奴才？」
「是。」凌若走到未曾關起的窗前，將劉氏的話重複一遍，隨後道：「劉氏說她沒與舒穆祿氏結盟，但本宮頂多只能信三成；另外本宮知道舒穆祿氏昨日曾去見過皇后，所以召你來問問。依你看，她們是否有可能真的聯手對付本宮？」

第一千一百七十四章　準備

「主子是覺得這事與皇后有關？」

凌若懷疑皇后，而三福則是承乾宮中最了解皇后的人。

望著漆黑的夜色，凌若徐徐道：「皇后雖然很久都沒有露面了，但她依然好好地待在坤寧宮中。本宮相信，以她的為人，絕不會甘心就這麼輸給本宮，一定會設法奪回去，助舒穆祿氏起復就是一個開始。」

三福走到她身後道：「所以主子懷疑舒穆祿氏今日去找劉氏是受皇后主使？」

「她們兩人之間的仇恨何等之深，不必本宮說，你也心裡有數；可今日舒穆祿氏卻主動去找劉氏，並且突然提出結盟一事，你不覺得事有蹊蹺嗎？」

「奴才還跟在皇后身邊的時候，雖不曾與慧貴人有過太多接觸，但也略見過幾面。在奴才看來，她是一個極為能忍的人，當初皇后讓惜春在她每次侍寢後送藥給她喝，她都喝了，毫無二話。」

凌若伸手到窗外，手心頓時感覺到雨絲的冰涼。「她知道自己當時鬥不過皇后，想生存下去，就只有聽憑皇后擺布。這樣一個人絕對不會貿然去找劉氏，必然手握劉氏無法拒絕的理由，且與皇后有關，只是這個理由本宮一時半會兒想不到。」

「容奴才想想。」要平空去揣測一個人的想法，無疑是極困難的，就算三福跟在那拉氏身邊多年，也非輕易之事。

自鳴鐘的擺動聲成了殿內唯一的聲音，隨著時間的流逝，雨越來越大，到最後竟然變成了傾盆大雨。

一滴滴黃豆大的雨滴打在手心，傳來輕微的痛意，待得凌若將手收回來時，整隻手連著袖子都溼了。

水秀連忙拿了乾淨的手巾過來替凌若拭手，不過袖子卻是拭不乾了。「主子，奴婢扶您去裡面換件衣裳吧。」

「只是溼了一些些罷了，不打緊。」這般說著，她有些感慨地道：「這場雨一下，明兒個又得有好些花謝了。」

「花早晚要謝，現在不過是早一些罷了，主子若是怕看著鬧心，奴婢明兒個一早就讓內務府的人過來把花換了。」

三福一咬牙道：「主子剛才那番話倒是讓奴才想起一事來，就不知道準不準。」

凌若精神一振，急切地道：「無妨，你儘管說出來聽聽。」

「主子還記得惜春的事嗎？主子讓她在謙嬪沐浴的水中下藥，令她早產，然後伺機嫁禍給皇后，可惜最後被皇后偷粱換柱，將惜春手裡的紅花變成了藏紅草，安然度過此劫。這件事別人不清楚，皇后卻是一清二楚，若她將這件事告訴慧貴人，然後由慧貴人作為與謙嬪談判的籌碼，就有很大可能說服謙嬪。」三福話中已盡是擔心之意。

在三福說出惜春名字的時候，已經淡忘的事再一次從塵封處竄了出來。

三福說得沒錯，只要劉氏知道她早產一事是自己所為，就有很大可能與舒穆祿氏聯手。

水月在一旁插嘴：「可謙嬪與慧貴人不一樣有很深的仇怨嗎？能放得下？」

「自然不行，不過當她們想要共同對付一個人時，就會暫時將仇怨放在一旁，等敵人沒有了，再各展手段對付彼此。」三福解釋了一句後，對凌若道：「主子，不管她們是否真的結盟，您都要當心謙嬪，此人不簡單。」

「在所有秀女中拔得頭籌，成為主位娘娘，又在重重算計中生下兩個阿哥，本宮哪裡敢輕視她。」凌若眸中寒光微閃，道：「不過，就算她們聯手，也是各懷鬼胎，不可能真的完全信任彼此。」

水秀忍不住道：「話雖如此，可她們聯手對付主子，必然會讓主子平添許多麻煩。」

凌若冷然一笑道：「她們不會那麼快動手的，只要李衛在此之前查到舒穆祿恭明貪贓枉法的切實證據，本宮依然可以占得先機。不過多了劉氏，原先的布置也得稍加變化才行，否則很可能會毀在她手裡。」她吩咐：「去拿文房四寶來。」

水秀依言端來文房四寶，在磨墨的時候問：「主子準備寫信給李衛嗎？」

凌若笑而不語，倒是三福道：「奴才猜主子是要寫信，卻不是寫給李大人。」

「為什麼？那件事不一直是李衛在辦嗎？」有此疑問的不只是水秀，還有其他人。

三福心中顯然是有數的，卻沒有立刻回答，而是轉頭看著凌若。

凌若笑道：「說吧，本宮也想看看你是否真的猜中了本宮的心思。」

「是。」三福放下心來，道：「主子剛才說因為多了謙嬪，所以布置得有所變化；也就是說，變化是因謙嬪而起，應該是針對謙嬪在宮外的家族，怕他們到時候會出手幫助舒穆祿恭明，所以提前準備……」

聽到這裡，楊海打斷他的話，道：「這一點，我們也想到了，所以水秀才問主子是否寫信給李大人，你又說不是。」

「你想想，謙嬪的家族在京城，李大人是浙江總督，他在京城雖也有幾分人脈，但總不及地方那麼如魚得水，且隔得那麼遠，難免有些鞭長莫及。所以，應該不是李大人，而是主子的家人。」說到這裡，他再次看向凌若。「不知奴才說的可對？」

凌若聽得三福的話，抬頭道：「不錯，本宮這封信確是寫給兄長的。他雖官職不高，但在京中行事終歸比李衛要方便一些。」

寫完信後，她吹著紙上未乾的墨跡道：「楊海，明日宮門一開，你就立刻將這封信送出去給本宮的兄長，當心著些，別被人跟蹤了都不知道。這件事關係重大，絕對不可洩漏，一旦讓他們有所準備，所有事都將前功盡棄。」

楊海雙手接過信紙，鄭重其事地道：「主子放心，奴才一定會仔細行事的。」

第一千一百七十五章　無解

隨後的幾日，宮中平靜無波，而弘曆的傷也在這樣的平靜中漸漸好轉，待到五月初的時候，已經差不多痊癒。看到弘曆的情況一日比一日好，凌若高興之餘又有些傷懷。弘曆傷勢一好，就意味著他很快要離宮了。

阿哥府早在多日前就已經拾掇好了，只因為弘曆突然中毒，入朝當差的事才一直拖了下來。

在五月初五端午這夜，胤禛與凌若商量此事，他的意思是初九這日就讓弘曆搬入阿哥府中。凌若雖有不捨，卻也曉得這是弘曆必定要走的路，她不能護弘曆一輩子，遂道：「就依皇上的意思辦吧。」

她話音剛落，手便被胤禛握住。「朕知道妳捨不得弘曆，但他不過是出宮，又不是出京，還是可以經常入宮看妳，再說還有朕陪著妳。」

凌若微笑，四目相望間有著無盡的溫柔情意。「臣妾知道。」

「很晚了，咱們歇息吧。」

胤禛的話令凌若臉頰微微一紅，輕聲道：「皇上今兒個不去看慧貴人嗎？」

舒穆祿氏綠頭牌的封存早在五月之前就解了，但這麼多日來，胤禛只傳召過她一次。

胤禛臉色一僵，旋即將凌若攬入懷中，溫言道：「好端端的怎麼突然提起她來，朕今夜只想看妳，只想與妳一起，除非妳不願看到朕。」

胤禛說不上多溫柔，但對向來冷酷的他而言，能說出這些已是極為難得，令凌若的心一下子變得柔軟無比，不過該說的話還是要說：「臣妾怎會不願看到皇上，只是臣妾知道皇上一向愛重慧貴人，可最近皇上都沒怎麼召見她，之前又讓敬事房封存了慧貴人的綠頭牌，怕皇上心裡惦記。」說到這裡，她故意嘆了口氣。「臣妾可不願皇上人在承乾宮，心卻在水意軒。」

「妳這妮子，誰許妳說這些的？」胤禛一下子變得不高興起來。「年紀越長，人卻是越不著調了，朕心裡何時沒想著妳過。要不是妳，朕怎會封存佳慧的綠頭牌？結果倒好，竟換來妳這般言語，真是教人聽了心涼。」說到後面，他鬆手走到一邊，竟是不再理凌若。

凌若本是玩笑話，怎麼也想不到會惹來胤禛這麼大的反應，一時不曉得該怎麼接話，好一會兒方走過去，小聲道：「臣妾怎會不知皇上待臣妾的心意，剛才不過是與皇上玩笑罷了。」

「妳覺得是玩笑，朕卻一點都不覺得好笑。」胤禛硬邦邦地回了這麼一句，眼眸中隱隱有一絲怒意在閃爍。

見胤禛連看都不看自己一眼，凌若心中越發詫異。胤禛性子雖然喜怒無常，但這兩年已經改變許多，對自己更是許久沒有發過火了，怎的這回如此奇怪。

在凌若還在為胤禛突如其來的怒火不解時，胤禛已道：「妳若是希望朕去佳慧那裡，朕現在就過去。」

「不要！」凌若知道胤禛是在負氣，但仍是感到一陣惶恐，連忙拉住他道：「臣妾錯了，求皇上息怒！」

胤禛雖然停下腳步，卻未曾說話。凌若曉得他心裡還在生氣，急言道：「其實臣妾豈會盼著皇上去其他宮裡，只是皇上是九五至尊，並非臣妾一人的夫君，臣妾身為妃子，又蒙皇上信任，代皇后掌管東西六宮，怎可一味自私地將皇上留在身邊。再說，臣妾知道皇上一直很喜歡慧貴人，這些日子不見，難免心裡掛念，臣妾不願見到皇上不高興，才會那樣說。至於後面的話，真是與皇上玩笑的，皇上不要生臣妾的氣了，好嗎？」

聽得凌若這番話，胤禛的氣已經消了一大半，但仍是道：「那妳記著，以後都不許開這樣的玩笑。在這後宮之中，再沒有一個人比妳更值得朕在乎。」

「是，臣妾會牢牢記在心中，絕不忘記。」

隨著凌若這句話，胤禛轉過身再次將凌若摟在懷中。

胤禛自己很清楚，他根本不是在生凌若的氣，而是在生自己的氣。因為凌若說對了，他真的是身在承乾宮，心在水意軒，舒穆祿氏的身影始終在腦海中揮之不去。

有時候，他會覺得自己中邪了，為何總是會想起舒穆祿氏，而且每次想起，身體最深處都會竄起一股原始的衝動。

封存舒穆祿氏綠頭牌後的第三天開始，對他就是一種煎熬，一到晚上就會忍不住想起她，哪怕身下躺著另一個人，腦海裡想的也總是舒穆祿氏。

這種思念的感覺，比之舒穆祿氏被廢黜那會兒更強烈。若非他有著過人的意志力，只怕不到十天就會傳召舒穆祿氏；饒是如此，也在十天後立刻傳召舒穆祿氏侍寢。

他不明白，自己為何會如此離不開她？若說床榻間的曲意逢迎，劉氏比她做得更好；若論感情，他與凌若二十餘年生死相依，比初入宮不足兩年的舒穆祿氏更深許多，可他心裡就是放不下。

舒穆祿氏那具身體，對他有著莫大的誘惑，在她面前，自己就好像變成了一個好色之人，想要一直一直沉淪在慾望之中。

難道他根本就是一個好色之人，只是這麼多年來一直被他壓抑著？

這幾日每到夜深人靜卻無法入睡時，他都會想這個問題，但每一次都沒有頭緒。

同時，他也在不斷提醒自己，最該在乎的那個人是淩若，是那個生死與共、陪了自己二十多年的女人，不是舒穆祿氏！

因此，他今夜才會壓下對舒穆祿氏的思念來承乾宮；也因此，他才會說出要留下來，希望與淩若靈肉交融的感覺，可以讓自己淡忘對舒穆祿氏那具身體近乎瘋狂的念想。

第一千一百七十六章　五月初九

凌若並不知道胤禛內心的天人交戰，在依偎了一會兒後，她仰頭道：「今兒個是端午，臣妾親手包了幾個粽子，皇上要不要嘗嘗？」

胤禛將煩思暫時拋之腦後，輕啄了一下凌若光潔的額頭，道：「妳親手包的，朕自然不能不賞臉。」

水秀拿著蒸好的粽子上來，一道端上來的還有一碟黃糖。

胤禛輕「咦」了一聲道：「這粽子沒有餡嗎？還要蘸黃糖？」

凌若取過一個粽子，將綁在上面的棉線解開，然後把粽子完整地剝出來放到胤禛面前的小碗中。「臣妾知道皇上之前已經吃過御膳房送去的粽子，那些粽子裡面都放了餡料，雖說味道不錯，但吃多了卻容易膩，所以臣妾讓水秀蒸了幾個沒有餡的。雖說沒那麼多滋味，但蘸著黃糖吃，卻可以吃到粽子最原始的風味，未必會比那些有餡的差。」

「妳說好吃就好吃。」許是因為剛才無故向凌若發了一通脾氣，心有內疚的緣故，胤禛神色比剛才更加溫和。

胤禛接過水秀遞來的銀筷，夾了粽子蘸了蘸黃糖放到嘴裡，咀嚼一番後，點頭道：「嗯，沒有那些夾雜進去的滋味，吃進來味道更加純粹，又有嚼勁，確實不錯。」

「皇上喜歡就好。」這般說著，凌若抬頭看了窗外一眼道：「可惜今日才初五，看不到滿月，否則便可一邊吃粽子一邊賞月。」

胤禛跟著看了一眼，笑道：「待中秋月圓之時，朕就可以陪妳一邊吃月餅一邊賞月了。」

凌若眉眼輕彎，怡然道：「君無戲言，皇上既然答應了臣妾，到時候可一定得兌現。」

「朕絕對不忘！」這一刻，胤禛眼中是溫柔也是鄭重；也是這一刻，他的腦海裡沒有出現凌若之外的任何身影。

漫漫夜色下，承乾宮內殿的鮫紗帳內春意深深……

胤禛與凌若共覺歲月靜好之時，水意軒中的舒穆祿氏卻是一點都不覺靜好，反而有所忐忑。

如柳走到舒穆祿氏身邊，輕聲道：「主子，夜都深了，您怎麼還不歇息？」

舒穆祿氏沒有理會她的話，而是道：「皇上今夜去了哪裡？」
如柳猶豫了一下，道：「奴婢聽說去了承乾宮，想來是不會過來了，主子還是別等了。」
「自解封之後，皇上就只召幸過我一次，反而常去看熹妃。呵，我真想不明白，熹妃都已經年老色衰了，還有什麼好看的？」說到後面那句話時，舒穆祿氏的聲音不自覺地尖銳起來，可見心中充滿了不甘。
「皇上是個長情之人，去看熹妃無非是念著昔日的情分，真正在意的還是主子，主子根本無須為此動氣。」
如柳的好言勸慰並沒有令舒穆祿氏展眉，而是搖頭道：「若真只是如此，我就不必與劉氏結盟了。皇上待熹妃，遠比任何人都愛重，不然也不會因為我說了熹妃幾句就苛責於我，還讓敬事房封存了我的綠頭牌，如今更強忍著我下在他體內的藥性去見熹妃。」
如柳扶她至梳妝檯前坐下，安慰道：「皇上忍得了一時，忍不了一世，終歸還是會回到主子身邊的，更無人可以取代主子的位置。」
舒穆祿氏望著鏡中的自己，冷冷道：「但是不將熹妃這隻攔路虎搬開，終是一個心頭大患。我在設法對付她，她又何嘗不是在設法對付我。」
如柳一邊替舒穆祿氏卸著髮間的珠釵，一邊道：「那主子可曾想到什麼辦法？」
「暫時沒有，而且上次那事，皇上只怕到現在還介懷，我若再說任何有關熹妃不是的話，事情只會更麻煩。」舒穆祿氏摘著耳下的墜子道：「除掉熹妃固然重要，但最重要的，還是要保住自己。」

如柳點點頭，在將舒穆祿氏一頭光亮如絲的頭髮放下來後，忽地想起一事。「主子，藥已經不多了，奴婢明兒個想出宮一趟，再去買些來。」

雖然御藥房也有這些藥，但為免被人疑心，舒穆祿氏從不去御藥房取用，都是讓如柳去宮外地處偏僻的藥鋪買。當然，出宮的理由都是寫探望家人，而每次如柳買過藥後都會去家中走一趟，掩人耳目。

舒穆祿氏點一點頭道：「嗯，妳自己小心一些，別被人發現了。」

「奴婢省得。」這般說著，如柳不再多話，替舒穆祿氏卸了妝，扶她至床榻上歇下。「主子早些歇著，莫要想太多。」在準備抽回手時，無意間摸到軟枕下有一個堅硬的東西，頓時想起那把匕首至今還壓在枕下，遂道：「主子，您已經許久沒有作惡夢了，還是把這把匕首放回去吧。不然放在枕下，萬一誤傷了您可怎生得了。」

如柳話音未落，舒穆祿氏已經牢牢按住軟枕道：「不礙事，就放著吧。」

在如柳下去後，舒穆祿氏伸手到枕下牢牢握緊匕首，眸中閃過一絲害怕。

她或許真的變了許多，但終歸還是膽小的，怕那隻貓靈會再次出現，所以一直將匕首壓在枕下，不肯拿走。

五月初九這日，承乾宮的氣氛因為弘曆即將離開而有些沉悶，一個個臉上均是沒什麼笑容，凌若更是徹夜難眠，一直睜眼到天亮。

弘曆到偏殿用早膳的時候，看到凌若面帶倦容，心知她是放心不下自己，遂半蹲在凌若面前道：「額娘，您不必擔心兒臣，兒臣會好好照顧自己的，再說還有小鄭子他們跟著呢。」

凌若微微一笑，撫著弘曆的臉頰，柔聲道：「什麼話都讓你說了，額娘還能說什麼。好了，坐下用膳吧，待會兒額娘送你出去。」

在接過水秀盛好的粥後，凌若問：「帶走的人都選好了嗎？你皇阿瑪這次可是開了口，由著你選。」

「嗯，兒臣已經定下了，除了小鄭子之外，其餘幾個打小就伺候兒臣的也會一併帶走。」

凌若夾了一筷新鮮炒出來的菜到弘曆碗中。「不多帶幾個嗎？就這些人，額娘怕他們照應不過來。」

第一千一百七十七章　叩別

「足夠了，再說宅子裡也有下人在，哪裡會缺得了。」說到這裡，弘曆故意嘆了口氣。「只是有一個人兒臣帶不走，實在是可惜。」

「怎麼會帶不走呢？」凌若皺眉道：「是哪個人，你告訴額娘，額娘與他說去。」

弘曆輕笑道：「遠在天邊，近在眼前，那人可不就是額娘您了。」

凌若忍不住笑了出來，在弘曆頭上輕輕一打道：「大膽，居然連額娘的玩笑也敢開。」

弘曆一臉委屈地道：「兒臣哪敢開額娘的玩笑，字字皆是出自真心。額娘做的點心那麼好吃，兒臣出了宮，就不能時時吃到了，可不就是這世間最大的可惜嗎？」

「不知你從哪裡學來的油嘴滑舌。」凌若笑言了一句後又道：「你何時想吃了就進宮來，只要額娘有空就一定做給你吃。」

水秀在一旁插話：「主子就算沒空也會做給四阿哥您吃的，誰教您是主子最在意的那個人呢，奴婢們只有看著羨慕的分。」

「多嘴。」凌若回頭斥了水秀一聲，不過眼中卻是掩不住的笑意。「這話要是讓別人聽了，還以為本宮苛待你們呢！」

水秀曉得凌若不是真生氣，含笑欠身道：「主子一向厚待奴婢們，哪個說主子苛待，奴婢們第一個不答應。」

楊海等人亦在一旁紛紛附和：「就是，奴才們都不答應。」

「行了，一個個都那麼多話。」凌若搖頭不已，不過被這麼一鬧，氣氛倒是輕鬆了一些，不像之前那麼凝重。

用完早膳後，凌若陪著弘曆來到神武門，身後跟著一眾宮人，大部分是弘曆要帶出宮去的。到了那邊，意外看到瓜爾佳氏也在。

不等凌若說話，瓜爾佳氏已經迎上來握了她的手道：「我知道弘曆今日要離宮，所以特意等在這裡。」

凌若點頭道：「姊姊有心了。」

在她們說話的時候，弘曆已經拱手道：「弘曆見過姨娘，多謝姨娘一直以來對弘曆的疼愛與照顧。」

「本宮一直當你是自己兒子般看待，所以你根本無須說謝。」看著差不多與自己一般高的弘曆，瓜爾佳氏感慨道：「好快，一轉眼你都已經可以入朝當差了，本宮至今還記得你尚在襁褓中的樣子。」

弘曆低頭一笑，隨後撩袍朝凌若下跪，朗聲道：「今日之後，兒臣不能再每日奉孝於額娘膝下，兒臣不孝，請額娘恕罪，但額娘這十五年來對兒臣的悉心撫育與教導，兒臣永不敢忘。兒臣答應額娘，日後一定會經常入宮給額娘請安。」

雖然凌若不住地告訴自己不要太傷心，這是必經之路，而且以後還是能經常看到弘曆，但聽著弘曆這番話，她還是忍不住落下淚來，頷首道：「額娘知道，額娘什麼都知道，快起來。」

弘曆搖頭，執意跪在地上，並道：「請額娘許兒臣給您磕頭，以報答您的養育之恩！」

凌若見他態度堅持，只得鬆開手，然後看著他向自己磕頭。每一次，他的頭都觸到堅硬的青石地，發出「怦怦」的響聲。

在磕過三個響頭後，弘曆並沒有立即起身，而是轉向瓜爾佳氏。「弘曆也要謝姨娘的護持愛護之恩。」

瓜爾佳氏來不及阻止，只能眼睛溼潤地看著他向自己磕頭，一等他頭磕完，趕緊拉起他。「別跪著了，快起來。」

在凌若與瓜爾佳氏心中百味雜陳的時候，弘曆自己也是又喜又憂。他既高興自己即將入朝歷練，又對告別額娘有所不捨，神色複雜萬分。

他的心思凌若如何會看不出來，取過安兒一直捧在手裡的包袱，從中取出一個杏黃繡金龍祥雲的錢袋道：「之前你說錢袋有些舊了，所以額娘給你做了個新的，你看看可喜歡？這金龍還是你皇阿瑪說繡上去的。」

見凌若將自己隨口一句話記得這般牢，弘曆眼圈微紅，接過錢袋道：「額娘做的東西，兒臣都喜歡。」

凌若點點頭，隨後又將包袱交給小鄭子拿著。「這裡面是額娘給你做的兩套新衣裳，你拿去換洗。」

「多謝額娘。」

弘曆話音剛落，瓜爾佳氏亦遞過來一包東西。「本宮沒你額娘那麼好的女紅手藝，只給你做了兩雙鞋，應該合你腳。」

凌若輕笑道：「自然是好的，弘曆從小到大，姊姊每年都給他做鞋子，這腳上的尺寸，只怕比我這個親娘還要清楚。」

「額娘，姨娘……」弘曆看看這個又看看那個，忍不住落下淚來。

凌若取下帕子替他拭去臉頰上的淚，道：「額娘都沒有哭，你哭什麼？而且今日之後你都要入朝當差了，若像現在這樣還動不動就落淚，可要教人笑話了。」

弘曆被她說得臉龐一紅，忙道：「兒臣哪有。」

凌若忍著心頭的不捨道：「好了，時候不早，趕緊出宮吧，府裡頭那邊也要好好熟悉。」說罷，她喚過小鄭子道：「你是跟在四阿哥身邊最久的，往後記得要好生服侍四阿哥，不可有差池。若你差事當得好，本宮會跟內務府說，賞你一個頂戴。」

小鄭子心中大喜，忙跪下道：「娘娘放心，奴才一定全心全意伺候好四阿哥。」

在凌若擺手示意小鄭子起身後，弘曆又對瓜爾佳氏道：「姨娘，弘曆走後，還請您多陪陪額娘。」

在瓜爾佳氏點頭答應後，弘曆方才依依不捨地轉過身往宮門走去，期間不住回頭，直至遠離宮門，無法再看到，方才止住回頭的動作。

在弘曆心情還有些低落的時候，小鄭子忽地道：「四阿哥，您看誰來了？」

順著小鄭子指的方向看去，弘曆竟看到了兆惠與阿桂兩人，訝然指著他們道：「你們兩人怎麼在這裡？」

說話間，兆惠兩人已經走到近前，行了一禮後道：「四阿哥今日出宮，我等怎麼可以不來。」

不等弘曆說話，阿桂已一本正經地道：「我兩人已經在酒樓訂了雅間，慶祝四阿哥明日就將入朝當差。」

弘曆沒想到他們還弄了這麼一齣，不由得笑道：「酒樓，你們家人許你們現在就飲酒嗎？」

第一千一百七十八章　同行

阿桂臉龐一紅道：「誰說去了酒樓就非得要飲酒的，咱們可以以茶代酒。」

弘曆還在搖頭的時候，兆惠已再次問：「不知四阿哥可肯賞臉？」

「你們兩個都親自來了，我能不賞臉嗎？」他們兩個的出現將離別愁緒沖淡了不少，說完這句，弘曆對亦步亦趨跟在身後的小鄭子道：「你與他們先回府，我用過飯後再去。」

小鄭子一聽這話，立刻搖頭。「四阿哥您一個人出去太危險了，還是先回了府裡，帶幾個護衛再出去。」

兆惠為之一笑，道：「鄭公公，咱們這裡不是已經有一個很好的護衛了嗎？」

小鄭子只道他是在說自己，連忙搖手道：「兆惠少爺您別開奴才玩笑了，奴才服侍人還行，要說與人打架，這身子板還不夠人家一掌拍過來的。」

弘曆虛踢了他一腳道：「你想什麼呢，兆惠說的那個護衛可不是你，而是說阿桂呢。他自幼習武，這拳腳功夫可比尋常護衛好多了。」

阿桂雖然對兆惠說他是護衛的話不滿，卻沒反對，只哼哼兩聲便作罷。見小鄭子還在猶豫，弘曆拍了他腦袋一下道：「行了，就這麼定了；再說本阿哥又不是弱不禁風、不懂武功的女子，有何好怕的。」

看這情形，小鄭子知道自己攔不住，便道：「那您好歹讓奴才跟著。娘娘可是千叮嚀、萬交代，讓奴才一定要伺候好四阿哥，奴才不敢不從啊。」

「好你個小鄭子，居然還懂得拿額娘來壓我，真是該打。」這般說著，弘曆卻是沒有真打下去，而是默許他跟著馬車一路往酒樓行去。

馬車中，阿桂幾次張口欲言又都生生忍了下來，弘曆看著奇怪，道：「阿桂，你是不是有話要與我說？」

阿桂撓著腦袋，猶豫著道：「是，不過兆惠不許我講，說要等明日再告訴您。」

他話音剛落，便惹來兆惠一個瞪眼。「來之前我告訴你多少遍了，一個字都不許說，偏你還多話。」

被他這麼一瞪，阿桂不服氣了，嚷嚷道：「做什麼不許我說，又不是什麼壞事，偏你非要弄得神神祕祕，好像作奸犯科似的。」

兆惠被他這麼噎了一句，沒好氣地道：「我是想給四阿哥一個驚喜。」

弘曆好奇不已，道：「兆惠，到底是什麼事？你要是不說，我可是現在就讓人調頭回府了。」

「別別別！」兆惠最怕這一招了，舉手投降地道：「我說還不行？其實我與阿桂已經跟家中說過了，想要入戶部當差，家中也同意了，所以，明日我與阿桂會與四阿哥您一道去戶部；不過咱們兩人因為不曾參加過科舉，雖然有家中打點，依然只是沒品沒級的閒散小吏。」

「你們兩個……」弘曆沒想到會是這麼一個消息，愣了許久，方有些激動地道：「我不是與你們說過，讓你們繼續跟著朱師傅讀書嗎？為什麼不聽我的話？還要跑去戶部當什麼閒散小吏，這樣能有什麼前途！」

兩人一心要給弘曆一個驚喜，卻沒想到惹來他那麼大的反應，面面相覷。好一會兒，阿桂方小聲地道：「四阿哥不喜歡我們與您一起去戶部當差嗎？」

弘曆深吸一口氣道：「我不是不喜歡，只是這樣對你們沒有任何好處，反而會耽誤了學業。我曉得你們是為了我才這樣做，可是……」

兆惠突然打斷他的話，道：「四阿哥，您為什麼想要盡早入朝當差？」

「我？我自然是想早些歷練，許多東西都是書卷上學不到的。」

兆惠立刻接了話道：「古語有云：讀萬卷書不如行萬里路。朱師傅學問雖好，但就像是四阿哥您說的，許多東西不是書卷就能學到，也不是朱師傅能教的。我與阿桂早晚都要參加科舉或武舉，在此之前先在朝中歷練一下，不失為好事。」

雖然兆惠說得很在理，但弘曆明白，說到底，他們還是為了自己，怕自己一人在戶部當差，連個可商量的人都沒有，又怕自己知道了會反對，所以在一切安排妥當後，方才告訴自己，讓自己就算想反對也來不及。

弘曆用力拍著兆惠與阿桂的肩膀，感動地道：「好兄弟，謝謝你們！」

阿桂也將手搭在弘曆肩膀上，道：「四阿哥既然視我們為兄弟，那就不要說這樣見外的話。再說，可以不去朱師傅那裡，對我來說，可是大好事一件。」

兆惠在一旁撇撇嘴。「扶不起的阿斗！」

阿桂與他早已鬥慣了嘴，一聽這話，立刻回嘴：「說誰阿斗呢，你自己才是個病秧子！」

兆惠待要說話，弘曆已經攔住他道：「好了，你們兩個能不能別一見面就吵吵嚷嚷。」

「哼，看在四阿哥的面子上，今天不與你吵。」阿桂咂了下嘴巴後道：「對了，四阿哥，您身上的毒都清了？我們在上書房聽五阿哥說了之後，擔心得不得了，只是我與兆惠都不便去承乾宮看你。」

弘曆笑一笑道：「你們看我這樣子像有事嗎？」

兆惠關切地問：「聽五阿哥說，是成嬪害您，現在已經被皇上廢入冷宮了，是真的嗎？」

「嗯，皇阿瑪已經處置了她，應該不會有錯。說起來，我還要謝你們，若不是你們冒險去承乾宮告訴我額娘這件事，我未必還有命站在這裡。」說到此處，弘曆一陣後怕。他當時完全沒有將身上的癢當回事，豈料就是這一身癢差點要了他的性命。

「小鄭子說外頭危險，要我說宮裡才危險呢，居然給蚊子下毒害人，簡直就是讓人防不勝防。」兆惠連連搖頭。

阿桂哆嗦了一下道：「病秧子你別說這事了行嗎？每次聽了都讓人起一身雞皮疙瘩。」

兆惠哈哈一笑，促狹地道：「四阿哥，您是不知道，自從阿桂知道您被蚊蟲叮得中毒後，每天夜裡都放下紗帳睡覺不說，還仔仔細細將紗帳的每個角落都檢查一遍，唯恐被蚊子咬了。這麼大個人了居然怕蚊子，實在是好笑至極。」

第一千一百七十九章　來信

阿桂被兆惠說得滿臉通紅，惱羞成怒地道：「難道你就不怕毒蚊子嗎？」

「我是怕，但沒你那麼誇張，虧你還一直說自己身體底子好，敢情也是中看不中用。」數落起人來，兆惠可不輸給任何人。

「行了，這些都是過去的事了，不去說它，總之我現在什麼事都沒有，好得很。接下來，咱們還是趕緊去酒樓好好大吃一頓，然後以茶代酒，乾他個三大杯。」

「好！」這一次，兆惠與阿桂異口同聲答應，一路往酒樓行去。

從今日開始，他們三個的命運將緊緊相連，然後共同揭開嶄新的一頁……

弘曆的離去讓凌若悵然若失，經常在叫出弘曆的名字後，才想起他已經不在宮中。

為怕她多思，除了瓜爾佳氏之外，胤禛也常來陪她，哪怕不過夜，也會在承乾宮坐一會兒，然後告訴凌若一些弘曆在戶部當差的情況，讓她可以一解思子之情；而每次胤禛說這些的時候，凌若都聽得極為認真，唯恐漏了一個字。

這天夜裡，在胤禛準備離開的時候，凌若忽地拉住他的袖子，這個舉動令胤禛好生驚訝。他今夜已經翻了舒穆祿氏的牌子，這時候敬事房早已將人送到養心殿候著了，凌若也是知道的。現在這樣，難道是不想他回養心殿寵幸舒穆祿氏？

疑問在心底湧動，他雖有些不悅，卻沒有問出口，反而道：「蘇培盛，你回一趟養心殿，讓敬事房把慧貴人抬回水意軒。」

他在意凌若，所以即便凌若青春已經不在、他心裡不高興，仍願意去包容她的性子。

在蘇培盛還猶豫的時候，凌若已是笑道：「皇上想哪裡去了，臣妾可沒說要皇上留下來。」

胤禛好生驚訝，抬起被凌若扯著的袖子道：「不是讓朕留下來，那妳這又是什麼意思？」

凌若掩脣輕笑道：「臣妾不過是有幾句話想與皇上說罷了。」頓一頓，她斂了笑容道：「雖然弘曆不在宮中，確實令臣妾有些失落，但過了這麼多天，臣妾已經適應了；再說弘曆只是出宮當差，隨時都可以入宮，並非以後都不得見，所以皇上實不必再因為擔心臣妾而每日過來。臣妾昨日聽喜公公說，皇上經常批閱奏摺到很晚，若是省去在臣妾這裡耽擱的時間，就可以早些安歇了。」

胤禛的眸光一下子變得溫柔，輕撫凌若的臉頰說了一句：「朕想來看妳，僅此而已。」

凌若輕輕蹭著他紋路分明的手掌，動容地道：「皇上待臣妾的好，臣妾——」

胤禛打斷她的話，道：「妳是朕鍾意的人，朕待妳好是理所當然的。還有，以後都不要說朕在妳這裡是耽擱時間，記住嗎？」

凌若點點頭，拉下胤禛的手掌，柔聲道：「皇上早些過去吧，別讓慧貴人久等了。」

凌若的善解人意令胤禛越發喜歡她。「嗯，那妳也早些歇著，不要想太多，朕明日再來看妳。」

待胤禛走後，水月小聲道：「要奴婢說，主子剛才就應該讓皇上留下來，教慧貴人空等一場，挫挫她的鋒頭，教她明白這宮裡頭，主子才是最得皇上重視的那一個。」

凌若睨了她一眼，淡淡地道：「為了一個慧貴人而失了聖意，值得嗎？」

「失了聖意？」水月喃喃重複，搖頭道：「奴婢不明白主子的意思。」

凌若點了下她的額頭，道：「妳啊，總是只看到表面，全然沒注意到皇上在見到本宮扯他袖子時眉頭曾皺了一下；也就是說，皇上其實並不想看到這一幕。」

水月總算會意過來，道：「皇上會覺得主子與慧貴人爭風吃醋，是嗎？」

「不錯，舒穆祿氏始終比本宮年輕貌美，實在無謂與她爭一時之寵。」

凌若話音剛落，水秀便忍不住笑了起來。「主子說慧貴人比您年輕，奴婢無話可說，可要說她比您貌美，那可真是好笑了。主子容顏絕美無瑕，昔日在潛邸時，也就年氏能與主子相提並論，如今年氏一走，就再無人比得上主子了。」

凌若沒好氣地道：「妳這丫頭何時變得這般會哄本宮啊。就算本宮真有幾分姿色，也終歸是上了年紀，哪能比得上那些新入宮的嬪妃。」

「奴婢說的句句屬實，無一句虛假。謙嬪與彤貴人固然貌美，可與主子相比還是差了一籌。說來也真是奇怪，慧貴人如此尋常的容貌，怎會令皇上如此喜歡？奴婢有時候都忍不住擔心皇上會不會一時興起，封她一個主位。」

水月連連點頭道：「是啊，主子若不說年紀，別人只會以為主子才二十幾許。」

「妳們這兩個，今兒個是成心想用迷湯把本宮灌倒不成？不過主位可不是那麼好晉的，劉氏生下兩個兒子，才讓皇上下旨晉她為主位；至於宮裡其他主位，哪個不是陪了皇上多年才熬到這個位置的。舒穆祿氏，只要她不曾生下孩子，至少這幾年內不會有晉封的可能。」

楊海端了參湯進來，凌若喝了一口後問：「最近李衛還有本宮的兄長可有消息傳來？」

楊海低頭道：「奴才並未收到李大人的信，想必還在調查之中。至於主子的兄長，今日倒是讓劉虎帶了個口訊給奴才，說一切皆在準備中，妥當之後，會再通知主子，在此之前，讓主子先行忍耐。」

自之前弘時中毒一事過後，劉虎就成了凌若這邊的人，不過並沒有什麼人知道，另一重原因也是因為劉虎只是眾多侍衛中的一個，沒人會去注意他。

「嗯，盯緊一些，一有信送來就立刻呈給本宮。」她明知道劉氏與舒穆祿氏結盟，卻一直按兵不動，為的就是等宮外的布置，這一次務必要除了舒穆祿氏。這個女人給她的感覺實在是太危險，留得越久，就越覺得不安。

第一千一百八十章　部署

在五月十七這日，這樣的等待終於有了結果。一大早，楊海就拿著一封信進來，神情激動地道：「主子，李大人來信了。」

凌若顧不得尚在梳洗，連忙接過信拆開，目光一行行掃下去，臉上亦漸漸露出笑意，待看到最後，更是不住點頭道：「李衛果然沒有辜負本宮的期望，不只查到舒穆祿恭明貪贓枉法的證據，還有證人、口供，更連他收受賄賂的帳本都拿到手。」

正在替凌若梳髮的安兒插嘴：「這麼說來，只要將這些證據交給刑部，慧貴人的阿瑪就會被罷官免職？」

面對安兒那句「罷官免職」，凌若冷笑不止。「若舒穆祿恭明只是收了為數不多的銀子，或許皇上還會留他一條性命，可惜他胃口太大，舒穆祿氏得寵到現在才多久，他就已經收了整整十二萬兩，足以讓他全家都被問斬。」

「皇上會捨得殺慧貴人嗎？」

安兒突然來了這麼一句，令凌若一下子陷入沉默，眉眼間更隱隱有一些憂心。按理，一經查實，舒穆祿恭明必死無疑，他全家也會被問罪，可是舒穆祿氏……胤禛待她遠遠優渥於其他嬪妃，是否殺她，確實是一個疑問。

見凌若不說話，水秀忙道：「就算皇上不殺她，也斷不會讓她繼續留在宮中，罪人之女不是入冷宮，就是送去尼姑庵了此殘生。」

「姑姑說得也是，若不這麼做，皇上就是一個糊塗皇帝！」後面那句話，安兒沒多想就衝出了口。

沒等凌若喝斥，水秀已經屈指在她頭上敲了一下。「居然敢這麼說皇上，不想活命了嗎？」

安兒也曉得自己說錯話了，連忙低頭認錯。

不過安兒的話也讓凌若稍稍安心。是啊，胤禛是英明君主，就算他不殺舒穆祿氏，也不會再留她在身邊。

水秀轉過話題道：「主子，李衛說找到了證據，那現在證據還在他手裡嗎？」

「他已經送到京城，不過事關重大，他沒有讓人送入宮，而是交給了本宮的阿瑪。」這般說著，凌若轉頭道：「楊海，你速去請謹嬪過來，本宮有事與她相商。」

在楊海準備下去的時候，她又改了主意。「還是本宮親自過去得好，你立刻去準備肩輿。」

等凌若趕到咸福宮的時候，瓜爾佳氏剛剛用完早膳，見到凌若這麼早過來頗有些驚訝，不過在看完那封信後，驚訝已是變成了驚喜，連連道：「好！好！有了這些證據，舒穆祿氏就算有天大的本事也逃不脫。」

凌若輕嘆了一口氣道：「我就怕皇上捨不得殺舒穆祿氏，至多只是將她打入冷宮或是送入尼姑庵。」

瓜爾佳氏卻不在意，彈一彈信紙，涼聲道：「只要她不得勢，妳還怕沒機會要她的性命嗎？她害弘曆的那筆帳一定要問她討回來，絕無可商量的餘地！」

凌若點點頭。「李衛搜查到的證據都已經送到我阿瑪那邊，我修書一封，然後姊姊的阿瑪拿著書信去問我阿瑪要證據，便可以上奏了。」

「劉氏那邊呢，妳也安排好了嗎？」劉氏可能與舒穆祿氏結盟之事，凌若曾跟瓜爾佳氏提起過，所以她才有此一問。

「嗯，前幾日兄長便已經來信告訴我，事情都安排好了，劉氏家人很快就會自顧不暇、分身無術。」

見瓜爾佳氏一直盯著自己，凌若當下道：「劉氏有一兄長，雖年過三旬，且家中有數房美妾，卻依然終日流連煙花之地。我本想讓那女子纏著劉氏兄長不放，讓他們無法安寧，豈料兄長卻發現其兄之前曾經看中過一個良家女子，那女子已嫁人為妻，但其兄不肯放棄，竟然逼死該女子的丈夫，然後強娶其過門，納為小妾。女子夫家曾告上順天府尹，無奈他們只是平民百姓，而劉家有錢有勢，又出了一位娘娘，順天府尹雖接了狀紙，卻不曾秉公審理，判了原告敗訴。」

聽到這裡，瓜爾佳氏已然明白了。「妳可是讓妳兄長幫著那女子夫家再告劉家？」見凌若點頭，她笑道：「劉家固然出了位娘娘，可又怎麼比得過妳這位熹妃娘娘。這次順天府尹可不敢再亂判了，劉家非得為此頭痛死不可，又哪管得了別人的閒事。」

凌若輕嘆一口氣道：「我也沒想到竟然會查出這麼一樁事來，雖說是利用此事讓劉家自顧不暇，但既是知道了，怎麼著也得幫一把那可憐的人家。」

「妳就是心善，不知道便罷，知道了若是不管，就會覺得心中不安。」瓜爾佳氏沒說出任何反對的言語，顯然心裡也是贊同凌若這麼做的。「對了，萬一皇后娘娘那邊插手，恐怕很容易節外生枝。」

「皇后……」凌若徐徐唸出這兩個字，隨後搖頭道：「皇后應該不會插手這件事，至少不會明著插手。」

「也就是說，她很可能暗著來。」瓜爾佳氏輕敲著桌子道：「舒穆祿氏是皇后找來對付妳的棋子，現在還不到捨棄的時候，她有很大機率動手，這一點，妳一定要考慮在內。」

「我也曾想過像劉家那樣，從皇后家族中找些麻煩，可是自從皇上登基，其家族就極為低調；尤其是皇后的弟弟英格，不論行事作風都極為正派，全不似劉家那麼張揚，根本找不出什麼可以利用的事。」凌若頗為頭疼地說著。

瓜爾佳氏食指在桌上輕輕敲著，許久後，她道：「要不我讓我阿瑪想辦法參英格一本──」

瓜爾佳氏話未說完，凌若便立刻拒絕。「不要！」

「為什麼？至少這樣可以拖住皇后，讓她沒辦法幫舒穆祿氏的家人脫罪。」

「我知道姊姊是想幫我，可是皇后一族在朝中根深柢固，又有爵位在身，非劉氏一族可比，貿然上奏，不只沒有任何用處，還可能被他們反咬一口，害了姊姊的阿瑪，所以這個險絕對不可以冒。」

「我阿瑪是御史，上書彈劾是很正常的事，就算彈劾得不對，也沒有人可以說什麼，妳根本不必為此擔心。」

凌若依然堅決搖頭。「不管怎樣，我都不同意姊姊這麼做。若姊姊非要做那些事，我寧可停下現在所有的事情。」

見她這麼堅持，瓜爾佳氏沒辦法。「好吧，那就聽妳的；但是皇后那邊，妳一定要時刻盯緊，準備了這麼久的事，可不能壞在她手上。」

凌若點點頭。「姊姊放心吧，我會仔細的。」

第一千一百八十一章 大難

一切在悄無聲息中安排下去，等舒穆祿氏接到家中快馬加鞭送來求救的信時，已經來不及了，因為瓜爾佳御史的奏本已經連同所有證據遞了上去。

胤禛知道了舒穆祿恭明貪墨整整十二萬兩銀子，龍顏大怒，當即命其罷官免職，即刻押解進京受審。幾乎是在同一天，順天府尹親自帶著衙差去到劉家，帶走了劉氏的兄長劉長明，將其暫時收押，原因就是那家人再次遞狀紙到衙門。

這本不是什麼大不了的事，根本無須帶走劉長明，之前劉長明也只在過堂的時候才出現了一下，所以順天府尹這個舉動讓劉家上下震驚。

劉父當著順天府尹的面表現出不滿，要求其立刻放了劉長明，言語之間隱隱流露出威脅之意。也是，他有一個女兒在宮裡當娘娘，還生了六阿哥，春風得意，一個順天府尹又算得了什麼。

若換了往常，順天府尹絕不會冒著得罪劉家的危險強行帶走劉長明，但這一次他不得不這麼做，因為鈕祜祿家為此事專門向他施壓，要他秉公辦理，不可有任何徇私枉法之事，否則必將奏稟天聽，讓皇上處置他。

劉家是很了不起，出了一位娘娘，但鈕祜祿家同樣也出了一位娘娘，而且鈕祜祿家那位不論在恩寵上還是地位上，都比劉氏高上許多，更不要說皇上之前還親自出宮將熹妃接回來。他不是蠢人，兩相比較之下，自然是選擇傾向鈕祜祿家，哪怕他根本不明白為何向來處事低調的鈕祜祿家會出面管這事。

宮裡頭，舒穆祿氏在接到家中來信後就坐立不安。按著信中所說，她阿瑪這一次很可能連命都保不住。雖然她也恨阿瑪貪了那麼多銀子，還這麼張揚，被人查了出來，但終歸是一家人，她不忍心看著他被問罪，當天就去養心殿求見胤禛。

胤禛雖然見了她，但等她提起這件事，卻淡淡地說了一句「後宮不得干政」，並且讓她即刻跪安，無詔不得入養心殿。

胤禛的態度讓舒穆祿氏害怕，萬一胤禛真的要按律法處置，不只阿瑪、額娘他們，連她自己也有麻煩，辛苦得來的一切都會化為烏有，這是她絕不能忍受的。

從養心殿回來的路上，她讓如柳扶自己去永壽宮。

既然劉氏與她結了盟，如今她有事，劉氏自然不能坐視不理。

一到永壽宮，她就立刻與劉氏說了這事，之後焦急地道：「娘娘的家族在朝中經營多年，雖比不得以前年家那般風光，但也有幾分勢力，只要肯出手襄助，就一定可以救我阿瑪於危難之中，娘娘您可不能袖手旁觀啊。」

待她說完，劉氏方才滿臉為難地道：「我也想幫妳，可眼下出事的不只妳家人，還有我家人。」

劉氏將今晨剛收到的信說了一遍，之後更是道：「眼下本宮兄長已被順天府尹收監，擇日就要開審，家裡為了這件事已經鬧翻天了，弄得一團糟。本宮的祖母被氣得犯了病，躺在床上吃不下東西；父親一邊要顧著祖母，一邊要請狀師為本宮兄長辯護，還要上下打點，早已忙得焦頭爛額，還怎麼管妳的事。」

舒穆祿氏初時還有點懷疑，以為只是劉氏的推脫之詞，但在看到那封信後，便全然相信了，同時心裡也犯起了疑。為何這麼巧，她家人剛一出事，劉氏這邊也跟著出事？好像是有人猜到她會來找劉氏，所以一早都安排好了……

疑歸疑，現在最重要的還是助家人脫困，舒穆祿氏道：「臣妾知道娘娘很為難，可除了娘娘，臣妾不知還可以去求何人，請娘娘垂憐。」

「慧貴人，不是本宮不幫妳，實在是……唉。」劉氏滿面無奈地搖頭。「而且妳要知道，皇上一向最恨貪贓之人，更不要說妳阿瑪貪墨的是整整十二萬兩銀子，就算本宮肯幫忙，皇上也不會輕饒的。」

「臣妾阿瑪向來奉公守法，廉潔自律。臣妾尚在家中時，他就一直說自己身受皇恩，必當以此身此命報效皇上、朝廷，他絕不會做出這等貪贓枉法之事，一定是有人冤枉他！」舒穆祿氏自然清楚阿瑪到底貪沒貪，但在劉氏面前是絕對不能這麼說的。

劉氏在心底冷笑，表面上卻拍著舒穆祿氏冰涼的手，道：「就算本宮肯相信妳也沒用，始終得皇上相信才行。其實慧貴人一向得皇上寵眷，可以設法求求皇上。」

舒穆祿氏目光一黯，道：「臣妾已經去見過皇上了，但皇上不喜歡臣妾提這件事，所以……」

這個回答早在劉氏預料之中，嘆道：「也是，皇上一向不喜歡後宮干政，又怎會喜歡妳提這個事。」

「娘娘真的不能幫臣妾嗎？」換了平日裡，舒穆祿氏絕對不會這樣低聲下氣去求劉氏，但眼下關係著全家人的性命，她不得不如此。

「本宮也想幫妳，可信妳也看了，本宮家中同樣亂成一團，一旦開審，兄長隨時會被問斬。阿瑪為此事忙成一團，妳讓本宮如何向父親開口？不過本宮答應妳，若是皇上遷怒於妳，本宮一定設法為妳在皇上面前美言。」

第一千一百八十二章　自顧不暇

劉氏已經將話說到這分上，舒穆祿氏還能說什麼，正待要離開，海棠匆匆走了進來，手裡拿著一封信。

她行禮後，將信遞給劉氏。「主子，這是外頭剛剛送進來的信。」

「今晨一早不是剛送了封信過來嗎，怎麼又有信？」劉氏心下奇怪，然剛看了幾行，神色就立刻變得凝重無比，之後更是怒容滿面，一掌將信拍在桌上，怒道：「怪不得順天府尹一下子變了臉，原來是有人在後面搗鬼！」

本已準備告辭的舒穆祿氏看到她這個樣子，敏銳地察覺到事情有變，忙問：「娘娘，出什麼事了？」

劉氏將信往舒穆祿氏面前一扔，道：「妳自己看！」

當舒穆祿氏看完整封信，也忍不住為之色變。信是劉氏的阿瑪寫來的，信中清楚說到，他已經查到了順天府尹會重新受理那女子的夫家狀紙，還有態度如此強硬的原因了，竟然是榮祿在背後搗亂。

劉家與鈕祜祿家雖然同在京城，不過有別於宮裡的明爭暗鬥，兩家人一直井水不犯河水，若非昨夜裡逼著順天府尹親口說出，他們怎麼也想不到，竟會是榮祿參與其中。

榮祿之所以會這麼做，斷然不會是因為突然善心大發，應該是與宮裡有關，所以他即刻寫信來問劉氏是否得罪了熹妃，使得熹妃不滿，鬧出這麼一齣事。

舒穆祿氏驚疑不定，訝然道：「熹妃她怎麼突然如此？」

「本宮如何知曉，本宮自問不曾得罪過熹妃，為何她要插手本宮家人的事，還向順天府尹施壓，分明是想置本宮兄長於死地！」說到這裡，劉氏忍不住又拍了桌子一掌，既驚又怒。

舒穆祿氏低頭想了一會兒，輕聲道：「會不會是熹妃知道了娘娘與臣妾聯手要對付她的事，所以先下手為強？畢竟當日臣妾與娘娘在浮碧亭見面，有不少人都看到了，傳到她耳中也不稀奇。」

劉氏搖頭道：「應該不會，本宮與妳見面後，當夜就去見了熹妃，主動告訴她本宮與妳見面的事，還說妳向本宮提出聯盟，但本宮不曾同意。看她當時的樣子，應該是相信無疑的。」

「若不是這樣，那就當真奇怪了。」舒穆祿氏萬般不解。總不可能是熹妃突然心血來潮想對付劉氏來著，這對她來說可沒什麼好處。

慢著，劉家出事的時間與她阿瑪被彈劾的時間極為接近，這兩件事究竟是巧合，還是有人蓄意安排？

想到這裡，舒穆祿氏喚過如柳：「妳可還記得阿瑪寄給本宮的那封信裡，有沒有說是何人彈劾他？」

如柳仔細想了一下道：「奴婢記得好像是都察院的泰禮御史。」

舒穆祿氏還沒說話，劉氏已經挑眉，有些吃驚地道：「泰禮御史？你們怎麼會惹上他的，他出面彈劾可真是麻煩了。」

舒穆祿氏連忙問：「娘娘可是認識這個御史？」

劉氏點點頭。「本宮還未入宮的時候，就曾聽本宮阿瑪說起過他，只要是他打算彈劾的人，就一定會彈劾到底，不將對方彈劾到罷官免職，絕不甘休。他這個性子不知得罪了多少人，先帝爺在的時候，他曾被免過官，後來皇上繼位後方才再次起用。不過數年的免官並沒有使他的性子有所改變，依然我行我素，若不是皇上認為他為官清正，是個不錯的官，一直護著他，他早就已經再次被免官。被他盯上，不將妳阿瑪彈劾得身敗名裂，斷然不會甘休。」

她這一番話說得舒穆祿氏心慌意亂，不知該如何是好，而劉氏的話還沒有說完。

「泰禮姓瓜爾佳氏，他有一個女兒，多年前就進了潛邸服侍皇上，妳與本宮都認識。」

舒穆祿氏眼皮一跳，脫口道：「是謹嬪！」

「就是她。」點頭之後，劉氏也漸漸覺得不對勁起來。謹嬪與熹妃自潛邸時就一直交好至今，如今謹嬪阿瑪彈劾舒穆祿氏的阿瑪，而熹妃的娘家又向順天府尹施壓，要他重審兄長強搶民婦、逼人至死一案，當真有這樣巧合的事嗎？

看到劉氏變化不定的神色，舒穆祿氏小聲道：「娘娘，您是不是也覺得這兩件事有蹊蹺？」

劉氏微微點頭，喃喃道：「是有些不對，難道真是讓熹妃識穿了妳我結盟的事，可這怎麼可能呢？」

「不管怎樣，至少有一點可以肯定，就是這兩件事乃是熹妃與謹嬪在背後搗鬼，她們處心積慮地想要害娘娘與臣妾。」說到這裡，舒穆祿氏一臉後悔。「也是臣妾太過大意，沒想到她們竟會如此卑鄙，將手腳動到宮外去，臣妾不曾有絲毫提防，否則也不至於這麼被動。」

到了這一步，劉氏已經不可能置身事外，她道：「慧貴人，本宮家人現在確實是自顧不暇，無法助妳阿瑪，但妳最應該求的人不是本宮，而是另一個人。」

舒穆祿氏眸光一動，道：「娘娘可是說皇后娘娘？」

「不錯，皇后娘娘乃是名門之後，其阿瑪為大清立下汗馬功勞，雖臥病在床，但餘威猶存；且那拉氏一族在朝中的勢力，遠盛於本宮家族，熹妃就算膽子再大，也不敢算計到皇后娘娘家族頭上。只要妳能求得皇后娘娘出手襄助，就一定可以助妳家人度過危難。」

皇后心思比劉氏不知深沉了多少，若非必要，舒穆祿氏並不想與皇后多接觸；而且此事關係重大，以皇后的性子，就算救了她家人，也一定會拿來做把柄，從而將她牢牢地掌控住，讓她再一次成為無法逃脫的棋子。

可現在，劉氏這邊已經無法指望了，胤禛又避而不見，想救家人，就只有皇后這條路了。就算她再不想，也必須去走一趟。

第一千一百八十三章　教訓

舒穆祿氏帶著些許無奈地點頭道：「也罷，那臣妾現在就去求皇后，不過娘娘您家人的事又該如何？」

「本宮會去見熹妃，問問她到底是怎麼一回事。」在說這句話時，劉氏眸中掠過一絲森冷的寒意。「本宮的家人可不是她想害就能害的。」

隨著這句話落下，兩人先後出了永壽宮。

舒穆祿氏一路往坤寧宮行去，因心中有事，所以走得極快，不到一刻鐘便走到了坤寧宮，豈料杜鵑說那拉氏此刻正在禮佛，無法見她。

「姑姑，不知皇后娘娘何時能禮完佛？」舒穆祿氏急切地問著，每多等一會兒，家人的危險就會多一分。

杜鵑搖頭道：「這個奴婢可說不準，依著往常的慣例，少說還得一個時辰吧。」

「這麼久？」如柳清楚自家主子此刻是何等著急，忍不住道：「能否麻煩姑姑進去通稟一聲，說我家主子有要事求見，說不定皇后娘娘會早些禮完佛。」

一聽這話，杜鵑的臉立刻拉了下來，冷聲道：「主子禮佛時最忌有人打擾，主子常說這是對佛祖最大的不敬，一旦有人亂闖，就立刻趕出坤寧宮去，永不任用。妳現在這樣說，是存心想害我了？」

如柳臉色一白，待要說話，舒穆祿氏已經搶先一步道：「姑姑息怒，如柳一向尊敬姑姑，怎可能會害妳呢，不過是不知道事情的嚴重性所以才會隨口胡說的。還請姑姑大人大量，不要與她一般計較。」見杜鵑還是拉著一張臉，她褪下腕間的鏤金鐲子塞到杜鵑手裡，好言道：「這一點小意思，就當是我給姑姑的賠禮。」

杜鵑的臉色這才好轉一些，瞥了如柳一眼道：「既然慧貴人這麼說了，奴婢又怎敢不給您面子，罷了，這事奴婢就當沒發生過；不過主子那邊，奴婢是真不能進去通稟，還請慧貴人去暖閣中稍候，只要主子一禮完佛，奴婢立刻為您通報。」

舒穆祿氏感激地點頭道：「那就有勞姑姑了。」

隨後杜鵑領著舒穆祿氏來到西暖閣，奉茶之後退了下去。在四下無旁人後，如柳跪下，囁嚅地道：「奴婢知錯，請主子責罰。」

「既是已經知錯，那就起來吧。」見如柳遲遲未起，她嘆了口氣，彎腰親自扶起如柳道：「我知道妳是因為擔心我才會這樣問的，其實妳並沒有問錯，是杜鵑借題發揮罷了。」

如柳有些委屈地道：「奴婢也沒想到皇后娘娘還有這規矩，按理來說，禮佛而已，哪有不許人通稟的道理。」
「噓！」舒穆祿氏做了一個禁聲的手勢，低聲道：「這裡不是水意軒，仔細說話，當心隔牆有耳。」待如柳點頭後，她又稍稍抬高了聲音道：「既是娘娘要咱們等，咱們就好生等著吧，反正也不差這麼一、兩個時辰。」
如柳無奈地點點頭，陪舒穆祿氏在西暖閣等候。
她們並不曉得，杜鵑退下後並沒有離開，就站在門外，一直等到裡面沒有了聲音，方才往佛堂走去。
推開線香繚繞的佛堂門，杜鵑畢恭畢敬地朝背對著自己跪在佛像前的身影道：「主子，慧貴人來了。」
聽得杜鵑的話，那拉氏抬手示意一旁的小寧子扶起自己，漫然道：「可有按本宮教給妳的那段話說？」
杜鵑低垂著頭道：「是，奴婢已按主子吩咐，說主子在禮佛，不許人打擾，讓慧貴人在西暖閣等候。」
那拉氏回過身道：「那慧貴人有何反應？」
「慧貴人身邊的宮女如柳頗有些怨言，還讓奴婢來通稟主子，讓主子早些見慧貴人。」
「見她？」那拉氏輕笑一聲，眼眸中卻是無盡冷意。「出這麼大的事，她第一個找的不是本宮，直至劉氏幫不了她，才想起回過頭來尋本宮，真當本宮不知道她心裡在想什麼嗎？」

小寧子奉迎道：「主子明察秋毫，這宮裡、宮外，哪有什麼事能瞞過主子，慧貴人與主子耍心眼，簡直就是自尋死路。」

那拉氏笑而不語。早在瓜爾佳泰禮剛上奏彈劾舒穆祿恭明的時候，英格就已經將這件事告訴她了；之後又送信進來，說鈕祜祿氏的兄長突然去見了順天府尹，緊接著第二天順天府尹就跑去劉府抓人，不顧劉家眾人的反對施壓，強行將劉長明押回順天府收押。這個消息，英格甚至比劉父得到的更早。

舒穆祿氏家中出了這麼大的事，而皇上又對她避而不見，舒穆祿氏一定會設法求人襄助。她原以為舒穆祿氏會立刻來找自己，沒想到孫墨卻告訴她，舒穆祿氏去了永壽宮。

杜鵑不解地道：「其實劉家在朝中雖也有幾分影響力，但無論如何都比不過主子您的家人，而謙嬪還曾害過慧貴人，為何慧貴人放著主子不求，偏要去求謙嬪呢？」

那拉氏冷笑一聲道：「她對本宮始終心懷戒備，怕會像上次那樣再被本宮控制在手，所以非到萬不得已，不願來求本宮。不過很可惜，劉家現在自顧不暇，根本救不了她。」

杜鵑生氣地道：「主子如此幫慧貴人，慧貴人還這般想主子，簡直就是一條養不熟的狼。」

小寧子卻沒有杜鵑那麼生氣，反而笑道：「再怎麼野的狼也逃不出獵人的手心，慧貴人這一輩子都會受主子所制。」

那拉氏微微一笑，走到佛臺前，摘下髮間的銀簪子，撥著有些蜷曲發黑的燭芯，當那段燭芯被剔掉，燭焰「呼」的竄了起來，令得門窗幽閉的佛堂一下子明亮起來。

「想求人幫忙，至少也要拿點兒誠意出來，否則還真以為本宮開的是善堂了，她想怎麼著就怎麼著。」頓一頓，她漫然道：「讓她等著吧，等本宮什麼時候覺得夠了，再出去見她。」

隨著這句話落下，那拉氏重新跪在佛前，撚動著手中的佛珠，整整過了一個多時辰後，方才走出佛堂。

第一千一百八十四章　乞求

當那拉氏來到西暖閣的時候，舒穆祿氏已經等得心憂如焚、坐立不安，一看到那拉氏出現，忙不迭迎上來行禮。「臣妾見過皇后娘娘，娘娘吉祥。」

那拉氏和顏悅色地道：「慧貴人不必多禮，要妳等本宮這麼久，本宮心裡真是過意不去。」

舒穆祿氏忍著焦急道：「娘娘誠心禮佛，臣妾稍等片刻乃是理所當然之事。」

那拉氏笑笑，在一旁坐下後，故作不解地道：「慧貴人專門來見本宮，可是有什麼事？」

舒穆祿氏正等著她這麼問，連忙道：「不瞞娘娘說，臣妾收到家人送進宮的信，有人誣陷臣妾阿瑪貪銀受賄，如今皇上已經將臣妾阿瑪免職，押送入京受審。娘娘，臣妾很清楚阿瑪的性子，他身受皇恩，絕不敢做出這等事情，必是有人冤枉他。無奈臣妾身在宮中，幫不得忙，只能來求娘娘，還望娘娘施以援手。」

那拉氏端茶抿了一口道：「原來是為這事，此事本宮也有所耳聞。若真是有人冤枉妳阿瑪，刑部一定會查出來，還妳阿瑪一個公道，慧貴人不必太過擔心。」

舒穆祿氏連忙離座跪下。「臣妾只怕刑部查不到真相，冤殺了臣妾阿瑪。臣妾知道娘娘一向樂善好施、慈悲心腸，定不忍見臣妾阿瑪冤死，求娘娘一定要幫幫臣妾，除了娘娘之外，臣妾已不知該求何人。」

「是嗎？」那拉氏微微笑著，然眸光卻漸漸冷下。「本宮聽說慧貴人之前去永壽宮了，可見慧貴人能求的人還有許多，遠不只本宮一人。」

舒穆祿氏沒想到那拉氏消息這麼靈通，將自己的行蹤探得一清二楚，說不定之前杜鵑說那拉氏在佛堂禮佛，根本就是給她下馬威，以報復她先去找劉氏。

如此想著，舒穆祿氏連忙道：「臣妾這些天整個人都慌了神，完全不知該去找誰，糊里糊塗地就去了永壽宮，後來臣妾醒過神來，明白只有娘娘才能幫臣妾，所以立刻就過來了。」

「是嗎？難道不是因為謙嬪如今自顧不暇，幫不了妳的忙，妳百般無奈，才來尋本宮？」那拉氏不帶一絲火氣的聲音，令舒穆祿氏渾身一涼，想不到她竟連此事也知道了。見舒穆祿氏愣在那裡不說話，那拉氏拭著脣角的水漬，輕聲道：「看慧貴人這樣子，本宮似乎猜對了。」

舒穆祿氏回過神來，連連叩頭，一邊叩一邊道：「臣妾該死，請娘娘恕罪！」

那拉氏一直等舒穆祿氏叩得額頭通紅，方才施施然道：「慧貴人這話從何說起，妳是皇上心尖上的人，能有什麼錯。不過妳這人，眼睛卻是看得不夠清楚，總是弄混了敵與友，怪不得之前會被廢為庶人，又囚禁在水意軒中。」

舒穆祿氏咬牙道：「臣妾知錯了，請娘娘再原諒臣妾一次，臣妾保證絕不會再有下一次。」

那拉氏沒有說話，而是起身繞著她走了一圈，許久方才開口：「妳在水意軒中無人問津的時候，是誰將妳救了出來？又是誰告訴妳劉氏早產的祕密，讓妳與劉氏可以順利結盟？之前的事，本宮已經不與妳計較了，可妳如今自覺羽翼豐滿，想離開本宮這條船，寧可去求劉氏也不向本宮開口，妳說本宮該不該生氣？這一次，若不是劉氏幫不了妳，只怕妳也不會跪在本宮面前認錯。」

舒穆祿氏盯著自己鼻尖的冷汗，道：「臣妾知道自己錯得很離譜，但那也是因為家人出事，臣妾慌了神才會如此。臣妾向娘娘保證，這是最後一次，以後絕不會再犯。」

那拉氏盯著她，漠然道：「本宮就怕一轉頭，慧貴人又忘記了自己說過的話。」

舒穆祿氏連忙道：「不會，臣妾一定會牢記在心，請娘娘大人大量，原諒臣妾這一次。」

小寧子曉得在熹妃未倒之前，主子就算再不滿舒穆祿氏也不會棄了她這枚棋子，遂道：「主子，奴才看慧貴人是真心後悔，您向來寬仁，不如再給慧貴人一次機會，相信經此一事後，慧貴人不會再犯同樣的錯誤。」

那拉氏滿意了，頷首對舒穆祿氏道：「罷了，看在小寧子也幫妳說話的分上，本宮就饒妳這一次。」

「多謝娘娘，多謝寧公公。」舒穆祿氏大喜過望，一一謝過之後方才起身。

那拉氏在重新落座後，問：「現在妳阿瑪那邊情況如何？」

舒穆祿氏憂心忡忡地道：「尚在押解進京的路上，要等他入京之後，刑部方才會開審。不過彈劾臣妾阿瑪的人是瓜爾佳泰禮，他是謹嬪阿瑪；還有謙嬪那邊，她家中出的事與熹妃家人有著莫大的關係，臣妾懷疑這兩件事皆為熹妃與謹嬪所為。」

「本宮也有這個懷疑，不過泰禮御史呈上去的證據很充分，否則皇上也不會即刻命其進京。在這種情況下，想幫妳阿瑪洗脫罪名，只怕很難。」

舒穆祿氏難掩憂色地道：「臣妾知道，否則也不會麻煩到娘娘。一旦臣妾阿瑪被定罪，臣妾必然會受牽連，請娘娘務必救救臣妾。」

那拉氏沉吟片刻道：「這件事得從長計議，幸好離妳阿瑪入宮還有一段時間，足夠咱們慢慢思量，商討對策。」

舒穆祿氏想了一會兒道：「娘娘，臣妾聽說皇上已將證據交給刑部了，是嗎？」

那拉氏挑一挑眉道：「那又如何？妳莫不是想銷毀證據吧，這法子萬萬行不通。刑部收藏這些證據的地方向來嚴密，外人難以潛入。另外，妳莫要忘了，這些證據已經過了皇上的眼，就算毀了，皇上也同樣可以將妳阿瑪定罪，且這樣做還會惹得皇上疑心，一旦被查出來，妳便不說了，連本宮也會被牽連。」

第一千一百八十五章　銀子

舒穆祿氏低頭道：「臣妾一時魯莽，未曾顧全大局，請娘娘見諒。」

那拉氏點點頭，憐惜地道：「妳家人一下子遭此大難，心中難免沒了分寸，本宮又怎麼會不見諒。十二萬兩銀子，可不是一個小數目啊。不過本宮聽說他們至今沒找到這筆銀子是嗎？」

舒穆祿氏眼皮一跳，道：「熹妃使人誣陷臣妾阿瑪，無中生有，又哪裡真的會有銀子。」對於這件事，不論是在面對劉氏還是那拉氏，舒穆祿氏都是一口否認，堅決不承認阿瑪貪贓枉法的事實。

這兩人，一個比一個厲害、心狠，誰曉得自己說了之後，她們會不會突然倒打一耙，推自己上死路？

後宮之中，唯有自己才是完全可信的，其他人，哪怕看起來再好，也是口蜜腹劍，不能相信。

雖然舒穆祿氏說得斬釘截鐵，那拉氏依然半信半疑，盯著她道：「果真沒有嗎？」

舒穆祿氏哀哀地抹著淚道：「臣妾阿瑪向以清正自許，為官多年，處處為百姓著想，卻從不收受百姓一分一毫，試問他這樣一個人，又怎會貪墨十二萬兩這麼多？分明是有人故意想置臣妾阿瑪於死地。」

那拉氏嘆了口氣道：「想不到熹妃與謹嬪為了對付妳會這麼不擇手段。也罷，本宮會修書給英格，讓他好生查查這件事，只要可以證明那些證據是假的，妳阿瑪就不會有事。」頓一頓，她又道：「不過有一件事本宮始終不明。不論熹妃還是謹嬪，這兩家在地方上都沒什麼勢力，怎麼會查到妳阿瑪那麼多事？雖說證據是假的，但要做到以假亂真，必須要將妳阿瑪及他任上的事調查得一清二楚，這可不是隨便派個探子就可以做到的。」

舒穆祿氏思索道：「這個臣妾也百思不得其解，娘娘與熹妃相處遠比臣妾要久，對其了解相對也深，不知娘娘可有頭緒？」

那拉氏微皺了眉頭道：「經妳這麼一說，本宮倒真想起一個人來。熹妃以前有個下人叫李衛，如今做了浙江總督，官居一品；最重要的是，他一直對熹妃忠心耿耿，且在地方上勢力極大，若是他派人追查妳阿瑪，便不是難事。」

李衛——舒穆祿氏默默將這個名字記在心中，隨即道：「那娘娘可有辦法對付他？」

「正所謂山高皇帝遠，他是浙江總督，本宮總不能派人去浙江查他吧？再說，他並不是妳當下該注意的人。」那拉氏頓一頓，帶著一絲凝重道：「妳記著，現在唯一的漏洞就是沒有那十二萬兩白銀。只要一直找不到，妳阿瑪的罪名就無法確切地定下來，就算到了刑部受審，也要拖上很長一段時間。」

「趁著這段時間，本宮會讓英格在刑部上下打點，讓他們揪著這個漏洞不放，只要皇上認為還有疑點，就不會妄下處決的聖旨。若再有人趁此上奏，說妳阿瑪是被冤枉的，說不定能保住妳阿瑪一條性命，不過官復原職這回事，就說不準了。」

那拉氏的話像是一陣風吹散了擋在舒穆祿氏面前的迷霧，令她豁然開朗。是啊，她真是急昏頭了，只要那批銀子沒有被發現，刑部就無法定阿瑪的罪。不過，就算她能想到這一點，仍然要來求助那拉氏，因為她在朝中無權無勢，根本打通不了刑部上下那麼多關節，自然也無法令他們為阿瑪開脫。也幸好，這一次她口風甚緊，沒有讓那拉氏抓住太多把柄，只憑著眼下這些，那拉氏還遠不能像以前那樣死死地拿捏住自己。

至於那十二萬兩銀子，既然派去的官兵到現在都沒找到，阿瑪應該是放在一個很安全的地方，卻不曉得是哪裡。

舒穆祿氏感激地道：「多謝娘娘指點迷津，臣妾總算能夠心安了。」

那拉氏溫言道：「妳就好好待在宮中，外頭的事，本宮會讓英格打點著，一定設法為妳阿瑪洗脫罪名。不過有一樁事，本宮得提前知會妳。」

舒穆祿氏連忙道：「請娘娘指點。」

「官場打點，必然要用到銀子，動輒就是幾千兩，像妳阿瑪這樣嚴重的罪行，只怕沒有幾萬兩疏通不下來。」

那拉氏話音剛落，舒穆祿氏便驚呼：「臣妾哪來這許多的銀子？」

「這正是本宮要知會妳的。本宮可以讓家族去賣人情、臉面，但打點用的銀子萬萬不能少，若湊不出來，就算臉面再大，人家也不會買帳。」那拉氏憐惜地瞥了一眼舒穆祿氏，道：「本宮倒是想幫妳，但本宮家中只有那點俸祿，拿來維持府裡的正常開支都有些緊巴巴，又如何湊得出那麼多的銀子。」

「娘娘已經如此幫臣妾，臣妾又怎敢要娘娘出銀子，不過幾萬兩這個數額實在是太大了，臣妾不曉得該去哪裡湊。」

那拉氏想了一下道：「這樣吧，本宮體己的銀子裡勉強能湊出兩千兩，先拿出去讓英格打點著，撐幾天，但剩下的就只能靠慧貴人妳自己想辦法了，本宮有心無力。」

舒穆祿氏跪下垂淚道：「娘娘千萬不要這麼說，娘娘已經幫了臣妾許多，不論這次臣妾父親能否脫罪，臣妾都感念娘娘大恩。這份恩情，臣妾不知該如何為報，唯有來生做牛做馬報答娘娘。至於銀子，臣妾一定會想辦法籌給娘娘。」

那拉氏嘴角揚起一絲諱莫如深的笑意。「來生之事，太過虛無飄渺，本宮從來不信；若貴人想報的話，就今生吧。」

舒穆祿氏心頭一跳，深深地磕下頭去——

「是，臣妾今生當報娘娘大恩。」

那拉氏點頭，端茶道：「好了，慧貴人先行回去吧，本宮也得即刻修書，連著銀票一道送出宮。」

「臣妾告退。」說完這句，舒穆祿氏扶著如柳的手起身，退出了西暖閣。

第一千一百八十六章　真正用意

「杜鵑，去拿文房四寶來。」

杜鵑一怔。「主子，您真要幫慧貴人的阿瑪脫罪嗎？」

那拉氏瞥了她一眼，淡淡地道：「本宮都已經答應慧貴人，難道還有假嗎？還不趕緊去，另外將孫墨給本宮叫進來。」

孫墨與杜鵑一道進來，朝那拉氏打了個千兒道：「主子有何吩咐？」

那拉氏取過一枝上等狼毫，捻了一下筆尖後，漫然道：「你現在立刻出宮去找英格，讓他找畫師畫一張如柳的畫像，然後派人監視住各處宮門，凡有畫像中的女子出現，就立刻尾隨跟蹤，看她是否是去寄信。若是，在人離開後，就立刻將信截住，送進宮來。」

孫墨心裡充滿了疑惑，但他曉得那拉氏不喜歡人家多問，是以在記下她的話後便迅速離去。

小寧子看著正在提筆寫信的那拉氏，欲言又止。

那拉氏有所察覺地抬頭看了他一眼，道：「有什麼話就說吧。」

小寧子正憋得難受，一聽這話，連忙道：「恕奴才愚笨，奴才不明白主子為何要讓孫墨盯著如柳送出宮的信，難不成這信中會有玄機不成？」

那拉氏蘸了蘸墨，發現有一根狼毫從筆鋒那裡突了出來，正要彈掉，小寧子已經快手快腳地將那根狼毫拿掉。

那拉氏一邊寫一邊道：「舒穆祿恭明貪贓的事也許真是熹妃讓李衛查出來的，但舒穆祿氏說她阿瑪沒有貪贓，是別人有心嫁禍，你相信嗎？」

小寧子看著指尖沾到的墨，道：「依奴才對熹妃的了解，沒有十足的把握她不會動手，栽贓嫁禍這一招變數太大，更是不會用。」

那拉氏微微點頭，在寫完最後一個字後，擱下筆道：「那就是了，舒穆祿恭明一定是收了那十二萬兩銀子，只是一時半會兒沒被找到罷了。」

小寧子不解地道：「這個奴才也猜到了，可是這與主子吩咐孫墨去辦的事又有何聯繫？」

「舒穆祿氏一直在本宮面前耍心眼，先是劉氏的事，之後又是貪贓與否的事，她怕承認舒穆祿恭明貪贓會被本宮抓到把柄，受制於本宮。所以本宮就告訴她，打點刑部需要用銀數萬兩之巨，這麼一大筆銀子她絕對拿不出，可為了全家人的性命，又一定要拿出，你說她會怎麼辦？」

小寧子眼睛一亮，帶著一絲興奮道：「奴才明白了，慧貴人湊不到銀子，就會寫信給家人，問他們藏銀之處，然後取銀子來救急。不過……」說到後面，他又換了副為難的樣子。「不過慧貴人的阿瑪如今正在押解進京的途中，她送信問藏銀的地點，不是自投羅網嗎？」

「看你平時挺機靈，這個時候卻又笨得很。」那拉氏一邊吹著紙上未乾的墨跡，一邊道：「押解進京的，不過是舒穆祿氏的阿瑪，她額娘還好好地在江州，身為枕邊人沒理由不知道藏銀的地點。只要修書問她，不就可以知道藏銀的地點了嗎？」

「主子一席話，實在是令奴才茅塞頓開。」小寧子諂笑道：「慧貴人跟主子耍心眼，簡直就是不自量力！」

「本宮已經讓她從掌心裡逃跑過一次，絕不可以再有第二次。這一次本宮一定要知道舒穆祿恭明將十二萬兩銀子藏在哪裡，掌控了這一點，就等於掌控了舒穆祿一家老小的性命，隨時可以讓他們去見閻王！」

小寧子討好地道：「主子英明，到時候，就是借慧貴人一百個膽，也不敢不聽主子的吩咐。」

那拉氏靠著椅背緩緩道：「舒穆祿氏身邊雖然有不少宮人，但只有一個如柳最得她信任。如此重要的信，她一定會讓如柳去送，所以，只要盯牢了如柳，就等於盯牢了舒穆祿氏的一舉一動。」

已經離開坤寧宮的舒穆祿氏怎麼也想不到，那拉氏早已在不知不覺中給她設下了圈套，正等著她跳進去……

至於劉氏那邊，到了承乾宮並沒有多等，通傳一聲後就見到了正在修剪花枝的凌若。

聽到腳步聲，凌若抬頭輕笑道：「謙嬪今日怎麼得空來本宮這裡？」

「臣妾來給娘娘請安，另外……」劉氏咬一咬牙道：「臣妾有一件事想問問娘娘，不知娘娘肯否賜允？」

凌若重新將目光放在修剪的盆栽上，道：「謙嬪有什麼話就問吧。」

相對於凌若的泰然自若，劉氏反而有些緊張。「臣妾收到家中的信，說順天府尹昨日帶人去臣妾家中，強行帶走了兄長劉長明，為的是一件早已審過的案子，為此臣妾祖母被氣得臥病在床。臣妾阿瑪在問過順天府尹後，得知是娘娘的兄長榮祿大人向其施壓，要求重審該案。臣妾家族與娘娘家族一向相安無事，為何這一次會突然鬧出這麼一樁事來，臣妾覺得很奇怪，所以特來問問娘娘，不知娘娘是否知道些什麼。」

在剪去一根多餘的枝椏後，凌若道：「在本宮回答謙嬪問題之前，本宮想先問問，順天府尹要重審的是什麼案件。」

這個問題，早在來的路上，劉氏就已經想好了，是以凌若話音剛落，她便立刻出聲道：「臣妾兄長之前於集市上遇見一個女子，對其頗有好感，女子也是如此，兄長見彼此都有情意，便想上前提親，但那女子原來是有丈夫之人，強搶人妻之事，自然是萬萬不能做的，當即便斷了這個心思。哪曉得那女子丈夫意外知道這件事，一氣之下竟然撒手歸西，那女子也成了寡婦。」

「兄長見她可憐，又念著以往的情分，所以將她娶過門。事情到這裡，本來已經結束了，可是死了兒子的那家人心有不甘，又見劉家是高門大戶，起了貪念，想要訛詐錢財，臣妾家人不肯，他們就告上順天府。虧得順天府尹是個明白事理之人，問清緣由後就判了那家人敗訴。所以臣妾對於娘娘家人會插手這件事，還讓順天府尹重審此事，感到萬分不解。」

第一千一百八十七章　挑明

凌若放下手裡的剪子，走到劉氏面前，忽地伸手拍了起來，一邊拍一邊點頭道：「好，真是好！」

她這番舉動將劉氏弄得莫名其妙。「娘娘您說什麼好？」

凌若笑道：「本宮是誇謙嬪的口才好，居然可以將妳兄長強搶婦女、逼死人夫的事說成這個樣子，著實令本宮佩服之至！」

劉氏臉色微變，語氣僵硬地道：「娘娘這是什麼意思？臣妾說的皆是事實，臣妾兄長從不曾強搶過民女。」

凌若點點頭，在椅中坐下道：「是嗎？要不要本宮現在派個人去京城問問，看他們對你兄長劉長明這個人究竟是何看法？謙嬪，妳真當本宮是可以由著妳隨意糊弄的人嗎？」

「臣妾……臣妾……」劉氏被問得不知該怎麼回答。兄長是個什麼樣的人，她比任何人都清楚，仗著家中權勢，沒少做見不得光的事，尤其是在女色這方面。

「怎麼，回答不出了？那本宮幫妳回答吧。」凌若撫著裙子道：「妳兄長雖在工部掛了個差事，卻從未好好做過事，反而整日眠花宿柳，流連於煙花之地，家中更是娶了多房小妾。若只是這樣也就罷了，偏他還強搶良家婦女，其夫不肯，就讓人活活將人打死，之後更逼順天府草草結案。」說到這裡，柳眉一挑，看著神色大變的劉氏道：「謙嬪，本宮可有說錯一句話？」

劉氏沉默半晌，咬牙道：「就算是這樣，娘娘也沒必要插手。」

「那就眼睜睜看著那人含冤慘死，看著那婦人被妳兄長糟蹋？」說到這裡，凌若連連搖頭。「謙嬪，妳未免也太不將人命當回事了。」

劉氏自知理虧，低頭道：「臣妾自知兄長一時糊塗犯下大錯，可他已經有所悔改之心，娘娘為何不可以給他一個機會？」

凌若冷聲道：「若一句悔改就可以抵消殺人之罪，那大清還要律法何用，還要衙門何用？倒不如謙嬪向皇上進言，讓皇上撤了所有衙門。」

劉氏心慌不已，屈膝跪在凌若面前，滿面悽楚地道：「臣妾有錯，請娘娘息怒。只要娘娘肯放過臣妾兄長，臣妾必定修書給家中，讓他們好生賠償那戶人家。臣妾阿瑪只得他一子，要是他死了，那劉家就斷了香火，後繼無人，這讓臣妾阿瑪、額娘還有年邁的祖母如何承受得了。娘娘，請您大發慈悲，放過臣妾兄長吧。」

凌若並不為所動，淡然道：「謙嬪知道人死了，香火就斷了，那別人家呢？他們家死的就不是人，只是一隻豬或狗是嗎？」

劉氏急切地道：「可人死不能復生，就算讓臣妾兄長賠命，那人也活不過來了，還不如銀子來得實在一些，讓他們可以無憂無慮地過下半輩子，這樣不是很好嗎？」

凌若低頭看著她，一字一句道：「那本宮給謙嬪一些銀子，換妳阿瑪、額娘的性命可好？」

見凌若咄咄逼人，劉氏不禁含了怒氣道：「臣妾自問並不曾得罪過您，反而對您恭敬有加，常過來請安，您為何一定要害得劉家斷了香火，難不成死的那家人與娘娘有關聯？」

「本宮與他們素不相識，何來關聯一說。」搖頭之後，凌若續道：「不過謙嬪說對本宮恭敬有加，怕是未必吧。」

劉氏心中一顫，覺得凌若話中有話，強自鎮定地道：「臣妾不明白娘娘的意思。」

凌若的臉色徹底沉了下來。「謙嬪，妳與舒穆祿氏當真沒有結盟嗎？」

劉氏心慌不已，勉強道：「自然沒有，慧貴人害死臣妾的孩子，臣妾怎麼可能與她結盟？」

凌若撫著袖間的葡萄紋道：「事到如今，謙嬪再說這些不覺得很沒意思嗎？舒穆祿氏若沒有足夠可以誘使妳答應結盟的條件，絕不會去找妳；而妳，之所以在當天來本宮這裡說那些話，無非是怕本宮疑妳。只可惜，妳來了反而讓本宮更加疑妳。」

「臣妾當真沒有！娘娘您怎可以這樣誤會臣妾。」

面對劉氏的垂死掙扎，凌若不耐煩地道：「夠了，劉潤玉，妳是否非得讓本宮說出舒穆祿氏誘使妳結盟的那個條件，妳才肯說實話？」

劉氏閉上嘴巴，在盯了凌若許久之後，方才站起身來，寒聲道：「這麼說來，娘娘是承認指使惜春在臣妾沐浴的水中下紅花，令臣妾早產了？」

凌若對此不置一詞，直至劉氏再一次質問，方才起身盯著她那雙滿是怨恨陰寒的眼睛，道：「既然謙嬪心中早已認定是本宮所為，又何必再問本宮呢？就算本宮否認，妳也不會相信。不過，這樣敞開天窗說亮話，可比剛才遮遮掩掩的好多了。」

「果然是您！」劉氏秀美的臉龐因恨意而變得猙獰可怕，若是眼神能殺人，凌若已經不知死了多少次。

對於她的恨意，凌若毫不在意，反而上前一步道：「妳與舒穆祿氏結盟，想要置本宮於死地，那本宮就想辦法對付妳們，這有什麼不對嗎？」

「這麼說來，除了我兄長的事，慧貴人阿瑪的事也是妳安排的？」劉氏恨極了凌若，說話再沒有之前的客氣。

凌若抿唇道：「本宮可什麼都沒說，謙嬪不要信口開河冤枉本宮。不過有一件事很清楚，就是妳兄長強搶良家婦女、逼死其夫的事絕對不是信口開河。當時若非你們劉家向順天府尹施壓，劉長明已經被判秋後處決。」

劉氏深吸一口氣，強迫自己冷靜下來，森然道：「看娘娘這意思，是非要置臣妾兄長於死地不可了？」

凌若微微一笑「本宮只是希望順天府尹可以秉公辦案，不需要畏懼任何人。」在劉氏準備開口時，她再次道：「若謙嬪不想此事鬧到皇上面前的話，就不要再管這件事，否則萬一牽連到謙嬪可就不好了。」

劉氏冷笑道：「牽連到臣妾，不是正好趁了娘娘的心意嗎？」

第一千一百八十八章 風起雲動

「謙嬪又在多想了，本宮若是這樣想，就不會提醒妳了。」在漫然的笑意間，凌若回身落座。「好了，本宮還有事，不留謙嬪多說了。」

「臣妾告退。」劉氏隨意屈膝便轉身離開。

水秀將捧在手裡許久的茶遞給凌若，道：「主子，這一次您與謙嬪可算是正式撕破臉了。」

凌若揭開盞蓋，看著裊裊升起的茶霧道：「那不是很好嗎？省得本宮有事沒事還要應付。」

「奴婢就怕謙嬪會狗急跳牆，不顧一切地捅到皇上面前，那個劉長明……」

水秀話未說完，凌若便搖頭道：「放心吧，本宮沒有任何證據落在她手上，她告到皇上面前，不只奈何不了本宮，還會讓皇上覺得她有意誣陷；而且劉長明的事情一捅出去，妳覺得皇上對她還會有好臉色嗎？」

水秀贊同地道：「主子說得也是，這種強搶民女的事被皇上知道了，非要將那人五馬分屍不可。」

「所以咱們現在要擔心的不是劉氏，而是舒穆祿氏那邊。據李衛送來的信，舒穆祿恭明貪墨的那十二萬兩銀子，一直沒有找到，若是找不到銀子，他的罪很難定下來，到時候，若舒穆祿氏再求得皇后疏通關節，或許還能讓他逃得一條性命。」說到這裡，凌若敲著扶手，喃喃道：「究竟他會把銀子藏在哪裡呢？」

李衛已經將可能的地方都查遍了，就是找不到這一大筆銀子，江州那些銀莊也問了，一點線索都沒有。

楊海匆匆走進來道：「主子，奴才剛剛得知，慧貴人去了皇后娘娘那裡。」

「她果然去求了皇后。」凌若並不意外。既然劉氏那裡走不通，那麼就只有皇后一條路可走。就算舒穆祿氏明知道皇后不懷好意，也只能硬著頭皮去求。

水秀小聲問：「您說皇后會幫慧貴人嗎？」

凌若將碎髮抿到耳邊，漫然道：「皇后冒著那麼大的危險讓舒穆祿氏復位來對付本宮，現在本宮未倒，她如何捨得棄這只卒子不用。」

楊海想了一下道：「那咱們要不要告訴滎大人，讓他小心皇后那邊的人？」

凌若嗤笑一聲道：「怎麼小心，那拉氏一族多少人在朝中任職，早已在悄無聲息中滲透了六部各處，若將這些勢力都明面化，絕不少於昔日的年家。」

水秀微微發急。「那就由著皇后在暗中動手腳救慧貴人的阿瑪嗎？」

凌若卻沒有她那麼擔心，淡淡道：「只要咱們可以找到舒穆祿恭明藏起來的十二萬兩銀子，就算皇后有通天的本事，也絕對救不了！」

楊海為難地道：「可都已經找了這麼久，銀子還是一點頭緒也沒有。」

「沒有頭緒也要找下去，費了這麼多的工夫才查到舒穆祿恭明的罪證，可以將這一家子連根拔起，絕不能前功盡棄。」凌若的聲音依然是淡淡的，不過比剛才卻多了一重冷意。「讓劉虎設法盯緊皇后娘家那邊，一有消息，立刻來報。」

劉氏帶著滿腹的怨恨回到永壽宮，海棠一看她臉色就知道肯定是在熹妃那裡受了氣，小心地端著蓮子羹奉到劉氏跟前。「主子，這蓮子羹是剛燉好的，清甜軟糯，您嘗嘗看。」

劉氏接過蓮子羹，剛舀了一勺，想起之前凌若說的話，頓時什麼味道都沒了，重重地將五彩瓷碗往桌上一放，沒好氣地道：「妳現在就算讓本宮吃鳳肉，本宮都沒胃口。熹妃，明明已經猜到本宮與舒穆祿氏結盟卻還在那裡裝糊塗，直至將本宮兄長送入大牢，方才說出來，這份心思可真是藏得夠緊的！」

「主子，事已至此，您再生氣也沒用，倒不如想想怎麼救少爺。」金姑是劉府出來的人，對劉長明仍保持著原來的稱呼。

一聽這話，劉氏更來氣了，喝道：「他闖下那麼大的禍，還讓本宮怎麼救他？熹妃的話妳又不是沒聽到，她是絕對不會放棄這個機會的。至於皇上那邊……要是讓皇上知道兄長的事，只會讓兄長死得更快！哼，告訴過他多少次要收斂，偏就是不聽，還變本加厲，這下子好了，隨時都會沒命！」

金姑嘆了口氣道：「這個奴婢也知道，可老爺與夫人只得少爺一個兒子，他要是一死，整個大宅都會垮的。」

劉氏不耐煩地道：「行了、行了，本宮已經夠煩的了，妳就別再讓本宮心裡添堵了。」

劉氏起身在屋中來回走了幾圈後，終於勉強想到一個法子，對金姑道：「皇上那邊，本宮是絕對不能出面的。妳出宮去告訴阿瑪，讓他拿銀子買通當日陪兄長一道去那女子夫家的隨從，讓他頂下殺人的罪名，只有這樣才可以救兄長一條性命，不過牢獄之災是免不了的了。另外，讓阿瑪多往順天府尹那裡塞些銀子，雖然有熹妃盯著，順天府尹不能太過偏幫咱們，但只要他收了銀子，對咱們就有好處。」

金姑猶豫著道：「奴婢只怕這個節骨眼上，順天府尹不敢收。」

劉氏一扯嘴角道：「他收咱們的銀子還少嗎？再說咱們又沒讓他得罪熹妃那頭，有什麼好不敢的？總之妳讓阿瑪按著本宮說的去做就可以。」

「是，奴婢這就去！」

劉氏一掌將猶在冒著熱氣的蓮子羹掃落在地。看著狼藉的地面，她暗暗發誓，今日之仇，來日一定要向鈕祜祿凌若還有瓜爾佳雲悅討要回來，否則她誓不為人！

接下來的幾日，胤禛一直不曾翻過舒穆祿氏的牌子，令她在夜復一夜的等待中備受煎熬，同時心也變得越來越涼。

胤禛已經深中藥物之毒，連著這麼多日都不召幸她，必然忍得很辛苦。他寧可這樣為難自己，也不召幸她，理由只有一個，就是他對阿瑪下了必殺的決心。

她該怎麼辦？雖然皇后答應幫忙，可開口就是要幾萬兩，她到哪裡去籌這麼多的銀子？若是那兩幅畫沒有給蘇培盛，拿出去賣了倒是勉強可以湊一筆銀子，可現在說什麼也沒用了，難道……真的要走到那一步？

第一千一百八十九章　歡喜

如柳走到舒穆祿氏身後，小聲道：「主子，您已經連著幾夜沒闔眼了，還是早些去歇著吧。」

舒穆祿氏擺擺手，望著黑沉沉的院子道：「我不累，妳若是累了就先下去。」

如柳哪會不知道她心裡在想些什麼，勸道：「都已經這麼晚了，敬事房不會再過來了，主子您……」

舒穆祿氏驟然回過頭，狠狠盯著如柳道：「我都說我不累，妳哪來這麼多的話！」一見如柳張口欲言，她又斬釘截鐵地道：「皇上一定會來傳我的，一定會！」

如柳蹲下身，握著舒穆祿氏的手，痛聲道：「主子啊！皇上若要傳，早就來傳您了，哪會等到現在。皇上這樣，擺明了是要處置老爺。」

如柳的話觸到了舒穆祿氏腦袋裡那根不許人碰觸的弦，令她一下子站起來，尖聲道：「阿瑪他不能有事！不能有事！」

正在這個時候，守門的小太監突然匆匆忙忙奔進來，還未走近就已經單膝跪了下去，帶著一絲喜意道：「主子，蘇公公來了。」

「蘇公公」這三個字令舒穆祿氏一愣，待得醒過神來後連忙道：「快，快請蘇公公進來。」

「貴人不必請了，奴才已經來了。」隨著這句話，蘇培盛的身影自黑暗中慢慢出現，那張臉上掛著一絲顯而易見的笑容。

待他進屋後，舒穆祿氏迫不及待地問：「蘇公公，可是皇上讓你來了？」

蘇培盛輕甩著手裡的拂塵，低頭道：「恭喜貴人，皇上讓您即刻去養心殿。」

這句話令舒穆祿氏心頭湧上一陣狂喜。胤禛終於還是忍不住要見她了，只要胤禛肯見，她就有機會為阿瑪求情。

這個機會來之不易，她一定要好好把握。這般想著，舒穆祿氏急切地道：「如柳，快去準備水替我沐浴更衣。」

不等如柳答應，蘇培盛已道：「貴人，皇上讓您即刻過去，一時都不許耽擱，所以就不必沐浴更衣了。」

「這……這沒關係嗎？」舒穆祿氏緊張地環顧著自己的裝束，唯恐有哪裡不好，讓胤禛不喜歡。

蘇培盛微微一笑，道：「奴才剛才聽皇上聲音都有些發抖了，想必是急著見貴人，只要貴人過去了，自是什麼都沒關係。奴才知道貴人阿瑪出了些麻煩，令龍顏震怒，連著這麼多日都不見貴人，就是奴才提起也會遭皇上一頓訓斥。幸好皇上終是未曾忘情於貴人，這一次貴人可一定要好生把握，千萬別錯失了良機。」

舒穆祿氏心中大定，在日漸加深的藥效下，胤禛已經越來越離不開她，這段時間應該就是胤禛的極限。

舒穆祿氏露出一絲笑容。「多謝公公，公公的恩情，我會牢牢記在心中，以後加倍報答。」

「貴人客氣了，這都是奴才該做的。」蘇培盛臉上笑意更加明顯，伸手道：「貴人請。」

舒穆祿氏點點頭，隨蘇培盛一路往養心殿行去。

到了殿外，四喜正守在那裡，攔住準備進去的蘇培盛道：「皇上吩咐了，若是慧貴人來了，就由我帶進去，旁人都不許入內。」

蘇培盛斜睨了他一眼，冷聲道：「笑話，傳慧貴人前來的是我，應該由我帶進去向皇上覆命，怎麼就變成你了？張四喜，你莫不是想趁機邀功嗎？」

自從上次那件事後，他與四喜就形同陌路、互不理睬，哪怕偶爾說幾句話，也都是句句帶著刺。

「隨你怎麼想，總之這是皇上的吩咐，我沒有改過一個字。」對於蘇培盛的變化，四喜心裡是說不出的難過，曾數次想過要解釋，可是蘇培盛根本不聽，萬般無奈之下只得作罷。

蘇培盛哼哼幾聲，終是沒有再出聲。他不信四喜，但又怕萬一他說的是真話，自己這樣進去，就是抗旨不遵，一個弄不好，可能小命就沒了。

見他將臉轉過一邊，四喜在心裡嘆了口氣，對舒穆祿氏道：「讓慧貴人見笑了，還請慧貴人這就隨奴才進去見皇上。」

舒穆祿氏點點頭，跟在四喜後面推門而入。養心殿的燭光並不明亮，她費了好大的勁才看到胤禛支額坐在寬大的御案後，左手邊堆著一大疊奏摺。

她記著胤禛習慣將沒批過的摺子放在左手邊，批完的則放在右手邊，也就是說，這一大疊都是沒批改過的。剩下這麼多奏摺可不符合胤禛的性子，平常就算熬到深夜，他也會全部批完再歇息。

現在這樣，只有一個可能，那就是他完全沒心思批摺子。

在舒穆祿氏嘴角因這個猜測而微微翹起時，四喜躬身道：「皇上，慧貴人來了。」

胤禛霍然抬起頭來，當目光觸及舒穆祿氏時，他整個身子都顫了一下，似想站起來，又生生止住，只吐出幾個字：「去外頭守著。」

四喜依言退下，就在朱紅色的宮門剛剛關起時，胤禛便起身走到舒穆祿氏身前，不等她說話，他一把橫抱起舒穆祿氏，往內殿走去。

「皇上……」舒穆祿氏被他這個突如其來的動作嚇了一大跳，驚魂不定地看向胤禛，藉著燭光，她看到胤禛薄唇緊抿，一言不發。

炙熱隔著衣裳慢慢滲進來，舒穆祿氏發現胤禛渾身滾燙，就像是有火在體內燒一般。在察覺到這一點後，舒穆祿氏安心了，她明白胤禛一定是被體內深處的慾望控制，迫不及待地想要與她來一場魚水之歡。

想到這裡，舒穆祿氏不再說話，由著胤禛將她抱到內殿，不過旋即她便感覺到不對了。因為胤禛竟然粗魯地將她扔在床榻上，然後什麼話也不說，就像野獸一樣撲在她身上，撕開她的衣裳。

第一千一百九十章　驚慎

四目相視，讓舒穆祿氏看到胤禛眼底那深得嚇人的慾望……不對！事情似乎變得不受控制了，得趕緊讓胤禛停手才是。

她不敢掙扎，只陪笑道：「皇上，您慢一些，衣裳都破了，要不臣妾自己脫可好？」

胤禛根本沒有理會她，依舊野蠻地扯去那些礙事的衣裳，然後同樣扯去自己的衣裳。

當痛楚毫無準備地襲來時，舒穆祿氏痛呼道：「不要，皇上不要，好痛啊！」

這段時間，胤禛已經快被體內的慾望折磨瘋了，之前他曾召過凌若、劉氏等人侍寢，明明慾念仍在，可一面對她們就變得興趣索然，甚至想就此掉頭離去。

每一時、每一刻，他都在想舒穆祿氏，想那具身子，忍了那麼多天，終是忍不住，所以讓蘇培盛將舒穆祿氏傳過來。

這一夜，對於舒穆祿氏來說是折磨。她想逃，可是論力氣，她如何是胤禛的對手，更不要說胤禛此刻因為壓制許久的慾望得以釋放，而進入到一種近乎瘋狂的興奮中。

到後面，她哀求的聲音越來越小，直至暈了過去。而胤禛似乎沒有察覺一般，依然如野獸一般，嘴裡不住地喘著粗氣。

舒穆祿氏不知道自己暈了多久，只知道醒來的時候，身上已經沒有了胤禛的身影，但是身上卻傳來火辣辣的痛意，痛得她連雙腿都合不攏。

她勉強撐起身子想要靠在床頭，剛起到一半，就有一雙手扶住她，然後將軟枕塞在她身後。

順著那雙手看去，舒穆祿氏看到了穿著白色寢衣的胤禛，那一眼讓她渾身發顫，囁嚅地喚了聲「皇上」，身子卻不斷往床角縮去。

看到她這個樣子，胤禛嘆了口氣，收回手道：「朕弄傷妳了是嗎？」

「沒有。」舒穆祿氏口是心非地說著，頭一直不敢抬起。她只要一想起胤禛剛才的樣子，還有讓她暈過去的疼痛，就怕得渾身發抖。

「朕不是故意的，朕自己也不曉得是怎麼一回事，一看到妳就什麼都忘了。佳慧，妳不要怪朕，朕不是存心要傷妳。」

「臣妾知道。」舒穆祿氏揪著胸口，怯怯地抬起頭道：「只是皇上剛才那樣子，實在是令臣妾有些害怕，皇上就好像變了個人一樣。」

「朕知道。」胤禛有些煩惱地撫著額頭。「這些日子，朕一直很想妳，許是因為太過思念，所以讓朕有些失常。」

「既然皇上想臣妾，為何要對臣妾避而不見？這些日子，臣妾在水意軒中不見聖顏，實在很難過。好不容易等到皇上召見臣妾，豈料又是這樣，剛才昏過去的時候，臣妾幾乎以為自己會死。」說到這裡，她半真半假地哭了起來。

胤禛將舒穆祿氏摟在懷中，安慰道：「胡說什麼，妳怎麼會死，朕保證以後都不會了。聽話，莫哭了。」

聽聞胤禛言語間透著深深的內疚，舒穆祿氏泣聲道：「其實只要皇上高興，就算要臣妾死也不打緊。」

胤禛抹去她滑落臉頰的淚水，道：「朕都說了不許再提這樣的話，妳不會死的，妳還要陪著朕呢！」

舒穆祿氏一臉哀色地道：「皇上不必拿話哄臣妾，臣妾知道，自己早晚會死。」

胤禛訝然道：「這又是為什麼？」

舒穆祿氏等的就是胤禛這句話，趁機道：「臣妾的阿瑪如今正被押解回京受審，都說入了刑部大牢的人沒有一個可以活著出來，臣妾阿瑪一旦進去，只怕也無望生還。臣妾自從入宮後就一直沒有家人的消息，沒想到一得知就是這樣的噩耗。」說到這裡，她緊緊握著胤禛的手，哀聲道：「皇上，臣妾阿瑪一向清正廉潔、愛民如子，絕對不會做出貪贓枉法的事，一定是有人冤枉他；何況據臣妾所知，雖指稱臣妾阿瑪貪了十二萬兩銀子，但那銀子一直不曾找到，由此可知，那根本就是子虛烏有。」

胤禛面色一沉，冷冷道：「忘了朕與妳說過的話嗎？後宮不得干政，為何又要再提這件事。」

「臣妾沒有想要干政，只是想告訴皇上事實罷了。臣妾阿瑪當真是冤枉，被人陷害的，請皇上明察。」舒穆祿氏知道胤禛起了不喜之心，但若錯過這個機會，她或許以後都沒機會提了。

胤禛盯了她一眼，將手自她掌中抽出來。「若妳阿瑪真不曾做過，朕一定會還他一個清白。反之，他若真貪了那十二萬銀，朕絕不饒恕！朕念在妳憂父心切的分上，饒過妳這一回，但不會有下一次。」

舒穆祿氏心寒，自己說了許多，他居然一句都不肯鬆口，甚至不許以後再提；而且一提這事，胤禛剛才的好臉色就全沒了，也沒有了弄傷自己的內疚。

是否，在他心中，自己只是洩慾工具，高興時逗逗，不高興時就扔在一旁，哪怕這麼多夜同床共枕，也沒有任何情意。

在這樣的自傷中，她含淚道：「若最後證據指證臣妾阿瑪確實貪墨了那麼多銀子，皇上是否要將臣妾全家人都問斬，包括臣妾在內？」

第一千一百九十一章　比不起

胤禛沒想到舒穆祿氏會問這個問題，一時之間愣在那裡，好一會兒方才背過身，冷冷吐出一句話：「朕會依律法行事。」

就是這幾個字讓原本已經止了淚的舒穆祿氏再次淚如雨下，而且這一次沒有作戲的成分，是真的傷心不已。她哽咽道：「律法有寫，貪墨巨銀者，全家問斬，也就是說皇上想要臣妾死囉？律法無情，皇上是否也一樣無情？」

胤禛被她說得心亂如麻。就像舒穆祿氏說的，律法無情，一旦查證是事實，不只舒穆祿恭明要死，舒穆祿氏也一樣要死；可從本心上說，他並不想讓舒穆祿氏死，他甚至覺得自己離不開舒穆祿氏。但他是皇帝，他一定要維護律法公義，不可徇私枉法，否則他如何面對文武百官，面對天下黎民？

他是皇帝，這個身分，是他永遠都不能忘記的！

他深吸一口氣轉身，以一種讓舒穆祿氏害怕的口吻道：「若真有那麼一天，妳不應該怨朕無情，而是應該怨妳阿瑪為何要犯下這等大罪，連累全家！」

舒穆祿氏心痛不已，脫口道：「若是熹妃家人犯下大錯，要皇上問斬熹妃，皇上是否也會這麼堅決，沒有一絲容情之地？」

下一刻，她的下巴被胤禛牢牢箝住，一字一句道：「永遠……永遠不要拿自己與熹妃比，妳比不起！」

他陰寒的目光讓舒穆祿氏害怕，渾身打起冷顫，直至箝著下頷的那隻手鬆開都無法停下來。

「四喜！」

隨著胤禛的喝聲，四喜快步走進來，躬身道：「奴才在。」

胤禛瞥了猶在顫抖中的舒穆祿氏一眼，冷聲道：「立刻送慧貴人回水意軒。」

「嗻！」四喜聽著不對，趕緊答應。在走近床榻後，他看到舒穆祿氏的衣裳被撕得破破爛爛扔在床尾，不動聲色地喚進來兩個小太監，讓他們用錦被裹著舒穆祿氏，然後扛在肩上，抬出養心殿。

候在外頭的如柳看到舒穆祿氏被抬出來，連忙跟上去，不過心裡卻有些奇怪。自家主子今日又不是被敬事房抬來的，衣裳一應俱全，為何要裹著錦被出來？

到了水意軒，兩個小太監將舒穆祿氏放在床上後退了下去。如柳見舒穆祿氏被裹在錦被裡沒動靜，上前道：「主子，奴婢去給您備水沐浴可好？」

她等了半晌沒見舒穆祿氏回答，遂往前走了一步，豈料就是這一步，讓她看到舒穆祿氏正在默默流淚，大驚道：「主子您怎麼了，好端端的怎麼哭起來了？」

如柳的話讓舒穆祿氏的淚落得更凶，最後伏在如柳懷裡號啕大哭，把如柳哭得莫名其妙，又不敢多問，只能由著她哭，一直到她哭聲小些了，方才問：「主子，究竟出什麼事了？之前不是還好好的嗎？」

舒穆祿氏不住搖頭，吸了一口氣，啞聲道：「去替我備水，我要沐浴。」

見舒穆祿氏不願多說，如柳只得依從，下去備了水後，對仍裹在錦被中的舒穆祿氏道：「主子，奴婢扶您去沐浴。」

舒穆祿氏點點頭，扶著如柳的手起身，隨著錦被從她身上滑落，如柳驚訝地道：「主子，您的衣裳呢？」

舒穆祿氏沒有答話，只是忍著腿間的腫痛，艱難地往盛滿水的木桶走去。如柳雖然未曾經歷過男女之事，但看到舒穆祿氏怪異的走姿，還有無法合攏的雙腿，也隱約猜到一些。

當舒穆祿氏在木盆中坐好後，她小聲道：「主子，是不是皇上他……」

如柳剛說到一半，舒穆祿氏一隻手已經重重拍在水面上，濺起無數水花，同時一張俏臉變得像是要吃人一般的凶惡難看。「不要提皇上，我不想聽！」

如柳被她這個樣子嚇壞了，不曉得這半夜的工夫究竟發生什麼，居然會讓她弄成這個樣子，而且還提不得皇上。

舒穆祿氏見如柳愣在那裡，重重嘆了口氣，拿過她手裡的玫瑰胰子在身上抹著，口中道：「我不是想衝妳發脾氣，只是……我現在心裡真的很亂。」

舒穆祿氏洗了很久，直至皮膚都泡皺了方才出來。在更衣的時候，舒穆祿氏忽地道：「是不是很奇怪我之前穿的衣裳都去哪裡了？」

「奴婢只是隨口問問，主子……」

不等如柳說完，她便道：「我告訴妳，衣裳全部被皇上撕爛了。」

如柳眼中滿是驚訝，試探著道：「皇上他……主子，是不是那藥的關係？」

「不錯，藥性控制著他來見我，可他偏偏不肯，一直強忍著，直到今夜終於忍受不住。結果，他就像是一頭野獸一樣，撕爛我的衣裳，將我折磨得半死。若只是這樣，也就算了，可事後，我與他說起我阿瑪的事，妳猜他怎麼回答我？他說一切都依律法行事。假如我阿瑪被定罪，那麼他會毫不猶豫地推我上死路。」

如柳忿然道：「皇上他怎麼能如此鐵石心腸，不顧與主子的情意！」

「他對我何曾有過情意？」舒穆祿氏冷笑一聲：「他只對熹妃有情意，而我對他而言不過是小狗、小貓罷了，死就死了，心中根本不會有一點不捨！」

「主子不是說，只要皇上長期服了那藥，就會再也離不開主子嗎？」

「那藥只是讓他的身子離不開我罷了，並不能影響心神，所以他說出來的每一個字都是他內心的真實想法。要不是那藥控制著他的身子，讓他時時想到我，我現在已經不知死在哪裡了。」舒穆祿氏恨恨地握緊雙手。她好不甘心，明明已經賠上一切，為何還是比不過熹妃，為何！

第一千一百九十二章　大恨

如柳心裡明白，主子之所以可以盛寵至今，皆因那個藥之故；若離開了藥，於皇上而言，主子根本什麼都不是。可是這些話她怎麼說得出口？只能道：「不論是身體也好，心也好，總之皇上現在無法離開主子，主子根本不用擔心皇上會用律法來治您，他捨不得。」

舒穆祿氏脫口道：「那我阿瑪呢？我家人呢？皇上會放過他們嗎？」

如柳好一會兒方道：「主子，有些事您也無可奈何，保住自身才是最要緊的。」

舒穆祿氏越發捏緊了雙手。「阿瑪盼了那麼多年，好不容易盼到出人頭地的曙光，我絕不能讓他就這麼死了，更不能讓熹妃的奸計得逞。」

如柳擔心不已。「可現在這種情況，您要怎麼救啊？」

舒穆祿氏望著窗外沉沉的天色，冷聲道：「妳忘了皇后那邊的路了嗎？」

如柳嚇了一跳，慌聲道：「主子，您真打算按皇后說的做？可咱們哪裡有那麼多銀子，而且誰曉得皇后是不是暗藏禍心。」

「我管不了這麼多了！劉氏、皇上那邊的路都堵死了，只有皇后那條可走，再危險我也要試試，至於銀子……」她聲音一頓，冷然道：「不是有那十二萬兩嗎？」

舒穆祿恭明究竟有沒有貪墨那些銀子，舒穆祿氏清楚，如柳也同樣清楚，不過舒穆祿氏接下來的話卻令她為之大驚。

「若我沒猜錯的話，銀子應該藏在祖墳那裡。」

如柳驚聲道：「祖墳？怎麼會在那裡，主子您又是怎麼知道的？」

「信中有一句話，阿瑪說他擔心以後都沒有機會回江州的祖墳祭拜了。」見如柳點頭，她又道：「江州只是我阿瑪任縣官的地方，並非祖籍之地，那裡怎麼可能會有祖墳。這一點，阿瑪是絕對不可能弄錯的，只有一個可能，就是阿瑪藉這句錯誤的話告訴我，銀子就藏在位於成州的祖墳裡。」

見舒穆祿氏說得這麼肯定，如柳亦信了幾分，但問題又隨之而來。「就算真是這樣，這麼大一筆銀子，又是在宮外，咱們要怎麼取出？」

「我身為嬪妃是萬萬不能出宮的，所以這件事只能靠妳，妳一定要想法子將銀子從祖墳中取出，然後存入銀號，換成銀票帶回宮。」

「奴婢？」如柳指著自己，錯愕地道：「這麼大的事，奴婢一人要怎麼做？而且去成州的路那麼遠，一來一回非得好些天不可，敬事房怎會讓奴婢離開這麼久。」

「妳一個人自然挖不動那些銀子，但可以僱人去。至於敬事房那邊，我會說妳娘病重，妳要出宮去照顧幾天，再讓蘇培盛去打聲招呼，量那個白桂不敢不同意。」見如柳不說話，她嘆道：「如柳，我知道這事不易辦，但眼下，我能信任的，就只有妳一個了。那筆銀子足以定我阿瑪的死罪，是萬萬不能被人發現的。」

事情已經到了這個分上，如柳又能說什麼，道：「主子放心，奴婢一定會辦好此事，將銀票帶回來給主子。」

舒穆祿氏用力點頭。

在扶舒穆祿氏上床歇息的時候，如柳忽地想起一事，從袖中拿出一個精巧的瓷瓶道：「主子，這是按您吩咐配來的藥。」

「嗯。」在舒穆祿氏接過的時候，如柳有些猶豫地道：「主子，之前奴婢去配淫羊藿還有其他藥材的時候，那個店鋪大夫與奴婢說，這些藥雖有壯陽補腎的作用，但最好不要一直多用，或者服用過頭，否則很容易對服藥者造成傷害，嚴重的話，很可能以後都無法行房事，還有……」說到這裡，如柳已是滿臉通紅，支支吾吾地道：「可能再也不能讓人受孕。」

舒穆祿氏把玩著瓷瓶，淡淡地道：「那又如何，與我何干？」

「主子，那可是傷害龍體啊，要是被人知道了，您會沒命的！再說現在皇上已經如此迷戀您的身子了，就算少用一些也無妨。」

「妳是在同情皇上嗎？怕他以後都行不了房事，生不了孩子？」舒穆祿氏諷刺地道：「以前我或許還會這樣想，但今夜之後，我恨不得他死！」

那個「死」字一出口，如柳就驚慌失措地捂住舒穆祿氏的嘴巴。「主子您瘋了不成？怎能說這樣大逆不道的話，讓人聽到會被砍頭的。」

舒穆祿氏扒下她的手道：「這裡是水意軒，沒有人會聽到。」

如柳心有餘悸地道：「就算是這樣，您也不能說那種話。奴婢知道您受了委屈，可他終歸是皇上，您一身榮寵都在皇上身上，再氣再苦，也只能忍在心裡。」

「我知道，但是妳絕對想不到，他說了什麼樣的話。他說讓我永遠不要去和熹妃比，說我比不起！」舒穆祿氏剛有些平復的情緒因為這句話又激動起來，尖聲道：「究竟我有什麼地方比不過熹妃那個老妖婦，他要這樣貶低我！」

如柳見勢不對，趕緊勸道：「主子您冷靜一些，皇上想必只是一時失言罷了，您別總記在心裡。」

舒穆祿氏搖頭道：「不是，他是真的這樣想，在皇上心裡，熹妃比任何人都重要，我看得出來。不甘心，我真的很不甘心！」

「奴婢並不這樣認為。」在舒穆祿氏疑惑的目光中，如柳道：「主子還記得皇后娘娘說過您眼睛像一個人嗎？正是這一點，才讓您入選秀女，又為皇上所喜。奴婢斗膽以為，那個人才是皇上心中的最重，熹妃充其量也不過是第二罷了。」

舒穆祿氏冷笑道：「不管是第一、第二，總之都比我更重。既然皇上不當我是人，將我當成一個工具，我又何嘗不可以？這個藥，我會繼續用在他身上，讓他永遠都離不開我，讓他成為我往上爬的工具和繩索。」

第一千一百九十三章　工具

舒穆祿氏的神色還有說出來的話都讓如柳害怕，死死握著她的手道：「主子，您怎麼可以這樣想，皇上……皇上怎能是工具和繩索呢？」

舒穆祿氏冷酷地道：「有何不可？別看宮裡人一個個嘴上說得好聽，其實心裡都是這個想法。總之以後我不會再對他有一絲情意，一切的一切，皆是為了利益。」

如柳好一會兒才想出話來，道：「就算是這樣，可萬一皇上不能行房事了，您該怎麼辦？還有，您不想生一個孩子，使得後半輩子有倚靠嗎？主子，奴婢知道您氣皇上，可是您也要想想自己，眼下您還不是像皇后或熹妃那樣膝下有子可依；說句不好聽的，就算皇上駕崩了，她們也可以設法扶持自己的兒子登上皇位，從而成為太后。您沒有，您現在除了皇上的寵愛之外，還什麼都沒有。」

如柳的話令舒穆祿氏從瘋狂的恨意中冷靜下來。

是啊，她怎麼把這麼重要的一點忘了，現在她所擁有的一切都依附在胤禛身上，一旦胤禛出事，自己絕對討不得任何好處；相反的，還會遭到皇后等人的報復。

別看皇后現在對她百般客氣又救她出困境，那不過是想利用她去對付熹妃罷了，要是自己沒了利用價值，皇后第一個不放過自己。

「我知道了，我不會魯莽行事的。至於這些藥……」舒穆祿氏低頭，緊緊抓著瓶子，冷言道：「我一定會好好利用，爬上更高的地方，直至連皇上也不再需要。待到那時，熹妃也好，皇后也罷，都將要匍匐在我腳下。」

如柳扶舒穆祿氏躺下道：「奴婢相信主子一定會得償所願的。」

夜，在舒穆祿氏扭曲的心思中逐漸過去，待得朝陽升起時，如柳記下舒穆祿氏告訴的祖墳地址，離宮往成州行去。至於她留在敬事房那邊的出宮緣由，則是娘親病重，探望照料。

如柳並不曉得，她還沒走出宮門，身後就多了一條尾巴，一路尾隨，連她僱了馬車也沒有將跟蹤者甩開。

不過這一個跟蹤者，至多只能算是螳螂，黃雀則在後面。

與此同時，消息傳到了坤寧宮，小寧子對正在替鸚鵡添水的那拉氏道：「主子，慧貴人身邊的如柳今兒個一早出宮，但她並沒有去找送信的人，而是僱馬車往城外去，至於去哪裡，一時還未能得知，不過奴才一直派人跟著她。」

那拉氏仔細地將一杓水添到籠中。「嗯，只要抓著這條線，早晚會知道舒穆祿恭明將銀子藏在哪裡。」

在小寧子準備退下去的時候，她又道：「對了，舒穆祿恭明還有多久才到京城？」

「上次奴才見到英格大人的時候，他倒是說起過應該這幾日就能到了。或許慧貴人急著派如柳出去，是因為她知道再不拿銀子，就來不及救人了。」

那拉氏微微一笑，將杓子遞給杜鵑道：「隨她怎樣，總之本宮可以得到想要的東西就可以了。舒穆祿氏，就算插上翅膀，也休想飛出本宮的手掌。」

小寧子深深低下頭去。「慧貴人就好比那孫猴子，雖一筋斗十萬八千里，卻始終飛不出如來佛祖的手掌。」

小寧子的話深得那拉氏之心，頷首之後道：「被你這麼一說，本宮倒是想起，許久沒聽過戲文了。你去安排一下。小寧子，你說本宮聽什麼戲文為好？」

小寧子腦袋一轉，道：「不如就聽孫猴子的《大鬧天宮》如何？」

杜鵑在一旁插嘴道：「主子，那戲又好看又熱鬧，正可以解悶呢！」

「嗯，就聽這一齣。」

螳螂已經將消息傳進了宮，黃雀又怎會例外呢？

凌若細細聽著楊海的話，當聽得如柳僱馬車往城外行去，而皇后又一路派人跟著如柳時，秀眉緊蹙了起來，喃喃道：「奇怪，如柳這是要去哪裡，皇后又為何要盯著一個宮女？」

「奴才有一事可以肯定，就是皇后對此很重視。劉大人說，盯著如柳那人是從皇后娘家那間大宅中出來的，而且身形矯健，應該是通曉武功之人，為人也頗為謹慎，若非劉大人也懂武，未必可以一路跟蹤在後而不被發現。」

凌若點點頭，道：「那現在劉虎來報信，豈非無人跟著他們？」

「劉大人是趁著他們在客棧吃東西的工夫，悄悄寫了封信送回來的，他人一直跟蹤著如柳與皇后派出的人。」

凌若放下心來，道：「那就好，劉虎行事謹慎，應該不會有問題，現在就等他回來了。另外劉家那邊怎麼樣了，有動靜嗎？」

「劉長明已被順天府收押，不過沒過幾日，就有一個長隨去府衙投案，說當日是他打死該女子的丈夫，與劉長明無關，如今府尹已將兩人一道收押，擇日開審。」

凌若嗤之以鼻。

「就算真是那個長隨動的手，若沒有劉長明的吩咐，他敢胡亂打死人嗎？用一個下人換劉長明一命，劉家算盤打得可真好。」

楊海思忖道：「恕奴才直言，眼下有人主動投案，若順天府尹審案時稍微鬆一些，劉長明很有可能避過這場禍劫，而且劉家已經找了全京城最有名的狀師。」

凌若陷入沉思之中，稍想了一會兒道：「有本宮兄長盯著這件事，順天府尹斷然不敢明目張膽地袒護劉家，不過你說的也不能不防。得空的時候你再出趟宮，讓本宮兄長再去趟順天府，告訴那順天府尹，若他不能秉公斷案的話，本宮不介意將這件案子鬧到刑部乃至御前，到時候他若丟了頂戴，可別怪本宮。」

不論是舒穆祿恭明一事，還是劉長明一事，她都志在必得，不容任何人破壞。她雖身在後宮，行事有諸多麻煩，但要治一個四品府尹還是有辦法的。

第一千一百九十四章　大鬧天宮

楊海仔細聽完後，答應道：「是，奴才一定將主子原話帶到榮祿大人耳中。」

交代完，凌若對水秀道：「這幾日總待在屋裡悶得很，妳扶本宮去外頭走走。」

出了承乾宮後一路慢走，不知不覺竟是到了暢音閣附近，耳邊隱隱有樂聲傳來。

「有人在聽戲嗎？」

「想是哪位主子來了興致，臨時點的。主子要不要過去看看，左右就幾步路？」

「也好。」凌若點點頭，在入了暢音閣後，發現臺上有戲子作猴子模樣，手裡還掄著一根金箍棒，頓時明白了這是在演《西遊記》。目光一轉，往看臺上掃去，竟意外看到了那拉氏，她正看得津津有味，手指在小几上輕輕地敲著。

凌若的目光令那拉氏有所察覺，抬頭望來，待看清是凌若時，頓時輕笑了起來，並且招手示意其近前。

凌若走過去，端正施禮，隨後道：「娘娘怎麼突然有如此雅興，來此看戲？」

「哪是什麼雅興，不過是宮裡頭待得悶了，所以來看戲解悶罷了。」那拉氏笑意嫣然地回了一句，隨後道：「相請不如偶遇，熹妃既然來了，乾脆就一道看戲吧，這齣《大鬧天宮》演得頗為不錯。」

「娘娘相邀，臣妾怎敢拒絕。」凌若點一點頭，在那拉氏左手邊坐下，立刻有宮人奉了茶與果點上來。

凌若剛端了茶，就聽得那拉氏道：「本宮聽聞熹妃身邊的宮人最近常出宮，可是府上出了什麼事？」

凌若啜了一口茶，輕聲道：「是有一些事，不過已經處理得差不多了。」

那拉氏意味深長地道：「哦？熹妃的事，莫不是與慧貴人的事有關吧？」

凌若目光一轉，落在那拉氏那張雖盡力保養卻現出老態的臉上。「娘娘何出此言？」

「慧貴人之前來找過本宮，說她阿瑪被人彈劾，以致要押解進京受審。至於彈劾慧貴人阿瑪的那個人，那麼巧，就是謹嬪的阿瑪。熹妃與謹嬪一向交好，這麼大的事，難道熹妃不知道？」

凌若搖頭道：「臣妾與謹嬪姊姊雖然走得近，但一來臣妾等人俱在宮裡，對於外頭的事知之不清；二來朝堂之事，臣妾等人就算知道了也不敢多說。不過既然皇上讓慧貴人阿瑪入京受審，那他就定然犯了錯。」

那拉氏微微一笑，看似不經意地道：「錯不錯的，現在還沒有一個定論不是嗎？聽說泰禮大人彈劾的時候，列舉了許多證據，他久居京城，少有外出，不曉得這些證據是從何而來？」

凌若曉得那拉氏是在試探自己，帶著與她同樣的笑容道：「這種事臣妾怎會得知？不過正所謂天網恢恢，疏而不漏，犯了法的人，終歸難逃律法的制裁。」

那拉氏意有所指地道：「就怕有人藉著律法二字，做一些見不得光的事。」

凌若不露分毫地道：「恕臣妾不明白娘娘的意思。」

那拉氏深深看了她一眼道：「不明白就算了，還是看戲吧，正演得熱鬧呢。」

在她們說話這光景，戲臺上已經演到了孫悟空大鬧天庭，大敗許多天兵天將，要將那玉皇大帝趕下寶座。一時之間，偌大的天庭竟被小小一隻猴子鬧得天翻地覆，不成樣子，真是既可笑又可悲。

那拉氏許是看得太過入神，竟有些生氣地道：「這隻猴子真是好生猖獗，連天庭也敢鬧。」

小寧子在一旁道：「主子無須動氣，任那猴子如何猖狂，待到如來佛祖一來，他便會被壓到五指山下，不得動彈。正所謂一山還有一山高，孫猴子在菩提老祖那裡學了幾樣本領，就當自己天下無敵，當真是笑話。」

見小寧子意有所指，凌若冷然一笑，對水秀道：「扶本宮回去。」

那拉氏聽得凌若這般說，有些奇怪地道：「咦，熹妃不看了嗎？」

凌若直起身子道：「看戲看戲，自然要自己看到結局才好，如今娘娘身邊的人將後面的事全都說了個一清二楚，自然是沒了興趣。」

那拉氏瞥著她道：「其實臺上來來回回就那麼幾齣戲，隨便點一齣就知道結局是什麼，就算小寧子一時嘴快說了，也算不得什麼。」

「話雖如此，但臣妾總是不喜歡看戲的時候，旁邊有人嘰嘰喳喳，聽著就像是有一群烏鴉在叫一般。」看到小寧子因這句話而沉下臉時，她脣角微微向上一翹。「不對，烏鴉是神鳥，不該如此貶低牠，應該說是一群老鼠才對。」

在小寧子一陣青、一陣白的臉色中，凌若甩帕屈膝，對面色同樣不太好看的那拉氏道：「請恕臣妾先行告退。」

小寧子一臉委屈地道：「主子，您看熹妃，分明就是沒將主子您放在眼中。」

自從三福和翡翠一殘一死地離開坤寧宮後，他就成了那拉氏身邊的第一紅人，不說要風得風、要雨得雨，但至少沒人再敢隨意給他臉色看，可現在熹妃居然將他比作老鼠，讓他如何嚥得下這口氣。

那拉氏正在氣頭上，一聽這話，立時喝道：「你還說，剛才誰讓你多言的！」

聽得這話，小寧子更委屈了，明明自己之前說的時候那拉氏很是認同的樣子，現在又突然變了個說法；不過委屈歸委屈，他可不敢表露在臉上。

伴君如伴虎，那拉氏雖然不是君，卻是一隻不折不扣的虎，她若想要自己的性命，根本不成問題。

「奴才也是想給熹妃提個醒，讓她明白自己的身分，哪怕現在看著再風光，也始終只是一個妃子，無法與主子相提並論。」

那拉氏怒氣微消，但仍是不悅地道：「哼，她現在自覺了不起，哪裡會聽得進話，剛才就是要脾氣給本宮看呢！」看戲的興致已經被破壞得一乾二淨，她瞥了戲臺上正在賣力演出的一干戲子一眼，冷然道：「這樣無趣的戲不看也罷，走！」

「嗻！」小寧子忙不迭地扶了那拉氏的手離開暢音閣，留下臺上那些忐忑不安的戲子。

第一千一百九十五章　不太平

在等劉虎回信的那些日子裡，弘曆倒是進了宮，說起在戶部的差事，倒是沒什麼不適應，尤其是兆惠與阿桂也一道在戶部，三人在一起，哪怕真有為難的事，也可商量著辦。

「兒臣本以為戶部不過是管著一些糧稅之類的事，真去了以後才發現，原來戶部管的東西有許多，一應銀錢賦稅皆要從戶部過不說，還有戶籍、土地、軍需等等，皆歸戶部管。」在說這些的時候，弘曆有些興奮。

看到他這個樣子，凌若輕笑道：「六部之中，戶部的事是最雜最多的，你去那邊雖說辛苦一些，但能學到的東西卻遠比其他幾部更多。可要用心學著，千萬不要鬆散誤事。」

「兒臣知道，兒臣一直有在用心聽尚書、侍郎等幾位大人教導。」說到這裡，弘曆轉過話題道：「對了，兒臣昨日與阿桂他們上茶樓喝茶的時候，恰好看到一輛囚車駛進刑部，聽說是慧貴人的阿瑪，因貪贓枉法，被押入京中候審，只是貪墨的銀子說是一直沒找到。額娘，您說這樣子刑部會怎麼判啊？」

凌若眼皮一動，道：「這事本宮也知道一些，倒是不曉得他這麼快就已經到京城了。至於怎麼判，刑部自會依照律法，斷不會冤枉或是錯縱了任何一人。」

弘曆皺著眉頭道：「兒臣覺得最近京城裡似乎不甚太平，順天府尹之前還將劉府的人抓了，說是逼人至死。」

「人一多，事情自然就多，沒什麼好奇怪的。你好生當差，莫要去理會這些無關的事。」宮人端了點心上來，凌若道：「額娘知道你要來，做了這些你平日裡愛吃的點心，趕緊嘗嘗。」

「嗯。」弘曆一邊應著一邊將一塊綠豆糕放到嘴裡，讚道：「額娘的手藝，比那些大廚好過百倍。」

凌若笑嗔道：「少在額娘面前油嘴滑舌，好好吃你的點心，吃完後，額娘與你一道去咸福宮，謹嬪一直很惦念你。」

「兒臣也很惦念姨娘。」

在用過幾塊點心後，弘曆與凌若一起來到咸福宮。

看到弘曆，瓜爾佳氏又驚又喜，連忙喚過從祥：「妳快去一趟小廚房，讓御廚做幾個四阿哥愛吃的菜，動作快些，別誤了午膳的時辰。」

凌若抿著嘴笑道：「姊姊可真是偏心，我與弘曆一道來的，可姊姊就記著做弘曆愛吃的菜，把我晾在一旁不聞不問。」
「妳這人，都多大了還吃這種小孩子的醋。妳天天在宮裡，隨時都可見著，弘曆可不一樣，離宮那麼些天還是頭一次回來，自然他更重要一些。」她拉了弘曆仔細打量，心疼地道：「嗯，有些瘦了，可是在外頭吃得不好，又或者下人照顧得不好？」
弘曆曉得她是關心自己，連忙道：「一切都很好，姨娘盡可放心；再說弘曆已經快滿十六歲了，懂得如何照顧自己。」
瓜爾佳氏溫言道：「話雖如此，但你在本宮與你額娘身邊生活了近十六年，如今驟然離開，本宮怎可能一點也不擔心，你額娘就更不用說了。」
「是弘曆不孝，令額娘與姨娘如此擔心。」
弘曆話音剛落，瓜爾佳氏便搖頭道：「這是你該走的路，哪有什麼不孝，姨娘不過是有感而發罷了。罷了，不說這些了，乾脆你與姨娘說說宮外的事，自從伺候你皇阿瑪後，姨娘都不知道有多少年沒出去過了。」
對於瓜爾佳氏的要求，弘曆自然不會拒絕，細細說著宮外的所見所聞，一直說到午膳時分。
用過膳後，他又說了好一陣子，直到日影偏西，方才拜辭離去。
待得弘曆走遠後，凌若收回目光道：「剛才弘曆與我說，舒穆祿恭明已經被押到京城，刑部開審之日應該不遠了。」

瓜爾佳氏眼皮一跳道：「那筆銀子還沒有找到嗎？」

凌若搖頭道：「嗯，實在很奇怪，查了所有地方始終沒有頭緒，不曉得舒穆祿恭明將銀子藏在何處。」

「那劉虎那邊呢，可有消息傳來？」

對於這個問題，凌若還是搖頭。「暫時沒有，如柳同樣也還沒有回來。」

瓜爾佳氏不解地道：「奇怪了，舒穆祿氏派如柳去哪裡呢，居然要這麼久？」仔細想了一會兒，她心中忽地浮起一個大膽的想法。

舒穆祿氏曾去見過皇后，目的無非就是求皇后救父，可是要救這樣一個犯了重罪的人，就是以皇后家族的勢力也非輕而易舉之事，刑部上下的關節都要設法打通，上上下下那麼多人，只靠人情臉面是不夠的，必然得有銀子疏通。

舒穆祿氏只是一個貴人，能運用的銀子不會很多，這麼一來，想湊銀子，就只有一個辦法。

見瓜爾佳氏臉色有些異常，凌若問：「姊姊可是想到了什麼？」

瓜爾佳氏點頭道：「我在想，舒穆祿氏派如柳出宮，會不會是去取銀子。」

凌若明白了瓜爾佳氏的意思。

「姊姊是說，舒穆祿恭明貪墨的那些銀子？」

瓜爾佳氏鄭重其事地道：「不錯，舒穆祿恭明在信裡寫了些什麼，咱們都不知道，但舒穆祿氏是他唯一的女兒，也是唯一可以救他的人，只要確實有這筆銀子，他就一定會告訴舒穆祿氏，讓她設法用這筆銀子救他。舒穆祿氏不能出宮，在這種情況下，她一定是派自己最信任的如柳去取銀子，折成銀票帶入宮中。換句話說，只要跟著如柳，就會找到那十二萬兩銀子所在。」

凌若嘴角微揚，帶著幽涼的笑意道：「若真是這樣，那可就是踏破鐵鞋無覓處，得來全不費工夫。」

第一千一百九十六章　霹靂

「我不敢說這個猜測一定會對，但確實有很大機率。」說到這裡，瓜爾佳氏有些後怕地道：「虧得妳讓劉虎注意著皇后那邊的人，那麼巧的，皇后的人又跟蹤如柳，否則咱們就錯失了這個機會。」

提到那拉氏，凌若突然想起之前在暢音閣她所點的那齣戲以及小寧子說的話。當時只道小寧子是在諷刺自己，如今再回想，卻覺得他未必是那個意思。

舒穆祿氏去求那拉氏，固然是為了讓她出手救阿瑪，可那拉氏與她本就是爾虞我詐的利用，就算答應幫忙，心裡必然也有其他想法，否則不會派人跟著如柳。

那拉氏起復了舒穆祿氏，但對她的控制一直不牢，若可以查到銀子的去向，就可以徹底控制住舒穆祿氏，讓她為自己所用，成為一顆不折不扣的棋子。

所以，孫猴子是舒穆祿氏，那拉氏則是如來佛祖，任舒穆祿氏怎麼折騰都逃不出那拉氏的手掌。而這……才是小寧子那番話的真正用意。

凌若的猜測在第二日得到證實，劉虎回來了。那日他跟著如柳還有那拉家的人出城後，一路到了成州的一處山上，那裡埋著舒穆祿家的先人。

如柳找來幾個民夫，讓他們幫著挖開祖墳，從中取出一個個沉甸甸的箱子來。就在如柳準備讓民夫把箱子運下山的時候，那拉家的人突然動手，打暈如柳，將箱子打開。從劉虎隱藏的地方望過去，只能看到箱子一角，不過已經夠了，因為那一角全是白花花的銀子。若非如柳帶路，誰能想到，舒穆祿恭明竟然將銀子藏在祖墳中，怪不得李衛找了這麼久都一無所獲，真是有夠奸猾的。

既然知道了銀子的下落，劉虎自然沒有放過的道理，趁著對方不注意，下手偷襲打傷他；不過那人武功確實極高，在受傷後還與劉虎進行了一番惡鬥。

在制伏了此人後，劉虎讓那些被嚇壞的民夫將銀子運下山去，隨後僱了馬車趕往京城，將之交給彈劾舒穆祿恭明的泰禮。

見到久尋不得的巨銀，泰禮為之大喜。雖然這件事是身在宮中的女兒囑咐他做的，但他本就是一個嫉惡如仇的人，可以多彈劾一個貪官自是求之不得，只是因為銀子一直下落不明，所以雖遞摺彈劾，但心裡總歸沒什麼底氣。如今銀子找到了，舒穆祿恭明就算有天大的本事也難逃死罪。

聽完楊海的話，凌若蹙了幾日的眉頭終得以舒展。「這一次真是辛苦劉侍衛了，楊海，代本宮好好謝謝他。」

「嗻。」楊海答應之後又道：「主子，劉侍衛還有幾句話讓奴才轉告主子，他說皇后與慧貴人那邊，差不多也曉得了銀子被截走的消息，而離舒穆祿恭明開審還有幾日，主子要小心她們會動手腳。」
「本宮知道了。」凌若心裡明白，只要舒穆祿恭明的死罪一日不定下來，哪怕形勢看起來已經一邊倒，也絕對不能掉以輕心。
對於舒穆祿氏而言，這個消息猶如晴天霹靂，震得她大腦一片空白，怔在那裡，一個字也說不出來。
「奴婢沒有辦好主子交代的事，奴婢該死！」如柳跪在地上不住磕頭，心裡滿是內疚。她已經很小心了，沒想到還是被人跟蹤，剛取出銀子便被人打暈，等她醒來時，那幾大箱銀子全沒了，民夫也不見了。
「怎麼會這樣？」舒穆祿氏失魂落魄地跌坐在椅中。按照如柳的說法，分明是有人一路跟蹤，目的就是那些銀子，可是如柳出宮取銀子的事，只有她與如柳兩人知道，別人怎會曉得，而且還是兩撥人。
若非如柳一直對她忠心耿耿，她幾乎要懷疑是如柳暗中出賣她……
「都是奴婢不好，奴婢有罪，請主子降罪！」如柳垂淚說著。
「現在說這些還有什麼用！」舒穆祿氏心煩意亂地喝斥，隨即強迫自己冷靜。很明顯，那兩撥人不會是臨時起意的山賊，否則斷然不會將銀子運到天子腳下。
被她這麼一喝，如柳不敢再說話，靜靜地跪在地上，直至舒穆祿氏再度問：

「除了知道他們把銀子運回京城之外，還知道什麼？」

如柳仔細回想了一下道：「聽民夫說，那兩人均有一身好武功，當前那人還說過他身後的人非同尋常，讓後面那個識相的話立刻退去。」

「非同尋常……」舒穆祿氏重複著這四個字，試圖從中尋出一絲端倪，可思索良久，仍是一籌莫展。

若僅僅是沒了銀子，她還不會如此頭疼。幾萬兩銀子固然難湊，終究還是可以想想辦法，就怕銀子落在泰禮他們手中，這樣一來，阿瑪貪贓的罪名可就真坐實了，不只阿瑪要死，自己也難以活命。

該死的，事情怎麼會變成這樣？原以為只要取到銀子給皇后，她就會讓人拿去疏通刑部，免除阿瑪的牢獄之災，豈料……

正當舒穆祿氏煩惱不已時，腦海中忽起浮現出一個念頭來。是否……皇后嘴上說要幾萬兩銀子去疏通，但實際上是想騙自己去取出那筆銀子，然後設法奪取？

那拉氏料定她救父心切，只要知道藏銀的地點，就一定會派人去找出來，而如柳，無疑是最適合的人選。所以只要盯住如柳，就等於盯住了銀子！

第一千一百九十七章　審理

舒穆祿氏越想越覺得有可能。可惡，自己怎麼沒提早想到這些，以致中了皇后的圈套，現在悔之不及。

但是，另一撥人又是誰呢，究竟銀子最終落在誰的手裡？

見舒穆祿氏始終不說話，如柳小聲道：「主子，您若心裡不痛快，就打奴婢吧。若是奴婢再小心一些，就不會弄成現在這個局面。」

「若是打妳有用，我早就動手了！」舒穆祿氏沒好氣地瞪了她一眼，旋即又有些洩氣地道：「這件事也不能全怪妳，是我沒想到皇后這樣奸詐，居然以此為餌，讓我親手奉上那十二萬兩銀子。就不知道最終拿走銀子的是皇后派去的人還是別人。」

如柳駭然道：「主子是說，有一撥人是皇后娘娘派去的？」

「八九不離十。只要有了這筆銀子，她就可以牢牢將我拿捏在手中，她說東，我絕不敢往西。」說到這裡，舒穆祿氏用力揉著額頭道：「若真是被她拿去了，那還好一些，我就怕另一撥人與熹妃她們有關，那麻煩就大了。」

如柳慌聲道：「主子，那……那現在該怎麼辦？要不要去問問皇后？」

一提到那拉氏，舒穆祿氏就反感不已。此人心機太深，哪怕自己百般提防，仍是在不經意間著了她的道，不論她拿沒拿那十二萬兩銀子，都絕對不會承認。自己這一去，除了與她撕破臉之外，沒有任何好處。

想到這裡，舒穆祿氏長嘆一口氣，靠著椅背道：「不必去了，等著吧，早晚有消息傳來。」

如柳點頭之後，忍不住問：「那救老爺的銀子……」

舒穆祿氏搖頭道：「若是皇后吞了那些銀子，就是明擺著要置我阿瑪於死地，就算我再湊齊銀子給她，她也不會真為我阿瑪解圍。」

「那如果不是皇后呢？」如柳剛問出這句話就後悔了。會盯著那筆銀子的，無非是兩個人，一個是皇后，她要藉此控制主子；另一個就是熹妃，她比皇后狠，要置主子於死地。

舒穆祿氏盯著外頭亮得讓人眼花的天光，陰聲道：「我絕對不會死在她前面，鈕祜祿氏這輩子都休想如願！」

那拉氏也同時知道了消息，心中驚訝不已。自己派去的人，居然成了黃雀口中的螳螂，失去本已到手的銀子。

小寧子緊緊皺著眉道：「主子，難道宮中有人走漏了風聲？」

那拉氏冷聲道：「相比這個，本宮更好奇，熹妃手下何時多了這麼一個武功高強的人。」

小寧子目光一閃，小聲道：「主子是說，那人是熹妃派去的？」

「舒穆祿恭明的死，與其說是朝堂之事，倒不如說是舒穆祿氏、本宮、熹妃之間的爭鬥更貼切一些。既然銀子被熹妃拿走了，舒穆祿恭明就離死不遠了，哪怕本宮動用家族的力量，也改變不了這個結果。」

小寧子思索著道：「這麼說來，慧貴人也會死了？」

那拉氏掃了一眼角落裡正在融化的冰塊，冷冷道：「就算不死，也免不了被打入冷宮，或是乾脆一些，罰去寺院中出家。」

「那主子您……」

那拉氏道：「本宮還沒想好要不要救她，一切等到了那個時候再說吧。」

第二天，泰禮上奏，稱已經查到十二萬兩贓銀的所在，並已押送至京城，要求刑部立即審理舒穆祿恭明一案，胤禛准奏。

這日，舒穆祿氏長跪佛堂中，為自己與家人祈禱，希望可以避過死劫。

同一日，順天府開審劉長明一案，劉父親自去府衙聽審，看順天府尹會如何斷案，不過因為之前順天府尹已經收了他送去的銀子，倒是沒有太過擔心。

如柳不時去宮門處打聽消息，在她又一次回到佛堂時，發現舒穆祿氏站了起來，並且問：「有消息了嗎？」

如柳搖頭道：「暫時還沒有，奴婢過會兒再去打聽，主子您別太憂心了。」

「不必去打聽了。」

如柳不解。自從銀子失蹤後，主子就一直很緊張，待到泰禮大人上奏後，更是緊張到了極點，否則也不會天未亮就來此祈福。

未等如柳發問，舒穆祿氏已道：「扶我去養心殿。」

如柳以為舒穆祿氏是想要去向胤禛求情，連忙勸阻：「主子，現在事情還未明朗，您就算去了，皇上也不會聽您說的，還是等判決結果下來再說吧。」

「等刑部下了判決就來不及了，我心裡自有計較，妳不必多言。」

見舒穆祿氏這般堅持，如柳只得壓下心中的擔憂，扶她過去。

到了養心殿外，舒穆祿氏對正朝自己打千的四喜道：「勞煩喜公公進去通傳一聲，說我有要事求見皇上。」

四喜為難地道：「啟稟貴人，皇上一早就吩咐了，說今日誰來都不見，貴人還是改日再來吧。」

舒穆祿氏既來了，又怎甘心放棄，殷切道：「我確有要事，請喜公公通融一下，行個方便。」

四喜躬身道：「這是皇上的意思，奴才實不敢違背，還請貴人不要為難奴才。」

看著那扇緊閉的朱門，舒穆祿氏轉身走到臺階下，然後屈膝跪了下來。

這個舉動把四喜嚇了一跳，連忙走過去道：「貴人您這是做什麼？」

舒穆祿氏拒絕如柳的攙扶，神色堅定地道：「若公公不肯替我通稟，我只有在此長跪不起。」

「貴人您這是……這是……」四喜一時不知該說什麼好。胤禛的意思他很清楚，是存心避著舒穆祿氏，可若由著舒穆祿氏跪在這裡又不好，令他左右為難。

想了許久，四喜勉為其難地道：「這樣吧，奴才替您去通傳一聲，但皇上肯不肯見就不是奴才所能決定的了。」

舒穆祿氏暗自鬆了一口氣，道：「多謝公公，另外請公公告訴皇上一句話，請皇上嚴懲舒穆祿恭明！」

第一千一百九十八章　嚴懲

四喜大為吃驚，幾乎不敢相信自己的耳朵。「貴人您確定要奴才這麼轉告皇上嗎？恭明大人可是您阿瑪啊！」

「是！」在說這個字時，舒穆祿氏的神色無比堅定，連一絲猶豫也沒有。

四喜搖搖頭，帶著驚訝走進了殿內。

胤禛正在看邊關送來的軍情，蘇培盛立在一旁，隨時候著胤禛的吩咐。

四喜趁機道：「皇上，慧貴人在殿外求見。」

胤禛頭也不抬地道：「忘了朕是怎麼吩咐你的嗎？不見！」

四喜嚥了口唾沫，小聲道：「慧貴人她一直跪在殿外，不肯起來，另外她還讓奴才轉告皇上一句話，說請皇上嚴懲舒穆祿恭明。」

胤禛手上動作一滯，抬起頭道：「她真這樣說？」

四喜低垂著頭道：「是，慧貴人的樣子很認真，不似胡言。」

在胤禛猶豫的時候，蘇培盛插話：「皇上，要不傳慧貴人進來問清楚？」

胤禛眸光微閃，再次翻開一本軍情摺子，道：「不必了，她喜歡跪就由著她跪，出去。」

在蘇培盛無奈的目光中，四喜退出殿外，將胤禛的話轉述一遍，隨後勸道：「貴人您還是回去吧，您就算再怎麼跪著，皇上也不會見的。」

舒穆祿氏只是繼續保持著跪地的姿勢，如柳只能跟著她一道跪。

六月初的天氣，驕陽似火。初時太陽照不到，雖熱，但終歸還受得住，但隨著日影偏斜，陽光開始從腳踝處一路照上來，後背就像是有火在烤一樣，疼得讓人跪不住，身上的衣裳溼了又乾，更有汗從下巴尖滴下來。

如柳舔了舔乾燥的嘴脣道：「主子，要不咱們還是先回去吧，晚些再來。」

舒穆祿氏看了她一眼，啞聲道：「妳要是跪不住了就回去，不用管我。」

如柳急切地道：「可是再這樣跪下去，您身子會虛脫的。」

舒穆祿氏搖頭道：「不管怎樣，在審決結果下來之前，我一定要見到皇上。」

說到這個，如柳想起她讓四喜轉告的話，趁著無人注意，小聲道：「主子，您為何要讓皇上嚴懲老爺，萬一皇上真處決了老爺，那該如何是好？」

「妳覺得我阿瑪還有活路嗎？」舒穆祿氏搖頭，苦澀地道：「沒有。在泰禮大人上奏說找到那十二萬兩銀子的時候，唯一的活路就已經被堵死了。所以不論我怎麼說，阿瑪都會死，但是我……不一定。」

如柳被晒紅的臉掠過一絲濃重的駭意。「主子您是想……」後面的話太過驚人，她不曉得該不該說下去。

「不錯，既然事情已不能逆轉，就只有棄車保帥，我不僅不能再為阿瑪求情，還要推他去死。」舒穆祿氏閉目，臉上掠過深深的痛苦之色，但很快便已被冷酷所取代。「只有我活著，才能為阿瑪報仇，不讓他死得這麼冤枉。」

自巨大的震驚中回過神來，如柳問：「可是皇上會相信嗎？」

「我會讓他相信的！」說完這句，舒穆祿氏不再言語，繼續忍受烈陽之苦。

不知過了多久，晒得頭暈眼花的舒穆祿氏聽得「吱呀」的聲音，連忙抬起頭來，果然見得養心殿門開了，蘇培盛從裡頭走出來。

舒穆祿氏滿懷期望地問：「蘇公公，皇上可是肯見我了？」

蘇培盛一臉不忍地道：「沒有，奴才只是出來為皇上沏茶罷了，貴人您還是別跪著了，皇上他……」

「我一定要見皇上！」舒穆祿氏啞聲道：「蘇公公，求你幫幫我，這份恩情來日我一定加倍奉還。」

「可皇上這次態度很堅決，只怕……」

不等蘇培盛說完，舒穆祿氏已經急切地道：「只要公公肯幫忙，皇上一定會見我的，求公公了！」

蘇培盛被她求得心軟，當然最主要還是念在那兩幅字畫的分上，道：「唉，那奴才就盡力一試吧，不過皇上若真不願見，貴人也別怪奴才。」

舒穆祿氏連連點頭，感激地道：「我知道，多謝公公。」

蘇培盛沏了茶進去，放到胤禛手邊，隨後小聲道：「皇上，奴才剛才去茶房的時候，看到慧貴人還跪在外頭呢，這般毒辣的日頭，也真虧慧貴人跪得住。」

「還沒離開？」胤禛有些詫異地抬頭。他原以為舒穆祿氏跪一會兒就會知難而退，豈料竟是一直跪到現在，算算時間，少說也有一個多時辰了。

見胤禛發問，蘇培盛趕緊道：「是啊，奴才看慧貴人臉都晒紅了，汗水更滴滴答答地往下流，那樣子，奴才看著都可憐。」

胤禛掃他一眼，冷聲道：「既是可憐，那你也去跪著得了，何時變得這麼多話？」

一聽胤禛的口氣不對，蘇培盛趕緊跪下請罪。「奴才該死！」

胤禛也不理他，取過茶抿了一口，似是覺得不解渴又喝了一大口，也不管那茶還有些燙口，隨即將茶盞往桌上重重一放，站起身來，在殿中來回踱了幾次後，忽地道：「蘇培盛！」

蘇培盛正跪在地上暗暗叫苦，一聽胤禛叫自己，心都快從胸膛裡跳出來了，唯恐胤禛是要處置自己，顫聲道：「奴才在。」

胤禛仰頭看著頂上的彩畫，凝聲道：「出去問舒穆祿氏，為何她要讓朕對舒穆祿恭明從重處置，為人子女，不是該為其求情的嗎？」

舒穆祿氏在聽得蘇培盛的問話時，心中一鬆，只要胤禛肯問，事情就還有轉圜的餘地！她搖搖頭，讓自己被晒得發暈的腦袋清醒一些。

蘇培盛小聲道：「貴人，皇上這問話很關鍵，您可一定得想清楚了再回答。」

「多謝公公。」這會兒工夫，舒穆祿氏已經清醒許多，沙啞著道：「請公公代為告訴皇上，舒穆祿恭明雖然是我阿瑪，但他為一己私利辜負皇上期望，辜負十年寒窗苦讀考取的功名，實在不該。他既犯下如此大錯，理應受罰，我雖是一介女兒身，卻也懂得明辨是非，知曉公義二字為何。至於先前曾為其求情，那是因為我以為他是無辜的，事後發現他做下這等不忠不義之事，實在深以為恥。正因為這樣，我才會叫如柳帶人去祖墳，將阿瑪藏在那裡的十二萬兩銀子取出，交給泰禮大人。」

第一千一百九十九章　出家為尼

蘇培盛大為吃驚，迭聲道：「那十二萬兩銀子，是貴人交給泰禮大人的？」

他聽說就在舒穆祿恭明被押進京後沒多久，泰禮大人就突然找到了久尋不至的那些銀子，上奏要求即刻開審此案。

舒穆祿氏沉沉道：「不錯，我從阿瑪寄來的信中發現了他藏銀的地點，然後讓如柳出宮找到，挖出暗中交給泰禮大人，否則如此隱蔽的藏銀地點誰又能找得到。」

蘇培盛深以為然地道：「貴人說得正是。唉，貴人能夠大義滅親，實在是令人欽佩，奴才這就告訴皇上去。」

當蘇培盛一五一十將舒穆祿氏的話轉述之後，胤禛不禁為之一怔，盯著蘇培盛道：「是她將銀子交給泰禮的？」

「正是，舒穆祿恭明將銀子藏在祖墳中，若非慧貴人讓如柳挖出，誰又能找得到。奴才雖然沒什麼見識，卻也覺得慧貴人此舉實在難得。」蘇培盛察覺到胤禛心中正起著劇烈的波瀾，趕緊趁機幫舒穆祿氏說好話。

正在這時，外頭傳來四喜的聲音：「皇上，舒穆祿恭明一案，刑部已有了判決，恭請皇上過目。」

胤禛原本有些動容的神色因這句話而一冷，回到御案後面坐下道：「呈進來。」

胤禛打開奏本，只見上面寫著舒穆祿恭明貪贓枉法一案經查屬實，且贓銀也已經尋到，依律法判處舒穆祿恭明與其妻絞刑；至於其女，本該一道被處以絞刑，但因其為宮中嬪妃，刑部不敢妄判，特請胤禛處置。

蘇培盛偷偷瞄了一眼內容，看到「絞刑」二字，不由自主地哆嗦了一下。

奏本上不過寥寥數行，胤禛卻看了許久。他這些日子對舒穆祿氏避而不見，最大的原因就是不想自己被她所困擾。

至於另一重……他害怕，害怕自己對舒穆祿氏強烈到無法遏制的慾望。那一夜雖然被慾念支配，但卻對自己做過的事一清二楚，他不明白自己怎麼變得這樣貪慾無度，感覺就像是變了個人。

還是說，自己根本就是這樣的一個人！

現在他究竟該怎麼處置舒穆祿氏，是絞刑還是……

思慮良久，胤禛咬牙將奏本扔給四喜道：「讓刑部按著這個審決結果論罪。至於舒穆祿氏……蘇培盛，傳朕旨意，念在舒穆祿氏主動尋出贓銀，大義滅親，免其一死，但活罪難逃，褫奪其貴人身分，明日就前往永安寺出家為尼。」

留她性命，只讓她出家為尼，也算是全了她主動交出贓銀的大義，就這樣吧。再者……

舒穆祿氏不在宮中，對她的情慾應該也會漸漸淡去吧。

蘇培盛依言退下，對翹首祈盼的舒穆祿氏道：「慧貴人，刑部已經有決定了，恭明大人與夫人被處以絞刑，至於您……」

「我怎樣，皇上怎麼說？」雙親的處決早在舒穆祿氏意料之中，她現在只關心胤禛會怎麼處置自己，是否念在自己「主動」交出贓銀的分上，恕自己無罪。

「皇上念及慧貴人所做的事，決定恕慧貴人死罪。」不等舒穆祿氏高興，蘇培盛再次道：「但死罪可免，活罪難逃，讓慧貴人明日前往永安寺出家為尼。」

永安寺與萬壽寺一樣，皆是皇家寺院，不過永安寺皆是女尼。

舒穆祿氏身子一晃，艱難地道：「皇上……他當真這麼說？」

「唉，慧貴人想開一些吧，好歹您還留著性命。」蘇培盛也不知道還能勸什麼。

如柳扶著險些撲倒在地上的舒穆祿氏，啞聲道：「皇上怎麼能這樣不留情？主子怎麼說也是他枕邊人，再說犯事的是主子家人，與主子何干？」

蘇培盛搖搖頭道：「這也是沒法子的事，奴才已經盡力幫慧貴人說好話了，無奈皇上聖意已決，非奴才一個下人所能左右。」

如柳還待再說，舒穆祿氏已經抬手道：「皇上要我出家，我無話可說，只求在此之前，再見皇上一面，這樣我就再無遺憾了，還請公公再幫我最後一次。」

「這個……」蘇培盛猶豫半晌，咬牙道：「也罷，念在慧貴人待奴才的好，奴才就豁出去再幫您一回吧。」

當蘇培盛將這話告訴胤禛的時候，胤禛搖頭道：「都到這個時候了，還有什麼好見的，讓她速速離去。」

不管蘇培盛怎麼勸，舒穆祿氏都堅持不肯離去，執意跪在養心殿外。她要見胤禛，自然不僅是為了見他最後一面，她是屬於這後宮深苑的，就算死，她也絕對不會去什麼永安寺出家！

舒穆祿氏長跪養心殿前不起的消息很快就傳遍了東西六宮，各宮反應不一，不過幸災樂禍者居多。

誰讓舒穆祿氏原先如此得寵，搶盡了許多人的風光。

劉氏也是同樣的想法，雖然舒穆祿氏一倒，她對付熹妃就難了許多，但舒穆祿氏同樣是一個禍患，能夠不用她動手解決，自然是求之不得。

不過很快的，劉氏就笑不出來了，因為海棠帶來了順天府的判決結果，劉長明逼死良民，強娶其妻為妾，罪證確鑿，依律於秋後處斬；至於其長隨，為他人頂替罪名，杖責五十。

劉氏愣了許久，方才醒過神來，厲聲道：「為何會這樣？順天府尹不是收了咱們的銀子嗎？」

海棠小聲道：「回主子的話，順天府尹是收了，不過在案子剛開審的時候，他就悄悄派人將銀子原封不動送回了府上。」

「順天府尹將咱們劉家當成什麼，收了銀子又退回，真以為咱們劉家奈何不得他嗎！」喝罵了一句後，劉氏寒著臉道：「阿瑪那邊怎麼樣了？」

第一千兩百章　簫聲

「老爺聽得判決，氣得當場大罵，誓要順天府尹好看；但是順天府尹態度出奇的堅定，說是依律行事，一步也不肯退讓。不過案子斷完後，順天府尹私下裡將老爺叫了過去，說鈕祜祿家那邊盯得很緊，還說了，若隨便找個人頂少爺的死罪，就將這件事捅上天聽，到時候少爺一樣要死，他頭上的頂戴也保不住。」

「鈕祜祿凌若！」劉氏恨恨一掌拍在桌上，咬牙道：「她是存心要逼死本宮兄長！」

「老爺讓主子再想想辦法，少爺一死，劉家的香火——」

海棠的話還沒說完，劉氏已經劈頭蓋臉地罵過來。

「香火、香火，他永遠都只記著香火！若不是他與額娘將兄長寵得不知天高地厚，怎麼會鬧出這樣的禍端來！如今大錯已鑄成，又要本宮想辦法，本宮又不是大羅神仙，哪裡還有什麼辦法可想，讓他直接準備棺材得了！」

見她氣成這個樣子，金姑勸道：「都是一家人，主子何必發這樣大的火。」

劉氏勉強壓了胸中邪火後，對海棠道：「妳讓報信的人告訴阿瑪，到了這步田地，兄長肯定是沒法救了，再鬧下去，不只兄長要死，整個劉家都要跟著倒楣。本宮唯一可以做的，就是替兄長報仇，不讓他枉死。」在海棠準備下去時，她又道：「還有一件事，你讓阿瑪也照做，為了維護劉家的聲譽，之前兄長搶來做妾的那個婦人一定要發還家中，別為了逞一時痛快而毀了家聲。還有，藉此在京中大做善事，一定要將咱們家失去的聲譽奪回來，以免鈕祜祿家再發難。」

劉氏陰聲道：「這筆帳，本宮早晚會問鈕祜祿氏討回來，不，應該說是問她全家討回來才是！一個鈕祜祿氏，已不足以解本宮心頭之恨。」

「熹妃做了那麼多事，老天不會讓她一直得意下去的。」金姑幾乎可以說是看著劉長明長大的，見他被熹妃害得要處斬，心中的恨意比劉氏少不了多少。

瓜爾佳氏在得到消息後，帶著從祥來到承乾宮，剛到宮門就聽得裡面傳來一陣悠揚的簫聲。

聽了一會兒，瓜爾佳氏辨出這是一首《鳳凰臺上憶吹簫》，當即微微一笑，叩指在脣邊，吹出細幽的聲音，與簫聲相和。

吹簫人似因這突如其來的聲音怔了一下，簫聲出現些許漏處，不過很快地便追了上去。

待得一曲終了，凌若從裡面走出來，挽過瓜爾佳氏的手，笑道：「姊姊何時學會了空手吹曲子？可是讓我大開耳界呢！」

「還待字閨中時就學會了，不過後來覺著女子這樣吹曲有些不雅，就不吹了，自然也沒人曉得。今日聽得妳在裡面吹簫，一時興之所至，就和了幾聲。」她看向凌若還拿在手裡的玉簫道：「我記得這簫是先帝送給妳的，妳一直很珍視。」

凌若笑一笑道：「是啊，剛才來了興致便讓水秀拿出來吹了。別人是吹簫引鳳，我卻是將姊姊給引來了。」

在走進陰涼的殿中後，瓜爾佳氏坐下道：「很久沒聽到妳吹簫了，如今聽來還是很好聽。突然有這興致，可是因為兩件事都已經解決了？」

凌若撫著溫潤的簫身道：「籌謀了這麼久，今日總算是塵埃落定，確實是讓我鬆了一口氣。」

瓜爾佳氏輕嘆道：「可惜，還是美中不足。」

水秀正好奉茶上來，聽得瓜爾佳氏的話道：「娘娘可是說慧貴人的事？」

「可不是嗎？我原以為一旦舒穆祿恭明被定罪，舒穆祿氏也要處死，沒想到皇上留了她一條性命，只讓她去永安寺出家，想來真是有些不甘心。」

「不甘心也沒用，皇上旨意已下，難道妳我還求著皇上處死舒穆祿氏嗎？能做的，咱們已經都做了，再多做，只會惹皇上懷疑。」

瓜爾佳氏不無憂心地道：「話雖如此，但舒穆祿氏不死，終歸還是難以心安。

當初她被囚禁在水意軒中，後面不是一樣起復了嗎？皇上對她一直都難以徹底忘記，我怕她有朝一日又會死灰復燃。」

「這個……」

凌若正自思索之時，瓜爾佳氏又道：「妳可知道皇上這次為何免她死罪，僅只是出家為尼那麼簡單？」

「難道不是皇上念在與她的情分上嗎？」見瓜爾佳氏冷笑，她蹙眉道：「姊姊可是知道一些我不曉得的事？」

瓜爾佳氏神色凝重地道：「這件事我也是剛剛知曉。舒穆祿氏自稱，是她讓如柳將那十二萬兩銀子交給我阿瑪的，還請皇上從重處置舒穆祿恭明，儼然一副大義滅親的樣子。」

凌若檀口微張，不敢置信地道：「她竟然這麼說？」

「不錯，因為這樣皇上才網開一面。妳想想，她連自己阿瑪、額娘都可以推上絕路，又怎麼甘心一輩子在永安寺為尼，一定會想方設法回到宮裡。甚至於，她根本就不願去，聽說她此刻還跪在養心殿前，差不多已經跪了三個時辰了。」

凌若走到門邊，將宮門打開些許，只是一條縫而已，熱浪就滾滾襲來，可想而之外面是多麼的熱。

在這種天氣下跪上三個時辰，其毅力絕對非同小可。想到此處，凌若的面色也陰了下來。

「皇上那頭怎樣？」
「到現在皇上都沒說什麼，任由她跪著，出宮為尼一事，應該是不會改了。」胤禛決定的事，輕易不會改。
凌若微微點頭，意有所指地道：「那麼就由著她跪下去吧，至於姊姊所擔心的事，等她出宮後再說。」

第一千兩百零一章　大雨

又說了幾句後，瓜爾佳氏忽地笑了起來。

「我聽說順天府尹審完案子後，劉家老爺子在公堂上指著府尹的鼻子罵，可是好笑得緊。」

凌若嗤然道：「又是讓長隨頂案，又是往順天府裡塞銀子，真當我不曉得嗎？劉長明做了那麼多壞事，判他一個秋後處決，一點都不冤枉。」

瓜爾佳氏輕搖團扇道：「銀子雖好，也要有命用才行。順天府尹不是個糊塗人，知道妳打定了主意要拿劉家開刀，又怎敢真收那銀子，不過是做個樣子，以免案子開審前，劉家鬧出更大的事來。」

「要怪就怪劉家自己教子不善，與人無干。」

雖然對付劉長明是為了讓劉氏無暇管舒穆祿氏的事，但在知道劉長明逼死人後，凌若就已經下了必殺他的決心。

暢快過後，瓜爾佳氏叮嚀：「劉氏對妳恨之入骨，妳以後行事要加倍小心。」

凌若卻冷笑道：「劉氏對我的恨還少嗎？她若可以對付我，早就動手了，哪還會隱忍不發。」

如此一直聊到日落西山，而銅盆中的冰也融得差不多了，楊海正要端下去換冰，凌若道：「晚些再換吧。如今涼快一些了，本宮與謹嬪去院中坐一會兒。」

當門打開時，一隻蜻蜓恰好自凌若眼前飛過，顫動著透明的翅膀與其他蜻蜓一道在半空中飛舞。

外頭確實不怎麼熱了，但出奇地悶，讓人感覺喘不過氣來；夏蟬似乎也感覺到了窒息般的悶意，在樹上聲嘶力竭地叫著。

日落之處，餘暉如金，在其四周布滿了絢爛唯美的晚霞，猶如天女所織的錦緞，令人久久捨不得收回目光。

在與夕陽相對的另一邊，烏黑猶如濃墨，且在不斷地擴大，大有將整片天空吞沒之勢。

瓜爾佳氏看著這截然相反的半邊天，喃喃道：「看樣子應該會有一場大雨。」

「入夏以後很久沒下雨了，聽皇上說，有些地方已經出現旱情了，若是下了，正好可以緩解旱情。」

直至晚膳過後，這場醞釀了許久的雨才以傾盆之勢落了下來，沖刷著紫禁城的每一個角落……

養心殿內，胤禛已經批完所有摺子，正站在窗前看著這場少有的大雨。蘇培盛從外頭走進來，走到胤禛身邊道：「皇上，參湯燉好了。」

胤禛訝然道：「朕何時說過要喝參湯？」

蘇培盛陪笑道：「回皇上的話，是熹妃娘娘讓御膳房燉的。娘娘說這些日子見皇上臉色不太好，想是日夜操勞國事辛苦，所以讓御膳房每晚都燉參湯給皇上補補身子。」

胤禛心中一動，這些日子他確實覺得身子有些發虛，遂道：「朕的臉色真那麼難看嗎？」

「皇上龍顏不怒而威，怎會難看。」蘇培盛奉迎了一句後又道：「熹妃娘娘那麼說，想來也是不願見皇上太過操勞。」

胤禛不說話，身子的虛意還有對舒穆祿氏奇怪的慾望，始終讓他覺得有些不對，想了想道：「明兒個讓太醫過來替朕診脈。」

在蘇培盛答應後，胤禛接過參湯慢慢喝著，待得一碗參湯喝完，他忽地道：「舒穆祿氏還跪在外頭嗎？」

蘇培盛正想著該怎麼跟胤禛說，眼下見他問起，連忙道：「啟稟皇上，娘子一直都跪著呢，任奴才怎麼勸都不肯離去。」

見胤禛露出若有所思之色，他大著膽子道：「皇上，恕奴才多嘴說一句，娘子不吃不喝跪了一日一夜，又是日晒又是雨淋的，無非就是為了見皇上一面，皇上您何不了卻她這個心願？也算是盡了最後一點情分。」

胤禛冷冷掃了他一眼道：「何時你的差事裡還包括教朕做事了？」

蘇培盛連忙跪地道：「奴才不敢，奴才只是看著娘子可憐。犯錯的畢竟是娘子家人，與娘子無關。何況娘子這一回也算得上是大義滅親了，若非娘子交出那十二萬兩銀子，刑部也不能這麼快就定了舒穆祿恭明的罪。」

蘇培盛最後那句話觸動了胤禛心底的那根弦，令他沉默下來，目光落在一旁的自鳴鐘上。

鐘走動時發出的「滴答」聲完全被殿外的傾盆大雨所掩蓋，聽不到分毫，在長針走完一格時，胤禛終於開口：「拿傘來。」

一聽這話，蘇培盛趕緊從地上爬起來，取過一柄油紙傘恭敬地遞給胤禛。後者接過後走到殿外，然後撐開傘，穿過厚重的雨幕走到跪在階下的兩個身影前面。

舒穆祿氏早已被淋得渾身溼透，衣衫緊緊貼在身上，猶如從水裡撈起來一般。雖是夏夜，但暴雨還是凍得她瑟瑟發抖，嘴脣發青，旁邊的如柳亦是一般模樣。

在舒穆祿氏被雨淋得近乎麻木時，落在身上的雨水突然消失了，她抬起頭，映入眼底的是一柄油紙傘，還有那一身即使在夜色中亦無比耀眼的明黃色長袍；而自己的命運，正是掌握在有資格穿這身明黃色的人手中。

好想，好想有一天，她也能穿上這份明黃，那麼，她就可以將命運牢牢掌握在手中，再不用受制於任何人。

舒穆祿氏的頭腦已經不太清醒了，但這個念頭卻無比清晰，清晰到讓她抬起溼漉漉的手，牢牢抓住這份明黃，不讓它離開。

胤禛並不曉得舒穆祿氏的心思，看到猶如落湯雞一般的她，心底生出一絲微薄的不忍。相處多日，除去慾望之外，終還是有那麼一些些的情意。

「妳已經見過朕了，可以回去了。」

第一千兩百零二章　意外

「皇……上……」

舒穆祿氏剛一張嘴，牙齒就不住打顫，讓她無法說出完整的話，但抓著胤禛袍角的手卻怎麼也不肯放開。

她知道，一旦放開了，自己就將淪入黑暗之中，再沒有得見光明的那一日，更不要說向害過她的人報仇。

她要留在宮中，一定要留在宮中！

舒穆祿氏努力地想要說話，可不論她怎麼努力都說不出一句完整的話來，到最後更是眼前發黑，暈了過去。

「主子！主子！」如柳爬過去，吃力地抱起舒穆祿氏大聲喚著，不過任憑她怎麼喚，舒穆祿氏都沒有反應。

看到舒穆祿氏軟軟伏倒在自己腳前，胤禛搖搖頭，對跟在後面的蘇培盛道：

「送她回水意軒，然後找太醫為她醫治……明日日落之前，一定要送去永安寺。」
之所以這麼說，倒不是胤禛太過無情，而是覺得已經決定的事，沒必要再拖下去；而且……剛才那麼一會兒，他已經感覺到慾望在身體裡蠢蠢欲動，若由著繼續下去，他怕自己會收回先前說的話，將舒穆祿氏留在宮中。
真不曉得自己最近是否虛火太旺，慾望竟然如此之深，可除卻舒穆祿氏之外，對其他嬪妃卻又不強烈，甚至可說是索然無味，真是奇怪。看樣子明日太醫來時，定得讓他好好替自己診診脈，看看是否身子出了問題。
如此想著，他再次看了倒在地上一動不動的舒穆祿氏，轉身回到養心殿。
負責值夜的是何太醫，見蘇培盛親自來太醫院，以為是胤禛出事了，慌忙背上醫箱，連傘也不帶就準備往養心殿趕，被拉住道：「錯了，何太醫，不是皇上有事，是皇上讓你去給娘子診治。」
「娘子？」何太醫重複著這個陌生的稱呼，不知道蘇培盛所言何人。
見何太醫一臉茫然，蘇培盛拍著腦袋道：「看咱家糊塗的，娘子就是水意軒那位。皇上已經下旨廢黜了她的位分。」
「原來如此。」宮裡頭的事，何太醫也略有耳聞。
到了那邊，水意軒裡裡外外的燈都被點了起來，在雨夜裡透著朦朧的亮光。剛進到裡面，何太醫人還沒站穩，就被一隻冰涼且都是水的手抓住了。「何太醫，你快看看我家主子，她從剛才起就一直昏迷不醒，而且額頭好燙！」

何太醫站定一看，原來是如柳。只見她渾身都溼透了，頭髮、衣裳牢牢黏在身上不說，還不住地往下滴水，然她自己卻只是急切地讓何太醫去為舒穆祿氏醫治。

「莫急，我這就去。」何太醫掙脫她的手，快步往內屋走去。

如柳正要跟著去，卻被蘇培盛拉住了。「如柳，有何太醫在，娘子不會有事的。妳先下去換身衣裳，再這樣凍著，妳自己該倒了。」

「我沒事，我只是擔心主子，她今日受了這麼大的打擊不說，又跪了一天一夜，偏皇上還沒一句中聽的話。」如柳眼淚不住地往下滴，與臉上那些雨水混在一起。

「噓！」蘇培盛趕緊做了個禁聲的手勢，低喝道：「放肆，妳怎可以這樣說皇上，不想要腦袋了嗎？」

如柳吸了吸鼻子道：「不要就不要，左右主子一出家，我也不會有什麼好日子過，倒不如死了更乾淨。」

聽得她這麼說，蘇培盛嘆了口氣道：「唉，這也是沒辦法的，不過好歹皇上最後還是見了娘子，也讓我請何太醫來給娘子看診了，還想怎麼辦？」

如柳啜泣道：「主子說是只要再見皇上一面，但我知道，她心裡根本就捨不得皇上。蘇公公您……」

蘇培盛抬手無奈地道：「不是我不幫，實在是無法。先前勸皇上出來見娘子已是費了許多的勁，再多話下去，不只幫不了娘子還會將自己也搭進去。」

如柳無奈地低下頭。

難道主子這次真的要被趕去永安寺出家？明明主子已經將泰禮大人拿到的那十二萬兩說成是她交出來的，皇上竟然還這樣不講情面，非要將主子趕出宮去。帝王無情，這句話真是一點也沒錯。

真是不甘心啊，熹妃她們這樣害主子，主子卻無法報仇，實在可恨。

蘇培盛搖頭道：「別想那麼多了，人世間的事，本就是不如意居多，想多了只會讓自己平添痛苦。待娘子醒來，妳也勸勸她，讓她看開些，就當是作了一場夢吧。」

如柳情緒低落地道：「嗯，我知道了，多謝公公，我先去看看主子怎麼樣了。」

這時何太醫走了出來，如柳連忙迎上去道：「何太醫，我家主子要不要緊？」

「娘子是因為受了日晒雨淋之苦，身子一時支撐不住，才會昏過去並且發燒。我已經給她開了藥，只要能夠將熱度壓下去，就不會有大礙。」何太醫神色看起來有些怪異。

聽得何太醫的話，如柳心下微安。「那我現在能不能進去看看？」

「自是可以。」待如柳進去後，何太醫一把拉住準備跟著進去的蘇培盛。「蘇公公，借一步說話。」

蘇培盛感到奇怪地瞥了他一眼，待走到一個無人的角落後道：「何太醫，怎麼了？難道娘子的病情不像你說的這麼簡單？」

「那倒不是，不過娘子她……」何太醫神色怪異地道：「她有了一個多月的身孕。」

蘇培盛一下子睜大眼睛，不敢置信地道：「何太醫，你不是與咱家開玩笑吧，娘子她竟在這個時候有身孕了？」

何太醫苦笑道：「我剛才也嚇了一跳，但娘子的脈象千真萬確是喜脈，不會有錯。蘇公公，你看這事是否要告訴皇上？」

第一千兩百零三章 確認

蘇培盛想也不想就道：「娘子懷的是龍子鳳孫，自然要告訴皇上。」

「可皇上都已經廢了娘子的位分，眼下去說，是否有些不合適？」

何太醫話音剛落，蘇培盛就瞪了他一眼道：「廢歸廢，可娘子腹中的是不折不扣的龍胎，難道何太醫想讓龍子鳳孫流落民間嗎？」

何太醫乾笑一聲道：「我自然不是這個意思，不過是想問問蘇公公，該怎麼和皇上說罷了。」

「這個就不用何太醫擔心了，咱家自會去跟皇上說。」蘇培盛看起來是一副公事公辦的樣子，但私心裡卻有些高興。

何太醫點點頭道：「好，那我先回太醫院了。」

蘇培盛往內屋行去，只見如柳正坐在床前垂淚，舒穆祿氏依舊昏迷不醒。

看到蘇培盛進來，如柳抹了把淚道：「蘇公公，看主子這樣子，就算醒來身子也極弱，難以行走，您能不能再去跟皇上求求情，讓他寬限幾日？」不等蘇培盛說話，她又慌忙道：「我知道這件事讓您很為難，可主子她……」

「我明白妳的意思，這件事妳不必擔心。」

蘇培盛肯定的言語令如柳不解，不知他怎麼一下子答應得這麼爽快，就算是看在那兩幅字畫的分上也不應如此啊。

蘇培盛看出如柳的疑惑，笑道：「放心吧，娘子不只明日不用出宮，很可能以後都不用出宮了。」

「公公這話是何意？」如柳越發奇怪，旋即又欣然道：「難道公公想到了救我家主子的辦法了？」

蘇培盛滿面笑容地道：「不是我，而是娘子救了自己。」

如柳越發奇怪地道：「恕我不明白公公的意思。」

蘇培盛也不再賣關子，笑道：「娘子大喜！剛才何太醫為娘子診脈，發現她已經有了身孕，既然娘子懷了龍胎，皇上又怎會再讓她去永安寺出家？」

如柳又驚又喜，迭聲道：「公公此話當真？主子她竟然……竟然……」她激動得說不出話來。

「何太醫這樣說，必定是千真萬確的事。」蘇培盛又道：「妳且在這裡照顧著娘子，讓她放寬心好生養胎，我這就去回了皇上，相信很快會有好消息傳來。」

如柳連連點頭。「一切有勞公公了。」

外頭還在下著傾盆大雨，等到養心殿的時候，蘇培盛的鞋子與下襬都溼透了。他將不住滴水的傘遞給守在外頭的小太監後，道：「皇上歇下了嗎？」

「喜公公正在裡頭伺候皇上更衣。」小太監話音剛落，蘇培盛便推門走了進去。從私心上講，他並不希望舒穆祿氏被趕出宮去，舒穆祿氏才起復那麼些日子就送了他兩幅字畫，比宮裡任何一位主子都要大方，她繼續留在宮裡，自己所得的賞賜才會更多。

進到內殿，四喜已經替胤禛換上寢衣，他連忙上前打千。「奴才叩見皇上。」

「嗯。」胤禛淡淡地應了一聲，回過身道：「讓太醫看過了？可有大礙？」

「啟稟皇上，何太醫說娘子只是身子不支暈過去，只要燒退了就無大礙。」說完這句，蘇培盛換上一臉笑容道：「不過何太醫在替娘子把脈的時候，發現娘子已經有了一個多月的身孕，恭喜皇上，賀喜皇上。」

當「身孕」二字落在耳中時，胤禛心中說不出是什麼滋味。事情怎麼會這麼巧，他前腳剛發落了舒穆祿氏，後腳就傳來舒穆祿氏有孕的消息，怔忡良久道：「何太醫確定沒有診錯？」

「是，何太醫很是肯定，應該不會有錯。」察覺胤禛話中的質疑之意，蘇培盛小心地道：「要不然明日一早，其他太醫入宮後，奴才再讓他們為娘子診脈？」

胤禛神色複雜地點點頭。「那就一切等明日再說。」

蘇培盛抬頭瞅了一眼胤禛，小聲道：「那娘子去永安寺的事……」

胤禛想了一下，沉聲道：「此事先緩緩，一切等太醫診過後再說。」

「嗻！」蘇培盛能夠感覺到，皇上心裡已經生出動搖之意。

夜，在滂沱大雨中過去，直至天亮時分，方才雨霽雲開。被沖刷了整整一夜的樹木在夏日的清晨裡青翠欲滴，極是動人。

眾太醫剛一進宮，蘇培盛便緊趕著將他們請去了水意軒，分別為舒穆祿氏把脈，均確認為喜脈。

此時，舒穆祿氏已經退了燒醒過來，在眾太醫下去後，蘇培盛滿臉笑容地道：「娘子身懷龍胎，實在是大喜啊。」

舒穆祿氏病懨懨地笑道：「待罪之人哪有什麼大喜，待會兒我就會出宮前往永安寺。」

蘇培盛連忙道：「娘子這是說哪裡的話，您如今懷著龍胎，皇上怎麼捨得讓您出宮。雖然皇上昨夜裡沒有明說，但奴才看得出皇上還是很憐惜娘子的，說不定還會趁著這個機會復娘子的位分呢！」

「公公不必安慰我，我心裡明白得很。」舒穆祿氏哽咽道：「說不定皇上根本不想要我這個待罪之人所生的孩子。」

這話可把蘇培盛嚇到了，連連擺手道：「娘子千萬不可有此想法，皇上若真不想要，就不會讓這麼多太醫來給您診脈了。皇上一向寵愛您，之前處置您也是事出無奈，怎可能不要這個孩子。」

見舒穆祿氏還是愁眉不展，他勸道：「娘子現在有孕在身，該盡量放寬心才是。至於皇上那邊，奴才這就去向皇上覆命，相信很快會有好消息傳來，到時候奴才就該改回原來的稱呼了。」

舒穆祿氏點頭道：「這個時辰，皇上應該還沒下早朝，公公不妨在這裡用盞茶再走。」

第一千兩百零四章　暫緩

蘇培盛低一低頭道：「多謝娘子好意，不過奴才還要與齊太醫一道去養心殿，就不在這裡耽擱了。」

「主子有孕的事由公公去回話不就行了嗎？何必還讓齊太醫同去，難道皇上信不過公公嗎？」

「如柳姑娘誤會了，若只是娘子身孕一事，奴才去回了自然可以，不過皇上昨夜吩咐召太醫進宮為其把脈。」

舒穆祿氏臉頰一擂，關切地道：「好端端的怎麼要把脈，難道皇上病了？」

「娘子放心，皇上並不曾生病，只是昨夜裡熹妃讓御膳房燉了參湯給皇上，皇上問起，奴才便說是熹妃覺得皇上這陣子臉色不太好，故燉參湯給皇上補身。可能皇上覺得身子哪裡有些不爽快，所以讓奴才傳太醫診脈。」

舒穆祿氏目光一鬆，道：「原來如此，那公公快去吧，以免誤了皇上的事。」

「奴才告退。」

蘇培盛躬身退下，待腳步聲一路遠去後，舒穆祿氏方才低頭撫著腹部道：「這孩子……來得真是及時。」

如柳在一旁道：「是啊，奴婢剛聽到的時候也嚇了一跳，怎麼都想不到竟會有這樣巧的事情。要不是主子在雨中暈倒，皇上讓太醫來看，主子現在很可能已經出宮了。一旦去了永安寺，就算事後發現有身孕，只怕也很難回到宮中。」

舒穆祿氏緩緩點頭。「不早不晚，正好救我於困境，只要這個孩子在腹中，皇上就絕對不會強令我出宮……」

如柳安慰道：「就算皇上現在不復主子位分，等十月臨盆，主子生下小阿哥，也一定會復位分的，說不定會如當初謙嬪那樣，晉您為嬪位。」

「阿哥……」舒穆祿氏喃喃重複著這兩個字，目光漸漸變得冷厲起來。「不錯，我一定要生個阿哥，唯有如此，才可以在這後宮中站穩腳跟。」說到這裡，她話鋒一轉道：「剛才蘇培盛說皇上讓他傳太醫診脈，我擔心皇上已經開始生疑。」

如柳神色一動，小聲道：「主子是說皇上他懷疑自己對您的……情慾？」

舒穆祿氏沉沉點頭道：「不錯，皇上本就是多疑之人，換了其他事，或許他早就懷疑了，只因這是極私密的事，不願被人知曉，才一直拖到現在。」

一聽這話，如柳頓時急了起來。「那咱們該怎麼辦？一旦皇上知道主子您對他用藥，只怕腹中龍胎都保不住主子。」

舒穆祿氏睨了她一眼道：「有何好擔心的，太醫診脈，至多只能診到皇上虛火旺盛，底子略虛而已。」

如柳大是鬆了一口氣，不過仍有些不放心地道：「主子下在茶裡的藥，太醫診不到嗎？」

「妳算算日子，我都幾日未下藥了，藥性早已散去，現在纏繞著皇上的，乃是之前被勾出來、並且深入骨髓中的慾望，與藥已經沒有太大的關係，太醫自然查不到。但只要我持續地下藥，這份慾望就會一直存在，直至死的那一日才會消失。若非要說擔心什麼人……」

舒穆祿氏微瞇了眼眸道：「就是之前救回了四阿哥的那個徐容遠。這個人不只醫術高，心思也細，隱祕的毒都可以被他查出來，若由他為皇上診脈，說不定會發現異樣，幸好……」

如柳接下去道：「幸好他早已離開太醫院。」

舒穆祿氏點點頭。「不過既然知道皇上已經起疑，藥暫時是不能下了，而且這段時間我也要好好養胎。」

如柳小聲問：「不下藥，皇上就不會對主子起念頭了嗎？」

「念頭還是會有的，但是不會像每次都服下藥時那般強烈。」這般說著，舒穆祿氏吩咐：「好好收著藥，莫讓人發現了。」

「奴婢會小心收著的。」說到此處，如柳不無擔心地道：「不過……萬一皇上再召寢主子，您懷著身孕，不會有礙嗎？萬一動了胎氣可如何是好？」

舒穆祿氏也正為此煩心。以往胤禛對自己的慾望是福，眼下卻很可能變成禍，不過事已至此，由不得她後悔，只能道：「走一步看一步吧。現在對我而言，最重要的事是可以留在宮中，餘下的事慢慢再說。」

蘇培盛帶著齊太醫回到養心殿後，將幾位太醫的診斷一道說了，齊太醫亦在旁邊作證，舒穆祿氏確實是懷了身孕。

胤禛捏著皺成一團的眉頭不說話。老天爺真是與他開了一個大玩笑，好不容易壓住對舒穆祿氏的慾望，責令她出家為尼，眼下卻又診出她身懷六甲，有了皇家骨肉。

又或者不是玩笑，而是老天不想讓他送舒穆祿氏出宮，所以送來了這個還只是一塊肉的孩子。

畢竟犯錯的是舒穆祿氏的家人而非她，她不只沒有錯，還在知道恭明確實貪贓枉法後大義滅親，從而將舒穆祿恭明定罪。

罷了，既然這是上天的意思，那他只有遵循天意了。想到這裡，胤禛放下手道：「舒穆祿氏既有了龍胎，那就讓她好生待在水意軒養胎吧，該用什麼都讓內務府照常送去，至於其他的，等孩子生下後再說吧。」皇家子嗣絕對不能流落民間。

見胤禛沒有提復舒穆祿氏位分的事，蘇培盛小聲道：「那娘子該以什麼身分留在宮中？」

胤禛掃了他一眼道：「你不是叫娘子叫得挺順口的，繼續叫著。」

「嗻！」蘇培盛雖有些遺憾，不過也幸好胤禛沒有再提出家的事，只要舒穆祿氏能留在宮中，一切皆有可轉圜的餘地。

說完這件事後，齊太醫上前為胤禛把脈，診得的結果與之前舒穆祿氏猜的相差無幾；不過齊太醫終是有多年經驗的御醫，對於胤禛體內異乎尋常的虛火甚是奇怪，問：「皇上最近可曾服用鹿血之類的性熱之物？」

第一千兩百零五章　虛火

「沒有，齊太醫知道朕一向不喜歡這些東西，除了偶爾服用一些參湯之外，便再沒有其他了。」胤禛明白齊太醫的意思，鹿血有補腎壯陽之功效，一些熱衷於此物的人，會在男女交歡時喝上一杯。

「那就奇怪了，若只是參湯，皇上體內的虛火不應該會這麼旺盛。」胤禛的回答，令齊太醫更加不解，撚鬚許久也沒有想出一個所以然來。

胤禛猶豫了一下，面色微紅地道：「不過朕這段時間……對於男女之事，確實比以前更熱衷一些。而且，似乎……罷了，不說這個。」他想說自己似乎只對舒穆祿氏一人有情慾，但如此私密的話終是沒說出口。

聽到這裡，齊太醫已經明白，胤禛之所以會覺得身子虛，應該就是縱慾多了之故，而引起慾的就是體內虛火。

雖然還沒弄明白胤禛虛火如此旺盛的原因，但並不妨礙齊太醫開方，他道：

「微臣替皇上開一些降火並有補身之效的藥，皇上只要按時服用，應該不會有大礙。不過……」

見齊太醫一副難以啟齒的樣子，胤禛道：「齊太醫有什麼話儘管說，朕不會怪罪於你。」

齊太醫躬一躬身子道：「是，在服藥期間，皇上最好莫行男女之事，這樣身體會恢復得快一些。」

「行了，朕知道了，你下去吧。」在齊太醫下去後，胤禛又道：「蘇培盛，你去內務府將朕的話告訴錢莫多，別少了水意軒的用度。」

「嗻！」

隨著蘇培盛去到內務府，這件事也在宮中傳揚開去，落在各宮耳中，反應不一。

凌若幾乎以為自己是在聽戲，因為只有戲文中才會出現這般巧合的事。「她果真有了身孕？」

楊海肯定地道：「是，何太醫、齊太醫等人都診過了，應該不會有假。皇上念在她懷有皇家子嗣的分上，已經收回讓她出宮的旨意，不過並未復其位分，只是以庶人的身分居住在水意軒。」

水月在一旁聽了，輕哼道：「皇上何時變得這麼心慈手軟？」

凌若低頭看著手中繪有江南水鄉圖案的團扇，徐徐道：「皇家子嗣是絕對不可以流落在外的，不論舒穆祿氏犯了什麼錯，在孩子出生之前，皇上都是不會讓她出宮的。」

水月低一低頭，道：「奴婢只怕她就算生下了這個孩子，也不會出宮。真不明白老天爺為何要這樣幫著舒穆祿氏，她明明就是一個狐媚子。」

凌若嘆了口氣，起身道：「或許是她氣數未盡，所以才會有這個孩子。若她生下孩子出宮也就罷了，本宮只擔心皇上會念在孩子分上，復舒穆祿氏的位分。」

水秀涼聲道：「從潛邸到後宮，常有人懷孕，但最終能生下來，且活著長大的，至今不過四位阿哥。舒穆祿氏連自己阿瑪都拿來出賣，又怎有福分生下孩子。」

楊海跟著道：「不過，只要這個孩子沒了，舒穆祿氏最後的倚靠也就沒了，到時候皇上一定會送她出宮為尼的。」

凌若明白他們的意思，是要設法除去舒穆祿氏腹中的孩子，而眼下看來，這也是最保險的辦法。若由著她生下孩子，變數太多，不易掌控。

凌若撫額道：「去請謹嬪過來，本宮有事與她相商。」

她話音剛落，外頭就響起瓜爾佳氏的聲音：「不必請，我已經來了。」

看到瓜爾佳氏沉著一張臉，凌若道：「姊姊可是也聽說了？」

「出了這麼大的變故，我要是再不聽說就成聾子了！」瓜爾佳氏一邊說一邊將團扇往桌上一拍，冷聲道：「若不是知道諸多太醫都診了個遍，我真懷疑她是假孕以達到留在宮中的目的。」

凌若搖頭嘆道：「原以為可以以朝堂制約後宮，不想還是被她避過了。」

瓜爾佳氏眸光一冷道：「既然朝堂解決不了後宮之禍，那就用後宮的手段去解。這個孩子絕不能讓她生下來，否則她一定會拿這個孩子作文章，讓皇上免她出家之行不說，還會設法復位。」

「我知道，但舒穆祿氏不是個易與之人，想動她絕非輕易之事，所以才想請姊姊來從長計議。」

瓜爾佳氏一時也沒什麼好主意，凝思道：「妳說得也是，舒穆祿氏為人素來謹慎小心，這次要不是妳出其不意，拿她阿瑪的事作文章，還不知何時能尋到她的破綻來對付；更別說這個孩子還直接關係到她今後的命運。不過，她現在才懷孕一個多月，還有八個月方才能夠生下來，這段時間足夠咱們想辦法了。」

殿內陷入了無言的沉默，彼此心情皆是頗為沉重，不復昨日的輕鬆與愜意。

舒穆祿氏——就像是不散的陰魂，一直纏繞在她們周圍，無時無刻不在意圖將她們拖入無間地獄。

許久之後，瓜爾佳氏率先出聲道：「不過，除了咱們之外，未必就沒人想要動她腹中那塊肉。」

凌若心中一動，道：「姊姊是說皇后？」

「皇后是什麼性子，我比妳清楚，不願意看到任何會與二阿哥爭奪皇位的人活在世上。當初三阿哥已經長到這麼大了，還被她生生弄沒了性命，更不要說是還沒出生的。對皇后而言，傷不傷陰鷙已經無關緊要，要緊的是皇位不要旁落，更何況舒穆祿氏對她而言只是一枚棋子。易地而處，若換妳是皇后，妳會選擇用沒有子嗣的人為棋子，還是選用有子嗣的人為棋子？」

凌若想也不想便道：「自然是沒有子嗣之人，如此才好控制。」

瓜爾佳氏頷首道：「不錯，就是這樣，也正因如此，皇后才從未向劉氏示過好。因為她曉得，妃嬪一旦有了子嗣，尤其是阿哥之後，野心就會開始擴大，到最後，甚至會反咬一口。」

凌若深以為然地道：「若是這樣，就看咱們與皇后，誰能忍得更久一些。」

瓜爾佳氏輕輕搖了幾下團扇，道：「正是這個道理，若可以藉她之手除去舒穆祿氏腹中那塊肉，自是最好。」

第一千兩百零六章　人禍

那拉氏也聽聞了這件事，不過她卻沒有像凌若或瓜爾佳氏那樣動氣，反而輕笑著道：「有趣，真是有趣，本宮本以為這只棋子必損，她卻絕路逢生。」

小寧子正跪在地上替那拉氏捏腳，聽得這話，接過道：「舒穆祿氏這次真是好運氣，竟然在這個時候有身孕。」

「運氣自是有的，不過也要她自己夠狠心才行。」那拉氏拿著玉輪在手背上輕輕地滾著。「連自己阿瑪也出賣以求保命，本宮實在想不出還有什麼是她做不出來的。」

那拉氏的聲音透著笑，但已經習慣了無時無刻去揣測那拉氏心思的小寧子卻聽出她聲音裡深深的忌憚，試探著道：「主子，可要奴才尋機會除去舒穆祿氏腹中的龍胎？」

那拉氏斜睨了他一眼道：「承乾宮那邊都沒出手，你急什麼？多事！」

一聽這話，小寧子便明白那拉氏既想除舒穆祿氏腹中的龍胎，又不想自己動手的心思，趕緊低頭不語。

那拉氏在喝斥完小寧子後，露出一抹冷笑。她相信鈕祜祿氏也在等著自己動手，就看她們誰先忍不住。

在小寧子替她按另一隻腳時，孫墨進來道：「主子，二阿哥來了。」

那拉氏微一點頭道：「嗯，讓他進來吧。」

弘時走進來時手上還捧著一個錦盒。看到跪在地上為那拉氏按腳的小寧子時，目光微微動了一下，隨即跪下行禮。「兒臣給皇額娘請安，皇額娘萬福。」

那拉氏微微一笑，抬手道：「起來吧，今兒個怎麼這麼好，來看本宮？」

「之前忙著禮部的事，如今得空，自是要來給皇額娘請安；另外兒臣在宮外找到一支上好的靈芝，特意拿來孝敬皇額娘。」弘時打開手中的錦盒，露出裡面一支呈半圓形的紅褐色靈芝。

小寧子湊過頭打量了一眼道：「這個顏色……彷彿是長白山的赤芝，不知奴才猜得可對？」

弘時沒有理會他，而是對那拉氏道：「赤芝又稱赤靈芝，是所有靈芝中功效最好的，將這株赤芝賣給兒臣的商人說，若每日服用不只可以強身健體、延年益壽，甚至可以長生不死。」

那拉氏取過團扇輕搖著道：「靈芝雖又稱不死藥，但哪裡能真正讓人長生不死，那商人分明是為了哄你買赤芝，所以隨口胡謅的。你堂堂一個二阿哥，居然還當真了，說出去可是要讓人笑話了。」

弘時笑笑道：「不管怎樣，赤芝都是靈物，皇額娘每日服用，就算不能長生不死，也定能延年益壽。」

那拉氏嘆了口氣道：「唉，宮裡頭靈芝雖有，赤芝卻不多，又有那麼多主子要分，內務府一一分派下來，轉眼就沒了，本宮哪裡能每日服用。」

一聽這話，弘時頓時有些氣憤地道：「天底下，除了皇阿瑪之外，就是皇額娘身分最尊貴，其餘那些如何能與皇額娘相提並論？內務府這樣做，簡直就是不知所謂！」

那拉氏擺手道：「罷了，這種事本宮也不願去計較，再說後宮安寧才是最重要的，這樣你皇阿瑪也能少操些心。」

見她這樣說了，弘時也無法，只得道：「那兒臣往後多尋些赤芝送來給皇額娘服用。」

「你有這份孝心，皇額娘比什麼都高興。」在示意宮人接過弘時手中的錦盒後，她又道：「你是否還有什麼話想與皇額娘說？」

「是。」弘時應了一聲，對伺候的宮人道：「你們都下去。」

宮人依言退下，連孫墨也不例外，唯有小寧子仍站在那拉氏身邊不曾有所動作。

弘時皺一皺眉道：「小寧子，沒聽到我的話嗎？下去。」

小寧子瞅了那拉氏一眼，後者道：「小寧子對本宮一向忠心，無須避諱，你有什麼話但說無妨。」

那拉氏發了話，弘時只得依從，不過心裡還是頗為不悅，覺得那拉氏太過寵信小寧子，使得他尊卑不分，忘了自己身分。

弘時壓下不快後道：「皇額娘，弘曆在戶部已經有一陣子了，聽說戶部那些人，對他多有讚賞。」

雖然弘時說得很隱晦，但那拉氏怎麼會不明白他真正的意思，啜了口茶道：「怎麼，才這麼幾日，你就忍不住了？」

見她點破了自己的心思，弘時有些不好意思，不過很快地道：「弘曆此人慣會討好收買他人，而且又有些小聰明，兒臣怕他在戶部待得越久越不好對付，咱們還是該早早對付才是。」

那拉氏抬眼，漫然道：「本宮猜你入宮之前應該已經見過廉親王了，那麼這些話是你自己想的，還是廉親王教你的？」

弘時一愣，顯然是想不明白那拉氏怎會知道這件事，猶豫了一下道：「回皇額娘的話，兒臣確是見過八叔，八叔對弘曆的事也很擔心，不過卻沒有教兒臣在皇額娘面前說過什麼，皆是兒臣自己想的。」

那拉氏不置可否地點點頭，捧著溫熱的茶道：「那依著你的意思，該怎麼辦？」

見那拉氏問起這個，弘時精神一振，身子往前傾了數分道：「兒臣在想，是否可以讓弘曆盡早出京，咱們也好設法動手。」

只要沒了弘曆，太子之位就非他莫屬。至於弘晝還有最小的弘瞻，不是生母不得寵，就是年紀幼小，看不出資質來，根本不足為懼。

弘時的回答早在那拉氏意料之中。「那你倒是說說，該用什麼法子讓弘曆出京呢？這些日子，本宮可沒聽說哪裡有災情。」

弘時壓低了聲音道：「皇額娘說的是，如今全國各地確實沒有災情。但沒有天災，咱們可以設法造出一個人禍來。」

「嗯？」那拉氏的神色因他這句話而鄭重起來，蹙眉道：「這是什麼意思？」

熹妃傳 第三部第三冊

作　　者／解語
執 行 長／陳君平
榮譽發行人／黃鎮隆
協　　理／洪琇菁
總 編 輯／呂尚燁
執行編輯／陳昭燕
美術監製／沙雲佩
美術編輯／陳又荻
國際版權／黃令歡、高子甯、賴瑜妗
文字校對／朱瑩倫、施亞蒨
內文排版／謝青秀

國家圖書館出版品預行編目資料

熹妃傳．第三部 / 解語作．-- 1 版．-- 臺北市：城邦文化事業股份有限公司尖端出版：英屬蓋曼群島商家庭傳媒股份有限公司城邦分公司尖端出版發行，2023.12-
冊；　公分
ISBN 978-626-377-490-2（第 3 冊：平裝）

857.7　　112004168

出版／城邦文化事業股份有限公司　尖端出版
台北市 104 中山區民生東路二段 141 號 10 樓
電話：（02）2500-7600　傳真：（02）2500-2683
讀者服務信箱：7novels@mail2.spp.com.tw
發行／英屬蓋曼群島商家庭傳媒股份有限公司城邦分公司　尖端出版
台北市 104 中山區民生東路二段 141 號 10 樓
電話：（02）2500-7600　傳真：（02）2500-1979
劃撥專線：（03）312-4212
戶名：英屬蓋曼群島商家庭傳媒（股）公司城邦分公司
劃撥帳號：50003021
※ 劃撥金額未滿 500 元，請加付掛號郵資 50 元
法律顧問／王子文律師　元禾法律事務所　台北市羅斯福路三段 37 號 15 樓

台灣地區總經銷／中彰投以北（含宜花東）　楨彥有限公司
電話：（02）8919-3369　傳真：（02）8914-5524
雲嘉以南　威信圖書有限公司
（嘉義公司）電話：（05）233-3852　傳真：（05）233-3863
（高雄公司）電話：（07）373-0079　傳真：（07）373-0087
馬新地區總經銷／城邦（馬新）出版集團 Cite（M）Sdn Bhd
電話：603-9057-8822　傳真：603-9057-6622
E-mail：cite@cite.com.my
香港地區總經銷／城邦（香港）出版集團 Cite（H.K.）Publishing Group Limited
電話：852-2508-6231　傳真：852-2578-9337
E-mail：hkcite@biznetvigator.com

版　次／ 2023 年 12 月 1 版 1 刷

熹妃傳

熹妃傳